JN255706

シリーズ 日本語の醍醐味⑧

廃墟の眺め

吉行淳之介

烏有書林

目次

廃墟の眺め

薔薇販売人

曇った朝、勤め先の某商事会社へ行くつもりで、交叉路に立っていた檜井二郎は、にわかに気持が変った。

丁度来た逆方向のバスに乗り、いい加減のところで降りて、出鱈目の路をあちこち曲って歩いていると、不意に眺望が拓けた。眼下に石膏色の市街が拡がって、そのなかを昆虫の触角のようにポールを斜につき出して、古風な電車がのろのろ動いていた。

彼はぶらぶら歩いていった。標札の名前を読んだり、コンクリート塀の上にいちめんに植えられたガラスの破片を眺めたり、町内案内図に描かれた薄汚れた立札に眼を留めたりした。その案内板によると、彼の歩いている場所は、東京・小石川の高台にある某町であった。

彼はあちこち眺めて歩いていたが、思わず足を留めた。

道路からすこし引っこんだところにある、バラック建の小さな家の半ば開かれた窓の隙間から、午前の光がななめに流れ込んでいて、部屋の内部が鮮かに彼の眼に映った。見透せる範囲には、家具と名付けられるものは机ひとつない。だが彼の眼を惹(ひ)いたものは、全く装飾のない鼠色の壁に、緋色(ひいろ)の羽織があたりの空気を圧する華やかさで掛けられていたことだ。

　いくらか上向き加減の鼻すじの線をみせている女の横顔が、曇硝子(ガラス)に隠されて頬からうしろの部分は影絵になって見えた。ドテラを着た三十歳ばかりの男が自分の膝を腕でかかえて、緋色の羽織のしたの壁に背をもたせ、億劫(おっくう)そうにどうやら半眼を開いているらしい。二人の唇が交互にパクパクと動いて、声は聞えてこない。

　この無言劇(パントマイム)に似た情景は、彼をのどかな気分に誘うものもあったが、それと同時に、貧閑(ひんかん)とした部屋の壁にたったひとつ、花飾りのように掛けられた女物の羽織の濃厚な赤い色は、なにか悪徳めいた匂いを漂わせたのか、檜井二郎の脳裏を掠(かす)めて過ぎたものがあった。

　それは先日、盛り場の一ぱい呑屋でのことだ。

「甘(あ)めえもんじゃねえか、濡手に粟の……、オット金高(かね)は言うほどのこたあねえが、それでも焼酎の一升や二升は大きな顔で呑めらあな。それによ、まき上げるシカケがいいやな。オクサン薔薇の株、買ってチョウダイ、てえのは、ちっとばっかし粋(いき)じゃねえか」

　と、カーキ色の詰襟服の若い男が、したたか酔って、屋台店の主人を相手に自分の生計の詐術を洩らしはじめていた。

まず、葉をみんな毟（むし）ってしまった野イチゴの株に、一本一本バラの品種を思わせる名を記した紙片を結びつける。……ピンク・ローズ、チャーム、凝（こ）ったところではアメリカン・ビューティとかゴールデン・エンブレム。その棘のある割箸のような切株を、薔薇と欺（あざむ）いて売りつける。そして、売られた側にしても、満更（まんざら）損ばかりしたと考えてはいけない。その切株から、やがて芽が出て葉が出て、花の咲くのを待っているうちに、どうやらこれは似ても似つかぬ野イチゴだと分ったときには、買った人間は吃驚（びっくり）する。花が咲くのを愉（たの）しんで、挙句の果にビックリすれば少々の金を払わされたことぐらい悔む必要はない。退屈なことばかり多い当節では、驚くことに金を費（つか）ってもよいではないか。

というのが、酔ったまぎれの出鱈目だったかどうかは分らぬが、その青年のアルコールの入った饒舌の主旨である。

「それにさ、えたいの知れねえ切りっ株をよ、バラの花だってんで売りつけようてえときの口上が、こいつがまた豪勢でこてえられねえ」

と、その男が行商人の弁舌さわやかに述べたてたところは、つまり、この株を買っておけば、やがて花咲く季節ともなると、あちらの道路沿いに植えた株はしねしね蔓をはびこらせて天然自然の生垣を形づくり、その垣根の表面は楚々とした白い花でいちめんに覆われるし、こっちの株には、あるいは二羽の緋色の蝶が空中で戯れているような花弁をつけ、あるいは、中央に金色の条(すじ)をもった黄色の花弁が重なり合って、雌蕊雄蕊(めしべおしべ)を中心にして八方に開くさまは、あたかもナントカ観音の光背(こうはい)のようである……、といった具合である。

檜井は先刻から、この男の饒舌を興味を持って聞いていた。一つ一つ異った品種の名札をつけられて植えられたバラの株が、やがていっせいに野イチゴの葉をつけ、チラホラと橙色(だいだいいろ)の実を結んだりするイメージは、ほのかな悪徳の匂いを含んでいた。それはむしろ、微笑ましさのふくまれた、道化(おどけ)た気分のある悪徳だ。

「欺く」ということ、それがそのときの檜井の気にいっていた。とかく屈辱の多いであろう行商という生活の手段は、いつでも相手を欺けるという意識に支えられていれば、自分にも案外容易に出来るかもしれぬ……。


道傍に立ちどまった檜井二郎の脳裏を、このような過ぎさった場面の匂いが掠めたのは、この二つの事柄のもつ雰囲気が似かよったものであるからだろう。彼が立止ってから、歩きはじめるまで、実際はわずか数秒の間のことである。

しかし、ふたたび歩きはじめた彼の眼は、あたりに花を売る店を探していた。

季節は四月にはいったばかりだった。

萌え出た若芽のにおいや微(かす)かな花粉の甘ったるい薫りがあたりの空気に混りはじめて、檜井の心に懶(ものう)さと甘い記憶を呼び起し、さらにいつまでも果てない自らの無為にたいする苛立たしさを目覚ませた。昨年の春もそうだった。昨年、彼の鼻腔(びこう)を衝いた空気の匂いは今年と些(いささ)かも違わず、先刻のことのようになまなましく彼の記憶にのぼった。

それに、日没が遅くなって、いつまでも明るい。それが彼の心を不安にした。下級社員である彼は、日没までの仕事の時間、接触する相手の気持をそらさぬように、自分の表情を作り成さなくてはならない。それは、彼の性格として、かなりの努力を要した。暗くなって会社から帰ってはじめて、彼は自分の気持をそのまま表情にあらわすことが出来た。

つまり、檜井二郎は仮面を一つ持っているわけだった。

明るい時刻と暗い時刻の境い目、つまりたそがれ時は、彼の顔面からその仮面のずり落ちてゆく時刻、というわけだった。そのことも、彼に黄昏(たそがれ)をなんとなく親しみを覚える時刻にしていた。

前日は日曜日だったので、日暮れ時を彼は自分の部屋で迎えた。彼は窓からそとを眺めていた。庭では雑草が何のまとまりもなく、傍若無人に蔓(はびこ)っていて、そのところどころに素朴な白い花を小さく塊(かた)めて咲かせていた。

窓のそとに拡がっている薄明るい空気には、光というものが全く感じられず、従って遠近感が失われてしまっていた。あらゆる物体や人物は画用紙に描かれた淡彩の絵のようで、それがそれぞれの厚みをもち、その周囲の空気を押し分けて、止ったり動いたりしていることを忘れさせる。そんな光線の加減だった。

黄昏——という言葉のもつ陰翳には、光がある。どんなに覆いかくされていても、底の方で閃いている光の感触を檜井二郎は感じるのだった。それはまた、重っくるしくても透明な色を含んでいる。乳白色に淀んでいても、光を透す磨ガラスの透明さがある。この休日の夕刻、彼はそのような「黄昏」に身を置きたい気分だった。しかし窓のそとに拡がっている風景は、皆同じ平面の上に並べられていた。

だから、彼は些か不満だった。

そのとき、彼の心象に入ってきた雑草の姿態、それが彼の鼻翼をかすかに膨ませるのだった。関節が緩んでしまうような虚脱感と、底の方でかすかに疼きながら表面へ向かって離れてゆこうとする力。重っくるしい不満と、僅(わず)かなしかし薄く拡がってゆきそうな快感。それらの混り合った感情が、不意に意識の表面にあらわれて花開いたもの。泥沼の面を覆った蓮の蕾が、聞きとれぬほどの音と一緒に開花するような……。

そんな夕刻を前日に持ったことが、次の朝、檜井二郎から勤めに行く気持を奪ってしまった。世間に出て、僅かな金を稼いでいる時とすっかり調子を外した、なにか奇抜なことがやってみたい気持だった。

彼は高台にいて、花屋を探しているのだった。

檜井二郎は紅い薔薇を一輪だけ買い、先刻立止った家の前へ戻っていった。彼は企んだのだった。贋の行商人になりすまして、バラの花を売りに行こうと考えたのだ。そのとき彼の心にあるものは、結果を予測できない行為にたいしての興味であった。その興味を、先刻覗いた家の様子が、一層そそった。そして遂に、実際に彼が花を持って見知らぬ家の玄関に立つまでになった。

檜井二郎は二十三歳という年齢の割に老成した感じの青年であったが、ちょっとした筋肉の動かし方で、ひどく子供っぽい表情を作る術を心得ていた。それとともに、その表情にふさわしい心持になる瞬間もある男だった。バラを手にして玄関に佇んだ時の彼は、その二つの要素が同時に心に住んでいる状態だった。一つは分別くさい顔よりも稚い顔付きの方が、花を売るのにふさわしいことが計量されているための表情。もう一つは、「どんな女もパラソルを買うときにはあどけない顔をする」と誰かが言った、それに似たあどけなさ。

彼のその顔付きを見て、出てきた女は心安くこう言った。

「いらないわ」

意外に、曖昧な抵抗があった。

「しかし、この花は安物じゃありません。バラですよ」

「え？」

彼の言葉の意味を解し兼ねて、女は大きく眼を瞠ってから、ちょっと眉の間を寄せた。眼と眉と鼻梁のあたりの隆起の具合、それを彼は観察した。彼は、この時にはもうはっきりと意識的になっている稚い表情の陰で「悪くないタマだ」とわざと下卑た言葉で考えた。

「いえ、これは花のなかでも、一番筋のとおったバラの花なのでして、お宅で買っていただけない筈はないと思ったのですが、……つまりこうなんです」と彼は手にもった一輪だけのバラにチラと眼をやって、「今朝すこししか仕入れなかった品物がほとんど売れて、バラだけ一本残ったのです。そこで僕も少し気持にゆとりが出来て、この花はどんな家に売りに行こうか、などと考えながらブラブラ歩いていたら、ふとお宅の家のなかが見えたのですよ。別に覗いたわけじゃないのですが、あの壁の赤い羽織は目立ちますからね。ところが、こう言っては失礼かもしれないけれど、他にこれといった品物が見当りませんねえ。ガランとした部屋の壁にパッと華やかな色が燃えている。これはどうも大した舞台効果だ。こんな気持の方になら、バラの花も安心しておすすめ出来ると思ったもので……」

この言葉は彼の思惑どおり、女の心に媚びるところがあった。

「あら、舞台効果だなんて、なかなか……、あなたアルバイトの学生さん？……そうね、本当のところ、今日あの羽織を売っちまうつもりだから、あとにお花が欲しいところだけど、いまは全然お金ないの。今度のとき、きっと買ってあげるわ」

彼はそのまま引下った方がよいと考えた。手にもった花は、女に贈ってもかまわぬのだが、この次また来るためには、商売人として不自然にみえる行為は控えた方がよい、と考えるのだった。彼にとっては、女よりも、彼自身がバラの花売りになりおおせることが大切だったのである。

彼は帰路、贋の行商人ということを、新しく見つけた玩具のように楽しんだ。彼は本物のバラ売りになったつもりで、いろいろ想を練ったのだ。

行商人にとって大切なのは、まずなにより商品を売ることだ。そのためには、自分の商品の性格を十分に理解しなくてはならぬ。ばら科に属する薔薇という花。これは、美女の腕にさりげなく抱えられることもあれば、醜婦の窓辺に飾られて、その感傷を唆ることもあろう。未熟な若者たちの恋愛遊戯の小道具となることもあろうし、更にまた裸体写真のモデル女の陰部に置かれることもあるようだ。その度に、この花はあるいは安定したあるいは皮肉な、気取った、あるいはまたやりきれぬといった貌つきを示しながら、それぞれその場所に適応してゆく。

……薔薇販売人もまた然り。それぞれの場合、花を売ろうとする相手の如何によって、外面的な変貌を遂げなくてはならない。

　ここまで考えて、彼は苦笑した。これは自縄自縛だった。これでは生計のためには一つの仮面を持たなくてはならぬ、ということになってしまう。彼は考えるのをやめた。彼の薔薇販売は、遊戯だったのだから。

　それから三日目の夕方、檜井二郎は会社の帰りにバラを一輪買って、また例の家を訪れた。彼の会社のある丸ノ内から、小石川の高台の下を通る直通バスがあるので、便利はよかった。

　出てきた男は立ったまま、彼の顔をじっと眺めた。男はしばらく黙ったままであったが、やがてグラリと軀をゆすると、にわかに饒舌になった。

「やあ、いらっしゃい。どうです、愛想がいいでしょう。あなたは普通の花屋じゃないんだそうですからね。ミワコから聞きましたがね、なかなか商売上手だと感心しました。おまけにバラを売って歩くとは、ご念が入りましたな。まったく、バラとは考えたもんですな。ロマンチックですな」

「どうですか、バラ買ってもらえますか」

「あ、そうそう、あなたは花屋サンでしたね。たいしたもんだ。そうやって自分が働いて食っているのですからね。わたしの眼の色、あなたは分るでしょう。どうですか、わたしの眼付き。もともと良い方じゃないけど。わたしは、あなたみたいに自分で自分の生活を支えている人と、面と向かうと、なんとなく怖気（おじけ）づいちまって、それから妙に憎らしくなるたちなんですよ。……ダメダメ、わたしがあなたのバラなんか、買うわけがないじゃありませんか。……それに、ミワコは留守ですよ。赤い羽織を売っちまったんで、これからはいつも今頃は留守ですよ。あんな女が働ける商売といえば、まあ、夕方からですからね。だから、今度はお昼すぎにいらっしゃい。その頃は、わたしは研究のために外出というわけです。こうみえたって、そうぶらぶらしてるわけじゃない。日本人の顔が幾通りの系統に分れるか、目下研究中なんだ。毎日三時間ずつ、環状線に乗って調べている。この研究が完成したあかつきには、わたしはハタと膝をたたきますね。もっとも、それからどうする、と言われても困るがね。だが、一言いわせて貰いますが、ミワコはあなたの考えているような女じゃありませんよ。これは本当のことですがね、赤い羽織を壁に吊させたのはわたしなんですよ」

というと、男はそのまま奥へ引込んでしまった。檜井は一瞬、この男の隠された心が分ったような気持もしたが、それにしては男が自分だけ不在の時間を知らせた気持を計りかねた。それに、この男はミワコという女の像をなんと曖昧に描いたことか。檜井自身、緋色の羽織とバラの取引とを結びつけた計算を、新しい玩具を与えられた子供のように弄（もてあそ）んでいたので、いま、ミワコという女を思い出そうとしても、チグハグな印象しか浮かばないのだった。それが彼の好奇心を唆った。外へ出て見上げた標札は、伊留間恭吾、とあった。標札書きの字体でない、達筆だった。

檜井二郎は昼すぎの時刻に伊留間家を訪れることを、幾度か考えては、思いとどまった。伊留間恭吾という男が、自分は不在で妻だけ在宅している時刻を、わざわざ示したことに、何か割り切れぬ、陥穽（かんせい）とでもいったものを感じたからだ。

そこで、彼はもう一度、夕刻に伊留間家を訪れることにした。念のため、バラを一輪買った。いつものように物憂（ものう）そうな顔にわずかに皮肉な笑いを浮かべて、伊留間があらわれ、オヤどうしたのです？　という言葉を、イエ万一商売にならないかと思って、と檜井が受けた。

「花はいりませんよ。わたしはもうあなたを花屋サンとして取扱いませんよ、いちいち断わるのは面倒だから。それに、どうやらあなたはミワコに会わなかったようですね」

「いえ、一度昼頃、お訪ねしました」

伊留間がこの前と同じような調子で、とめどなく喋りはじめそうな気配を覚えて、檜井は嘘を言った。伊留間の顔に、オヤ、といった翳（かげ）が掠めたのをみて、檜井は相手が口を開くまで、執拗に押し黙っていた。

伊留間の眼から今迄のものうい光が消えて、にわかに鋭い視線が檜井の眼に注がれた。それは、相手の心の底まで探らねばやまぬ、といった偏執狂(モノマニヤ)めいた光だった。その視線に会うと、檜井の心にはわれにもあらず嘘をついたという意識が拡がって、表情に動揺があらわれてくるのだった。

伊留間の顔に見分けられぬ程の薄笑いが浮かんだ。

檜井が伊留間の言葉に、割り切れぬものを感じていたのは、もっともなことだった。伊留間恭吾は、企んでいたのだ。

やがて、伊留間が口を開いた。

「オヤ、そうでしたか。そうですかねえ。……それでどうです、あきれた女でしょう？　あなた、なにか被害がありましたか」

伊留間恭吾は、このヒガイという言葉の効果を考えて、きわめて意識的な技巧を用いて発音したのだった。それは、まずヒガイという言葉の前に僅かの間隙(かんげき)を置き、その時間に貯えられた呼気が「ヒ」という音を強く押出すために集中され、噛んで吐き捨てるような強さで発せられた。それに続く「ガイ」はもっとも苦しい瞬間の過ぎた後の気安さのように、嗄(しわが)れた溜息のような音を押出したのである。

彼はこの発音をやりおおせると、今度は臆面もなく露骨な言葉を交えて喋りはじめるのだった。

「注意しておきますがね。瞞されちゃいけませんよ。ミワコて女は、いわば中味の入ってないビール瓶みたいな女なんですからね。その証拠には、あの女にはたった二種類しか表情がない。色情的な顔と、眉も眼も自分勝手な方向をむいてしまった、ポカンとした顔の二つだけ。この後の方の表情に余計な意味づけして考えてはいけませんよ。これは、あの女の頭がカラッポになっているときの顔なんですからね。頭の中になにか詰っているときは、必ず好色な顔付きになっている。まああなたが自分というものを抹殺されたくないなら、あんな女と関係しない方が無事ですね。自分と他人との心のあいだの溝なんてものは、あの女にとって、何でもないものなんですからね。そのかわり、あの女の意識には、自分の軀の裏側の襞の具合まで、映し出されているかもしれませんけれどね。男なんて、その襞にすべり込んでくる物質にすぎないんですよ」

このところ、伊留間の演技は満点とは言えなかった。何故なら檜井は伊留間が自分の妻と称する女を、このように罵倒することに、以前と同様の割り切れぬ気持を抱いたからだ。ミワコというその女が、彼の言うように乱倫で、どんな男とも直ぐに肉体の交渉をもつ女であり、彼の留守に訪れたという檜井との関係を疑って、伊留間がこのようなことを喋るにしては、あまりに伊留間の言葉はあくどすぎて、かえってそらぞらしいところがあった。

最後に、伊留間はこのようにつけ加えた。

「それからミワコが、なにか気の利いた……、たとえばあなたの気に入ったあの赤い羽織のようなことですね、……そんなことを言ったりしても、けっして瞞されてはいけませんよ。それはみんな、わたしの亡霊なんですからね。まだあの女の正体を知らなかったころ、しつこく吹きこんだいろんな言葉が、すこしも心のなかに織り込まれないで、丁度小学生がイロハニホヘトを暗記するように、あの女の記憶にとどまっていて、相手次第でひょっこり口から出たりするんですよ。つまり、あなたとの交渉が最短距離で進むようにですね。あなたがバラの花を売ろうとするとき、相手の性格を嗅ぎ分けて、一番上手な売込み方をするのと、そっくり同じことなんですよ」

伊留間家に置いて来れなかった花を一輪手にもって、高台がつきて急な坂になるあたりに檜井がさしかかったとき、馴れ馴れしく声をかけた女があった。

「アラ、売れ残ったの」

ミワコだった。

「おや、お勤めはお休みですか」

伊留間の先刻の言葉や、「あんな女の働ける仕事は夜しかない」などという言葉が混り合って思い出され、彼は反射的に訊ねた。

「おつとめですって？」

不審そうにミワコが言った。

ミワコが夜働く女、つまりダンサーかバアの女ということは、嘘らしい。伊留間にたいして割り切れぬ気持を抱いていた彼は、この時はっきり伊留間の企みにつき当った気がした。……それはいったい、どんな企みなのか？　頬の削げた、偏執的な眼をした伊留間という男の顔が眼に浮かび、檜井自身の退屈まぎれのたくらみがそれに遮られて、ふと戸惑った。彼は、何となく、顔に血の上るのを覚えるのだった。

それがミワコに誤解された。ミワコには、彼がこの前のように初心らしく見えてしまうのだった。

白い靄のようなものが、高台の下の街にひたひたとひろがっていて、光は艶を失っていた。

ミワコは檜井と一緒にいて、気兼ねないやすらかな呼吸の出来る気持だった。彼女は檜井と肩を並べて、眼の下に拡がっている街を眺めた。靄の向う側で、キラキラと多くの灯火がきらめき始めていた。

その一つ一つの灯火をめぐっての、さまざまな人間たちのさまざまな営みを思って、ミワコは呟いた。

「ずいぶん、たくさん、いるのねえ」

この漠然とした言葉の意味を、檜井は正確に理解した。それと同時に、ミワコについての今日の伊留間の言葉は、すべて嘘だったと感じはじめていた。

一方、ミワコは彼がそんな心の動きをしていることなぞ、考えてもみなかったのだ。

「今日は、お花買ってあげるわ」

そういう彼女の言葉の調子は、丁度、「可哀そうな坊や」といっているような響が含まれていた。


それにしても、先日、檜井二郎が伊留間家を訪れ、花を抱いて佇んだとき、子供めいた表情を浮かべ、しかもその表情には僅かの間ではあったが無技巧なものも混っていたことは、彼自身では気付かぬ色々な問題を含んでいたのだ。

それは、二つの方向に作用していた。

第一に、伊留間恭吾の倦怠（けんたい）した、意地の悪くなっている心を刺戟（しげき）した。

伊留間が親ゆずりの多くもない資産を食いつくしかけていて、それでもまだ働く意欲を失っているのは、一種、病気のようなものなのだった。

彼はある友人に、いつもの皮肉な笑いを唇のまわりに漂わせて、こんな話をしたことがあった。

「こんな話はどうだ。同棲している若い男女が世の中に見切りをつけて、一緒に死のうということになった。生きていて三文の得もない、ということは、そのまま死ぬ理由にはならないが、まあともかく、一寸（ちよつと）したことが、彼等の心のなかに大きく拡大されて、それが踏切りをつける動機となったとでも考えてくれたまえ。いずれにせよ、この話では、動機は大して問題ではないのだから。そこで書置きなどして、鼠を殺すからと知人の医者から貰ってあった青酸カリを飲んでしまった。あと一分もすれば冥途へ行くと、二人真剣な顔してしっかり抱き合って、お互いの眼のなかを覗いていた、といった具合なんだ。……ところが、どうも怪しいと思って友人の医者が気を利かせていたんだな。青酸カリといってくれた粉が、実は硫酸マグネシウムだった。未だ死なない、もうそろそろ、と思ってるうちに、ひどい下痢さ。ところが病人は二人で、TOILETは一つだ。一人がなんとか治（おさ）まると、あわてて入れ替る。男女こもごも出たり入ったりして、便所の戸はひっきりなしに開いたり閉ったり。ドタバタという騒ぎだ。深刻な話じゃないか、アハハハ」

聞かされた友人は、それが君の悪い癖だ。どうせまた作り話だろうが、かりそめにも死という問題をそんな風（ふう）に茶化して取扱うものではない。それに、話そのものが悪趣味きわまる、とたしなめた。

伊留間は黙って笑っていたが、いささか自嘲の翳がまじった。まったくの作り話というわけではなかったのだ。

戦争末期の夏、まだ独身で大学を卒業したばかりのころ、彼は自殺しようとした。遺書も書いた。「あんまり暑いのでイヤになった。死ぬ」と書いた。なかなかのダンディであったわけだ。そして友人に貰った青酸カリを飲んだ。……それ迄、彼は空襲になると必ず付近の防空壕に逃げ込んでいたということは、分らぬような分ったようなことである。

ところがこの薬が硫酸マグネシウムで、死ぬかわりに烈（はげ）しい下痢となった。それとともに、にわかに空襲のサイレンが鳴りひびきあちこちで炸裂音が聞えはじめ、やがて天地がヒックリかえったような地響がしたが、彼はそれでも便所を離れられなかった。そのうちにさわぎも鎮（しず）まり、生きてふたたび見る自分の遺書の紙の白さが、こそばゆく彼の眼に沁みた。……いつも潜りこんでいた近くの防空壕が、焼夷爆弾の直撃で、内の人間もろとも壊滅したということが伝わったころには、彼にはふたたび自殺する気持はなくなっていた。そのかわりに、放心したような気持が、いつまでも尾を曳いて残った。

以来、ある対象にたまたま烈しい意欲が起りかかると、ふと書置きの紙の白さがすっと彼の胸を撫でて過ぎるのである。そのあとでは、その意欲はひどい自己嫌悪にすり替えられているのであった。

伊留間恭吾のうちに残されたのは、自分自身の心の動きを執拗に追ってゆく眼だけになった。どんな些細な失態も、彼の眼を脱(のが)れられない。やがて、彼自身の内部と他人の内部とが同一平面上に置かれて彼の眼に映るようになり、それが一種残酷な快感を交えるようになったとき、彼は他人の内面を曲技的(アクロバティック)に動揺さすことに、関心を持つようになったのだった。

彼の眼が、意外に若々しい艶を帯びて輝くのは、そのようなときだけだった。それは例えば、十三四歳、思春期に入ろうとする少女の瞳を捉えて、覗き込んだりするときだ。彼は執拗に眼を離さないので、少女は瞳のやり場に戸惑って、その頬に血が上ってくる。……彼は薄笑いして、あの娘のなかでなにかが毀(こわ)れた、と思うのである。

檜井二郎にたいしての企みも、伊留間のそのような心から出たものだった。

彼は檜井の顔を見たとき、「この青年に、ミワコに対する恋心を植えつけたら、面白かろう」

と思ったのだ。

恋慕の情というものが、初心な人間に忍びこむと、無分別になる一方、相手に対する関心をヌケヌケと表明する技巧も知らず、その純情さがかえって抑えつけられた情欲の醜さを滲み出させるようになることが多い。これを冷淡な眼で眺めていることの快感を、伊留間は引出そうと企んだ。

彼はまず、檜井の関心をミワコの上に向けさせ、その想像力を刺戟するように、曖昧なミワコの像を描いてみせた。

だが彼は、檜井にたいする自分の実験を、順序だてておし進めてゆく、というようなまどろっこしさに耐えられる男ではなかった。そこで、次に檜井に会った時、彼は檜井の心象の上に形づくられようとしている筈のミワコの像に、墨くろぐろと×印をつけることに興味を持ったのであった。


作者は、伊留間家の玄関で檜井二郎の示した子供めいた表情が、いかに伊留間恭吾に作用したかを述べたのだった。次に、檜井の表情の作用したもう一つの方向、すなわち、ミワコについて述べなくてはならない。

さて、先刻から檜井とミワコは夕刻、小石川の高台に立って、眼下にひろがっている風景を眺めていた。

高台の下を市街電車の走ってゆく、鈍い、とおい響がきこえていた。「ずいぶんたくさん、いるのねえ」……檜井はミワコの言葉を味わっていた。その灯火は、靄のむこうでチラチラして、舷側(げんそく)の灯のようだった。港を見下ろしている、錯覚があった。

彼はミワコに花を手渡した。そして言った。

「お金は、いりません」

ミワコが眼で問うた。眼の光だけ、暮れ残った。

彼はバラ売りの男としてでなく、ミワコと話し合ってみたい気持に、ふと捉われた。

しかし、ミワコが今迄の彼の虚構を素直に受け入れるかどうか。それは、冒険だった。

檜井の関心は、自分をバラ売りの位置におくことから、既に伊留間夫妻のうえに移りつつあった。だから、伊留間家を訪れる口実を失いたくなかった。

彼は眼を伏せながら、「ね、このこと、御主人には秘密にしておいてください」とだけ言った。

また、市街電車の鈍い響がきこえてきた。埠頭で動いているクレーンの響のようだった。檜井は、神戸から横浜まで、貨物船に乗ったことを思い出していた。少年の日だった。下船のとき、半島人のボーイが彼に手紙を陸で投函することをたのんだ。稚拙な文字で、神戸の喫茶店気付の女の名が書いてあった。ボーイは顔一面に平たい笑いを浮かべて、切手代の銅貨を数枚、彼の掌に載せた。

風景が、檜井二郎の心を、甘くしているのだった。

一方ミワコは、彼の「秘密」という言葉に甘美なものを覚えた。秘密にするほどのことでもないと思えることを、秘密という檜井に、以前と同じ初心さを感じていたためもあったろう。

ミワコは、癇の強い驕慢な、そして世紀末的な感情の動き方をすると同時に、心の隅に古風なところを根深くもっているといった、現在のような過渡期の日本で、一部によく見かけられるタイプの女であった。そんな女が、伊留間のような男、……なまけものだが、時折奇妙な、迫力といってもよいものを身のまわりに漂わす男、……に惹かれたのに、不思議はなかった。女が惹かれた、となると、伊留間は蛙を睨んだ蛇のようになるのだった。その男の態度が、ミワコの心の古風な部分を刺戟して、自ら男の完全な支配のもとに、身を置くのだった。お互いのこの位置を、二人とも少しも疑わないで、この関係は彼等にとって固定観念になってしまった。それとともに、ミワコにたいしての伊留間の興味は薄らいでゆき、ミワコはその固定観念の枠の内で、かすかな不満と焦躁を覚えていた。

そのミワコの意識にとって、檜井二郎は、危険のない、まことに適当な人物に見えてくるのだった。

四度目に、檜井二郎が伊留間家を訪れたとき、内部から女の忍び笑いが、いっとき聞えた。ついで男の何か言う声、それが止むとふたたび女の、華やかではないが圧し殺された光沢のある笑い声がきこえるのだった。それは嬌声といってよかった。

彼が玄関の戸を開くのをためらっていると、内側で部屋の戸を開閉する音、つづいて三和土へ降り立つ気配があった。

檜井がさきに戸を開いた。

下駄をつっかけていた伊留間が眼を上げると、例のバラ売りの若者の姿を見るのだった。伊留間の眼に、にわかに光が集った。

「やあ、しばらく。ミワコは風邪気味で寝ていますがね。……わたしはこれから、ちょっと出掛けるところで、……実はね」

と、彼は声をひそめた。

「あなたの商売からヒントを得て、ひと儲けに出掛けるところですよ。もっともわたしの場合、知らない人のところへ行こうというわけじゃ、ないのだが。……いま、さんざんミワコに止められたんですがね」

伊留間は大判のノートブックを檜井の眼の前に開いて、彼の商品を示すのだった。檜井はノートのあいだに挿まれている紙を見た。どの脚がだれのものかちょっと分らぬ塩梅にからまり合った男女の姿態が、誇張されて、極彩色に描かれてあった。

檜井はこの振舞いにたいし、その裏にひそめられた企みを警戒して、黙って微笑したまま佇んでいた。そのやわらかな微笑を見て、伊留間はいまはじめてのように、檜井がなかなかの美貌の青年であることを、感じるのだった。その微笑は子供染みたはじらいは含んでいなかった。伊留間は、これはとんでもない見立て違いをしたかな、とふと感じて、かすかな不安を覚えた。その僅かな気持の狂いが、彼にかなりの失言を招いた。

「このまえのミワコのこと、あれはウソですよ。どうぞ、お手やわらかに」

高台の下の街へ、急な坂を降りながら、伊留間は自分の内部に新しい感情の動きを覚えていた。今迄とは異った角度から、ミワコという女に光線が当り、彼はあらためてミワコが自分の内部で占めている位置について、考えてみようとするのだった。彼は、そんな自分がもの珍しかった。彼は、ミワコがかなり美しい女であったことを、久しぶりで考えた。檜井という男の顔を思い出した。伊留間は幾度か踵をかえして、戻って行こうとした。

部屋のなかへ洩れてくる玄関での会話と気配から、ミワコは夫が先刻自分に見せた春画を、檜井にも示していることを知った。

自分がたったいま眺めた愛欲の姿態を、戸ひとつ隔てた場所で、ふたたび他の男が見ているということは、自分の裸身が覗かれているように彼女には錯覚されるのだった。風邪気味で寝ている彼女は、そっと肩を布団の下に埋めた。

だが、その男というのが檜井であることを思い出したミワコは、初心な少年のまえに、ぬめらかな裸身を露（あら）わにしている想像に刺戟されて、声をかけた。

「わたし、起きられないの。かまわないから、上ってきて、花瓶の花を替えて頂戴」

檜井の方に、躊躇（ちゅうちょ）する理由はなかった。彼は花瓶にバラを差すと、枕もとに坐ってミワコの顔を眺めた。畳の上には、注射器やアルコールの小瓶や、空になったアンプルや、注射液のボール箱など、あちこちちらばっていた。

ミワコは、次第に大胆になっていくのだった。

「ああ、だるくて仕方ないワ。あなた皮下注射、出来る？」

檜井がうなずくと、彼女はかるくこぶしを握った片腕を布団から出して、天井に向かってさし伸べた。寝衣（ねまき）の袖がハラリと下って、上膊（じょうはく）のつけ根まで露わになった。むき出しにされた腕の皮膚全面が、いちどきにほの暖い空気に触れた。皙い脆そうな肌の下に、青い血管の枝が透いてみえた。

「わたしの肌、こうみえて、なかなか丈夫なの。噛んだって滅多に痕なんか着かないのよ」

ミワコは、むしろ躁いだ心で、そんな言葉を喋るのだった。しかし、檜井にとってその言葉は色情的な匂いがした。生々しい連想が伴うものだった。

彼はうつむいて、アンプルの細くくびれたところをヤスリでキシキシ磨った。そして、液体を注射器のなかへ吸い上げようとしたが、手がこまかく震えた。

彼はすでに幾人かの女体を知っていた。しかし、鋭く尖った白銀色の針を、このような肌目こまかい皮膚のしたにすべらせてゆくことは、初めての経験だった。檜井は初めての事柄に、異常な好奇心をもつ種類の人間だったのだ。

ふたたびミワコは誤解した。この人、なんにも知らないんだわ、と彼女は考えた。伊留間のほかの男を知らない彼女は、この新しい男女の位置にすっかり満足して、軀の芯でうずいているものは意識に上って来ず、その心は一層はしゃいでいった。

ミワコは自分の上膊を彼にあずけるとき、チラリと腋の下を示す腕のよじり方さえした。危険をともなわぬ範囲の冒険。彼女はその固定観念によって、やはり伊留間に従属していた。もしこの青年が夢中になったとしてもそれを軽く窘めるだけの余裕を、彼女は心の底で感じていた。

檜井は女のその心を感じとって、憎いと思った。

檜井は彼女のうちに潜(ひそ)んでいるものを、曝(あば)き出す気持になった。先刻、春画をみてつつましやかな嬌声をあげていたころから、ミワコの軀にひそかに淫靡な血が疼きはじめている筈だ、と彼は思うのだった。

檜井は、彼女の全身が衝動的に彼の意図する方向にむかうように、女の心に不意打を与えることを考えはじめていた。

丁度そのとき、ミワコの声がした。

「ねえ、トランプでもしましょうか」

その声には、ミワコが自分でも驚いたほど、なまめかしい匂いがあった。

彼の頭に、ある考えが閃いた。

「トランプなんて、退屈ですよ。面白い遊びを教えてあげましょう。紙とエンピツはどこですか」

彼は紙片を三段に仕切り、一番上の段に十四項目の文字を書き並べた。

容貌・スタイル・色気・怜智・判断力・情熱・意志・羞恥心・手くだ・嫉妬心・感受性・宗教心・運勢・才能。

これらの項目について、二十点満点としてまず自分自身を採点し、次に相手にその表を渡して訂正させる。ポオル・モオランが「夜ひらく」のなかに織りこんだこの遊戯を、檜井は試みようと思ったのだった。

これは危険な遊びである。モオランは、これを多人数の遊戯として取り上げたが、それが二人の男女のあいだで行われる場合、その危険の意味は更に微妙になる。これを始める以前と以後では、二人の関係は違ったものになってしまうのだ。

彼はさりげない顔で、この遊びを選んだ。彼はミワコにその要領を説明して、紙片を渡した。彼女は面白がって軽い昂奮を顔にあらわし、エンピツを握って暫く考えていたが、ふと顔を上げて檜井をみると、

「ダメよ、わたし、うまく書けない」

と言った。

「それでは、僕が最初に、あなたを採点するから、それを訂正してもらうことにしましょう」

檜井とミワコとの位置は、徐々に変ってゆくのだった。ミワコは檜井の記した表を、最初は勢よく右端から順を追って訂正していった。しかし、次第にその鉛筆の動きが鈍くなった。

ミワコについての彼の採点は、なるべく客観的になろうとするものでも、彼の主観そのままに従ったものでもなかった。その点数がミワコにあたえる効果の計算のうえに立ち、更にミワ

コの訂正してつける点数まで、意識されていた。

その事実がおぼろげにミワコの意識に上りはじめるのだった。ミワコはこの遊戯によって、檜井二郎の思いがけない成熟した面に行き当りかかっていたのだ。

試みに、そのときの遊戯のリストを説明してみよう。

伊留間ミワコの容貌は十七点、スタイルは十八点、と彼は採点しておいた。彼女はそれと同じ数字を書き記した。

色気の項目で、彼のつけた満点の二十という数字は五に訂正され、情熱の十八は七に、判断力の六は十五に、意志の十は十七に、羞恥心の十八は十五に、それぞれミワコの手によって修正された。

又、怜智の項目に彼の記した十三点は、？マークによって答えられていた。

手くだに関しては、彼は零点をつけておいた。その項目までいって、ミワコの手が迷い、次を書き淀んだ。

彼はこの機会を捉えた。

「なにをしているんです。ぐずぐずしていると、接吻しちゃいますよ」

大胆な声と、強い眸（ひとみ）の光が正面からミワコを襲い、檜井は唇をわずかに前に出して、ゆっくり形を整えていった。その動きをみているミワコの唇は、無意識のうちに蛭のようにすぼまっていった。

そのとき、彼女はそこにある男の顔が、ついさっきまで初心な青年だと思いこんでいた檜井二郎のものだということに、まるではじめてのように気付くのだった。

その事実がミワコの心を不意打ちした。彼の思いがけない変貌、それがにわかに彼女の心を襲い、烈しく昂奮させたのだ。それはたとえば鳥肌になるといったような、生理的な、肉体の組織の昂奮だった。

ミワコの心に、檜井にたいする愛情が生れたわけでは、けっしてない。だが、彼の計算どおり、彼女のうちに引きおこされた昂奮は、どうにもならぬ方向に、ミワコを追いこんでいった。

ミワコの顎をかるく持ち上げようとした檜井の指尖(ゆびさき)を、彼女は掌で防ぎ、その人差指をそのまま両の掌におしつつんで、暫くのあいだ凝(じ)っとしていた。乱れた呼吸を整えようとしているようだった。

だが、ミワコも自分を持ち扱いかねた。彼女は檜井の人差指のさきを摑んで、その指を手の甲の方向へ、反らせはじめた。ところが、彼の指はどこまでも撓(しな)って、異常な角度まで反っていった。その角度が少しずつ深くなるにつれ、ミワコの呼吸は荒くみだれた。

ミワコは不意にその指を離すと、あらあらしく彼の手首を握りその掌を衣裳の上から自分の胸に押しつけようとした。彼はすばやく腕をひねって、たくみに着物の襟元からミワコの肌に掌をすべり込ませていった。

このミワコの動作は、自分のからだを一層効果的に相手に与えようとする媚態ではなく、烈しく燃え上った躰内（たいない）のものを、いちずに相手にぶつけて行こうとするものだった。

女のこの烈しさが、檜井の心をも巻きこもうとした。次の瞬間に、彼の軀ははげしくミワコにぶつかっていこうとしていた。だがこのとき、些細な障害が二人のあいだを遮った。……女の乳房を覆おうとした彼の指に、軽いそして硬い抵抗が感じられたのだ。それは、硬く、乳首のまわりに渦巻いている細毛だった。

彼のうちに点火され、ある歪みをもった意識にとっても、その存在はやはり一つの抵抗だった。……それが持続を遮った。それが、ふと何の意味もなく、檜井の眼を上げさせた。そのとき、偶然彼の眼に映ったものは、次の間との境の襖（ふすま）のこみ入った唐草模様だった。その錯雑した線にそって、わずかに彼の視線が動いたとき、つめたいものが彼の躰内をスッととおり抜けた。

「伊留間が、あの襖のむこうにいる！」

その考えが、恐ろしいほどの確実さを持って、彼の脳裏を掠めたのだ。

いつの間にか裏口からソッと戻ってきたあの男は、隣の部屋に蹲り、戸の隙間に眼をおし当てて、自分の妻の情事を覗こうとしている。その眼は暗い光を湛えて、貪婪にかがやいている。その光は自らの内部を喰い荒らす輝きだ。自分自身の内側に傍観者の冷淡な眼を向けて、仔細な点検を怠らず、自分の心のアクロバティックな動きにだけ、生きてゆく気力の支えを見出している伊留間のような男が、隣室に蹲って覗き見している自分の姿勢を見逃すはずがない。その醜い、滑稽でみじめな姿勢。その姿勢を自分がとるという意識に耐え、あえてぶざまに背をかがめて眼を戸の隙間に押しつけていることには、どれほど伊留間の求めている要素が多量に含まれていることか！

檜井は、襖の向う側に伊留間の潜んでいることを、殆ど確信した。彼はみじかい、しかし、烈しいためらいののち、ミワコを押しのけると、襖に近づいていった。

今こそ、この襖を開き、そこに蹲っている伊留間の眼を、彼の感情の動きのすべてを知悉した視線をもって、ハッシと打つのだ。その瞳の底まで潜ってゆき、伊留間が自分自身で意味づけたその行為の裏づけを奪い去って、彼のうえにその醜い姿勢だけを残してやるのだ。

檜井は襖に手をかけた。はげしくそれを開いた。

しかし、彼の前にあったものは、ガランとした空間だけだった。

檜井の胸にも同様の空間が開いた。思い詰めた行為をしたあとだけに……。

彼は感じるのだった。彼が伊留間という男について、なにを確実に知っているというのか。曝かれたのは、伊留間恭吾の姿勢ではなく、彼自身の姿勢ではなかったか。その間、ミワコはただ黙って檜井の行動を眺めているだけだった。暗い、どんな行為も唐突には感じられないという体(てい)の眼で。

檜井二郎は放心したような指先で、何の意味もなく、露わにされたままのミワコの乳房の細毛に、軽く触れてみた。渦巻いた黒い色が、白い膚(はだ)の上でかすかに揺らいでいた。

祭礼の日

ある朝、私はわるい夢を見てしまった。

飛行機から機銃掃射を受けて、右往左往、逃げまわっているのである。

周囲にもウロウロしている人間がいっぱいいるのだが、なぜか飛行機は彼等には無関心で、眼まぐるしく方角を変えて逃げようとする私だけを追って、弾丸を浴びせかける。発射された弾丸がどうなってゆくかは不分明なのだが、私に向かって火をはく黒い銃口の狙いの正確さが、ひどい恐怖を起させた。

夢中で走りまわっているうちに、雲母（うんも）の分厚いかたまりから半透明の薄いピラピラした結晶板が剝離するように、眠りが層をなして浅くなっていったらしい。これは、とくに私に悪意をもった人物が、頭のてっぺんに生やしたプロペラを廻転させて、空中から私を追いかけているらしい……と、直面した状況の判断に余裕が混ってくるようになった。

すると、これは夢かもしれない、夢なら救われるのだが……、という考えが浮かぶとともに先刻から断続していた炸裂音が、歯切れのよい乾いた音響に聞えはじめた。

やはり夢だった、という想いと、今日は秋晴れの祭だな、という考えが同時に意識にのぼった。私の部屋から徒歩十分のところが靖国神社で、その臨時大祭を報らす打上花火の音がひびいていたのである。

大きな安堵感で弛んだ心が、まだ目覚め切れぬ状態に甘えた。その間隙に、この祭についての連想がどっと氾濫した。

……祭の日、少年のぼくが、境内に小屋掛けした曲馬団の天幕のなかで、新鮮なおどろきに眼を瞠っている。黒いたくましいヒゲを生やした団長が、舞台の床によこたわった半裸の少女の、左右の足くびを赤い布帛で、両手頸を青い布帛で縛り合せている。ぼくの傍の中年のおかみさん同士が、「アッ縛っているんだよ」と囁き合った。それが妙になまなましくぼくの耳に響き、おもわず唾を呑んだ。団長が甲高い気合をかける、少女の軀が、頭と足くびと水平に徐々に浮かび上りはじめる。やがてその軀が真一文字に空中に懸る。縛った余りの赤と青のきれが、少女から二条の幅広い線となってダラリと垂れ下っている。

その場面の印象の記憶が、もう一つの場面を私のこころに喚び起してゆく。

春の祭の日のことである。中学三年生のぼくが隣家に遊びにゆくと、若い夫人が娘に靴下を履かせかけていた。祭の賑わいに立混りに外出する支度なのである。葉子という名の幼稚園生の娘に、黒い木綿の長靴下を履かせようとしている若い母親の繊い指のうごきが、目に痛い。おもわず逸らしたぼくの眼が、庭を歩きながらマドロスパイプの煙を吐いている葉子の父の逞しい壮年の横顔にぶつかった。なぜかあわてて戻した視線が、ふたたび黒い靴下に沿ってうごいている白い指の爪にマニキュアされた真紅のエナメルに行き当ると、はげしい戸惑いを覚えた。なにか、夫人の湯上り姿にばったり向かい合ったような……。美しいしかしいつも大儀そうな無表情にちかい顔つきをした、世の中の事象に関心の稀薄そうな、あの夫人。

そのとき、事件が起った。

葉子が不意に、痛イイタイ、と叫んで烈しく泣き喚きはじめたのである。その泣き顔は、上唇のうえの筋肉がむっくり二つの塊にもり上って、虎の上顎のようになる。その母親に似ぬ偏執的なはげしさを疎ましく思いながらも、「おもいがけぬ切り創でもこしらえたのか」と、ぼくは娘の脚を見たが、黒い靴下の踵のところに大きな穴があいて皮膚が覗いているだけで、血の色はどこにもなかった。

戸惑ったぼくが、「おなかでも痛くなったのかしら」と呟くと、夫人は頷きながら素早く穴のあいた靴下を脱がし、「よしよし、すぐ直しておくからね」となだめながら、ぼくに向かって、「このまえも同じことがあったのよ。靴下に穴があいているとイタイって泣くのよ。よく聞いてみると、靴下が痛いって同情して泣いているらしいの。なんだかへんだわねえ……」

いつものようにほとんど表情を動かさずに、低い声で語るのであるが、自分の娘の正常でない症状を医者に向かって述べているようなある恥らいの翳が、夫人の顔を掠めたように思えた。そんな翳が一瞬あらわれて消えたことが、かえってぼくに、夫人の姿全体から繊細で脆弱なガラス細工の動物を想像させた。また、ぼく自身、自分にそのような危うさを感じていること、それをもてあましていること、それより生ずる夫人への親近感……、そんなものを同時に感じているとき、夫人がぽつりと言い足した。

「こんなこともあるの、色の褪せてしまった赤いポストを指して、ポストが枯れてる、なんて言ったりするの」

その言葉で、ぼくは初めてのように葉子という娘の異常さに思い至ったのであるが、そのときのぼくは、その幼い娘の奇異な言動の理由については考えようとせずに、葉子がふだん猫を病的に可愛がることなど思い出して、そのすさまじい泣き顔を眺めながら、「この娘は大きくなったら、どんな恋をするだろうか」と、ぼんやり考えていた。その印象には、なにか漠然とした性的な感じがあるようだった……。

そういえば、葉子が靴下の穴をみて泣いたのは、どう解釈できるだろうか、と殆ど覚めかかった頭で私が考えようとしたとき、顔にハタハタと物のさわる感触があった。

目を開いてみると、妻の顔が覗きこんでいて、手にもった白い封筒で私の頬をかるく叩いているのである。

「ずいぶん、だらしのない顔をして眠っているのね。もう起きないとおひるになるわよ。今日はお祭だから、サーカスを見に行かない……」

　私が生返事していると、「気のない返事をするのね。それより、この手紙どうしたの」と、封筒の裏側を眼のまえに突きつけられて、そこの志野葉子という署名が眼にうつり、「志野葉子といえば、さっきまでの半睡状態で思い出していた少女の名前だが、目覚めたとたんに手紙が来ているなど、まるで夢のつづきのようだ」と、ぼんやり考えているうち、はっきり眠りから脱け出したらしく、その封書は数日前に受取ったもので、内容を読んでから机の上に投げ出して置いたものだったことが分った。そういえば、志野夫人の思い出に捉われたことは、数日前この手紙を読んだことが、逆に作用していたのかもしれぬ。いろいろな紙きれが乱雑に散らかしてある机の上から、妻は今朝はじめて見付け出したのであろう。

　志野一家は、私が中学三年生の秋に引越してゆき、以後私の眼から消えた筈であったが、長い間隔を置きながら幾回か、まったく偶然、電車の中とか、とある街角とか、ビルディングの階段とかで、ふっと葉子と行き遇うことがあった。その度に彼女は見違えるほど成長していて、もちろん私も大人になっていっていたわけであるが、九歳という年齢の差がぐんぐん狭くなってゆくことに驚くとともに、夫人とはあまり似ていなかったと思っていた葉子の風貌に夫人の俤（おもかげ）がにじみ出ていることに気付いたりして、ときにはお茶など飲んで久闊を述べることなどもあった。

従って、不意に葉子から来信があって、彼女がイギリス系商社のオーストラリア人と近く華燭（かしょく）の典（てん）をあげる、彼氏は六尺ゆたかの真面目な好青年である、という意味の文面を読んだときも、とある日とある路上で久方ぶりに葉子と邂逅した程度の感懐が浮かんだだけで、そのまま封筒を机の上に投げ出しておいたのであった。

しかし、追憶の世界から連れもどされた直後、葉子の手紙を眼の前に置かれてみると、私が幼稚園生だった彼女の異様な行動から受けとった性的な感じの十数年後の答えを、その封書の内容に見るような気持になった。

いつまでも私が黙っているのを、妻は邪推したとみえて、「この人、どういうひとなの」と、やや尖った声で言った。結婚してから五年になるが、その間、葉子と遇ったのは二回ほどであろう。話題にしたこともなく、従って妻にとっては未知の名前である。

「べつに、どういう人ということもない、むかし隣に棲んでいた家の娘だよ」

「ただそれだけの人が、わざわざ結婚の通知を寄越すかしら。それも外国人との結婚て、吹聴するほどのものではないでしょう」

そういわれれば、志野葉子がこの通知を送った気持は、私には瞭かとは言えない。「ともかく、もうすこし精しくこの人のことを話してごらんなさい」と言われて、私は仕方なく先刻思い出していたような事柄を話しはじめたが、葉子が靴下の穴を見て泣き出したことを説明しながら一策を案じ、「ところで、この靴下事件はきみはどう解釈するかね」と訊ねてみた。

妻の考えの方向を、この質問によって逸らしてみよう、と思ったのである。

「そうねえ」と、彼女はおとなしくなって考えはじめたので、私の計略は奏功したかと思えたが、「それは、その葉子というひとがあなたを好きで、自分の感覚の特異さを知ってもらいたかったのじゃない。今度の手紙だって、結婚してしまうくせに、自分を強く印象づけようというつもりなのよ」と、またもや逆戻りをはじめたから、私は、「しかし、葉子君はそのとき幼稚園生だったからね」と、注意しなくてはならなかった。

「幼稚園の子供だってあり得ないことじゃないけれど……、そうね、それでは長靴下の黒い色のためではないかしら」

「黒い色……、って、それはどういうことだろう」

「脚の皮膚の白い色が、靴下のためにすっかり黒くなってしまうでしょう。子供のことだから、自分の脚は黒色という気持になってしまう、ということも考えられるでしょう。そのとき不意に、白い部分が眼に飛びこんでくる。自分の黒い脚に白い穴があいている、という錯覚が起るということはないかしら。肌色の靴下に穴をあけて、実験してみたかったわね」

「原始時代の土人は石ころなどの物質にも魂があると思っていたというし、又、自分と他との区別がはっきりしない場合もあると、聞いているがね」

と、私は自分の解釈を簡単に答えて、沈黙してしまった。

先刻からすでに、私のうちには、葉子の母、志野夫人が自殺したときの記憶が大きな場所を占めかけていたのである。

しかし、そのことを妻に語ることは、なにか躊躇される気持であった。


私が葉子の靴下事件を目撃した年の夏、ひどく蒸し暑いある日のこと、突然、志野夫人がカルモチンを嚥んで自殺してしまったのである。

よそ目には、暗い翳もなくしずかに棲みなしていた一家であるだけに、私たちには、原因は不明であった。ただ、御用聞きの商人たちの噂では、夫人は数年前あるレヴュー小屋の踊子だったことがあるそうで、彼等の臆測の焦点はそのあたりに在るらしかった。

夫人の自殺の原因が、私の家で話題になったとき、父が笑いもせずに、「あまり暑かったのでイヤになってしまったのだろう」と言ったとき、私は、夫人の死を冒瀆する言葉としてひそかに立腹したものであった。しかし、歳月が経つにしたがって、私の追想のなかの夫人の妙に生命力の稀薄な風姿に、その言葉が似合ってきて、「志野夫人がレヴューの踊子だったときは、どんな恰好で舞台で踊っていただろう」と想像すると、退屈そうな笑いを唇のまわりに浮かべて、周囲とテンポの合わぬゆっくりした手足の動かし方をしている姿が眼に浮かんで、ふっと可笑しくなったりするようになった。

秋に入ってから隣家は引越して行ったが、晩夏の空が真赤に夕焼けている時刻、部屋の窓から偶然見えた志野父娘の姿は、私の印象に鮮やかにのこっている。葉子が庭の中央で、まっ黒い猫と茶色の猫を一匹ずつ両脇にかかえ、猫たちが無理な姿勢に苦しんでニャアニャア鳴くのもかまわず、ぼんやり空を眺めて佇んでおり、志野氏はその前景の竹を組んだ低い垣根の傍に、下駄穿(ば)きにホームスパンの部屋着で蹲(うずくま)り、同じ動作を長いあいだ繰りかえしていた。花が咲く時季がすぎた鳳仙花の、いっぱいにみのった黄緑色の紡錘形の実を指尖で挟んで、一つまたひとつと潰しているのであった。

私はそのとき、軽く押えるとパチンと皮がはじけて茶色の種子が四方にとび散り、外側はくるりとまるまって芋虫のようになるこの植物の実の、破裂する直前にかるく押しかえしてくる抵抗感を、自分の指に感じていたのであった……。

私が沈黙を続けているのを妻はどう解釈したのか、食事の皿を卓のうえに配りながら、高い調子で、「はやくご飯をたべて、サーカスに行きましょう」と言った。

私はその言葉に従った方がよい、と思ったが、億劫な気持がさきに立って「うむ」と生返事したまま、ぐずぐずしていた。考えてみると、十年以上も靖国神社の祭というものには行ったことがない。もっとも、戦後この祭がそれらしい体裁を整えたのは、最近のことである。

そのとき玄関の戸が開いて、「おばちゃーん、サーカス見にいかない」と、少女の声がした。近所の信子ちゃんという幼稚園生である。妻は、西部大活劇の映画や、女剣劇や、サーカスの愛好者で、それを知っている近所の男の子や女の子は、保護者を必要とすると誘いにくるのである。

それでは私も一緒に出かけるとするか、という気になった。

「昼の花火はね」と、雲一片ない空を見上げて、「煙の色と形を見て観賞するのだよ」と説明してみたが、祭を告げる花火は、白い煙がまるくかたまって、ゆっくり流れてゆくだけである。

久方ぶりで見る祭は、同じく大へんな雑沓であった。本殿から九段上に至る広い参道の両側には、屋台の土産物売りが一列に店を出し、その裏側に見世物小屋が並んでいる。妻が買った金太郎アメを見ると、細長い飴のなかの模様はやはり昔のままの赤い顔の童子で、それから注意してみると、これらの店の商品には目新しいものは全くないのである。水を満したコップのなかの原色の水中花。平たい桶に並べられた赤や黄の海ホオズキ。七つ道具のナイフ。どんな場所でもまわる地球ゴマ。うつし絵、風ぐるま、ゴム風船、模型ヒコーキ、など……。

歳月の行方に、私はふと戸惑ったかたちであった。

大きな菊花の紋章のついた扉が左右に開いてある門をくぐって境内に入ると、田舎の老爺然(ろうやぜん)としたモーニング姿の写真師を見つけた妻が、「記念に写真を撮りましょう」と、やや強く主張した。その強い語調は、いろいろな事情で私が結婚写真を撮されることを承知しなかったこと、及びそれ以来も私と妻とが同じ画面に写っている写真がないため、彼女がこの機会を摑まえようと思ったためであろう。

参詣(さんけい)の人々が絶え間なく列をなして通っている傍で、男女三人、記念撮影というまとまった行為をするときに向けられる、多くの人の視線を想像すると、私はしりごみしたくなるし、さらに、乾板(かんぱん)に自分の姿が定着されるのを意識しながらあちこち向きを変えさせられ、数秒のあいだ筋肉ひとつ動かさずに同じ姿勢をしなくてはならぬことに、私は反射的にはげしい抵抗を感じるのである。しかし、その種の感情の動きは、この世の中に生きてゆくことを選んだ人間にとっては、全く無用のことであると思い定めることにしているので、私ははしゃいでいる信子ちゃんを眺め、平気な顔で妻に従うことにした。

妻が踞んで、信子ちゃんと私が傍に立ち、旧式な大きな箱型のカメラの前に並ぶと、褐色に禿げた写真師が黒い布のなかに首をつっこんだ。その首はなかなか出てこない。

私の眼には、無表情という表情を装っている自分の顔が映りはじめた。そのとき、ふっとあの志野夫人の表情の乏しい貌が浮かび上って、私の表情に重なるのを覚えたのである。

やっと、写真師は布から頭をはずしかけたが、また潜りこむと、さかんに掌を振って、「もうすこし右へ寄ってください。菊のご紋章がバックに入るようにしましょう」と大きな声で指図した。

不覚にも、私のうちの動揺が、おそらくはじらいの形をとって、その言葉に誘い出されたようであった。私の眼のなかの志野夫人の貌も刹那、ゆらいだ。私は、志野夫人についての新しい解釈を発見した……、と考えを振向けることによって、素の状態に復そうとしたのである。

シャッターはなかなか切られず、写真機と私たちのあいだの空間を、参詣人たちが屢々遮るため、それは一層おくれた。

やっと撮影がおわって、私は写真師に二百円也を支払い、住所を記して郵送をたのんだのであった。

見世物小屋の並んでいる参道へ、私たちはふたたび戻っていった。

私は、志野夫人についての発見、のことを考えていた。「夫人のあの表情は、世の中の事象に関心の稀薄なためではなく、あまりの感じ易さの結果ではなかったか。あの表情を支えているためには、感情を操作するための大きなエネルギーを必要としていたのではなかったか。そのことが乏しい夫人の生命力を一層稀薄にしてゆき、ついに操作をつづけてゆく気持を失わすなにかのキッカケが……」

いまさら考えても詮のないことを、私が考えているのは、ただ、少年の日の私に与えた志野夫人の印象の強さのためだけであったろうか。


妻が幾回も誘うのを断わって、彼女たちをサーカスの天幕へ送り込むと、一人でぶらぶらと歩いてみた。やがて私の足は、ある粗末な小屋のまえで止った。

『蜘蛛娘と一寸法師』と書いた毒々しい絵看板の下で、マイクロホンを手に持った中年の女が、訴えるような哀調をわざと混えた此の種の見世物に特有のふしまわしで、呼び込みの口上を述べていた。――親の因果が子にむくいて、姉妹ふたりとも見るも無残な片輪ものである。お客さんたちは早く中へ這入って、その可哀そうな姿を見てください。お代は見てのお帰りです……、という意味のことを、さまざまの表現で繰返すのである。

私が立ちどまったのは、その口調がどぎつかったためと、片手におさまる大きさのマイクロホンで口もとを隠されたその女の顔が印象的であったためであった。彼女の眼は、どんよりと鈍い光がたたえられているくせに、僅かなことも見落さない強い色をしているのが、そのときの私にはどんな事態になっても生きてゆこうとする生命力そのもののように思えた。その顔だけはむしろ若々しい美人のものと言えたが、彼女の胴にはすでに中年女の脂肪が十分ついてひとかかえもありそうな太さだった。その姿を眺めていると、この女に使われている見世物の娘たちが、ひどく惨めに思われてくるようだった。——さあさあ、これから一寸法師が裸になって、からだをあらためます……、という言葉とともに、私は中へはいってみた。

もちろん、私はこの種の見世物に口上どおりのものを期待する大それた気持はない。昔の記憶によれば、胎児のアルコール漬けが置かれた横に、あたりまえの娘が手もち無沙汰な顔つきで張りボテの大蛇の尻尾をくっつけて坐っていたりした。私はどんなインチキを見せられるかという興味をもって這入っていった。

ところが予想に反して、この因果ものはいわば良心的で、それにむしろ朗らかな雰囲気が漂っていたのである。良心的というのは入場料に相当するものを見せようとする努力についてであって、本物の一寸法師がいたわけではない。場末のミルクホールのねえちゃんといった感じの小柄な娘が、舞台に穴をあけて下半身を埋めて立っている。そこから一寸法師の趣を感じなさい、という次第で、私が入場したときは、これからいよいよ軀をあらためる、と、着物を脱ぎはじめていた。短い鼻のあたまがやや上を向いて、人を小馬鹿にした顔付きの色の黒い小娘が、嗄れた声で「越後獅子の唄」かなにか流行歌を唱いながら、それに動作を合せて少しずつ人絹(じんけん)の着物を肩からずり落してゆく。当世流のストリップ・ショウの楽隊と踊子と一緒に引きうけた形で、色気は全くないがなかなかの愛嬌があった。乳房の上の線まで衣裳をずらせてくると、思い入れよろしく、唄と動作を止める。介添のお下げの少女が、——さあさあ皆さん、拍手して下さい。拍手をしたらもっと脱ぐそうです、と言う。見物一同、苦笑しながらパチパチと疎(まば)らに手を叩いた。ところが舞台の娘は動作を起さない。介添の少女が訊いた。

「さあさあ、ねえちゃん、どうしたの」

「だって、あのおじさんが手をたたかないんだもの、イヤだ」

「どのおじさん」

「ほら、あそこのキレイなねえさんと一緒にいる人」

指さされて、芸者風の女を連れた和服の男が、持っていた花束をあわてて女に手渡し、火のついた煙草を口に銜(くわ)えとり、パチパチと大きく掌を打ち合すと、舞台の娘は、得意気にふたたび流行歌を唱いはじめ、ずるずると着物をずり落したのである。

苦笑いしながら小屋から外へ出たとき、私はそこに、瞭かに昔は眼にすることの出来なかった光景を見た。

それは、この小屋の前に立って絵看板などの情景に笑い興じている一組の男女で、一人は六尺を超す黒人、他は五尺に満たぬ日本の女であった。

思わず、私は立止っていた。この外側の光景の方が、はるかに因果ものめいて眼に映ったからである。そのような想いには女は全く無縁であるらしく、赤い肉感的な唇から、伸び上るようにして言葉を黒人の耳へ投げあげ、彼はその度に大きく笑うのである。

私の視線が釘付けになった。そのとき、妙なことが起った。胸のなかの想いはそのままに、白日に照された風景が雲の往来で一瞬すうっと翳ろい再びもとの姿に戻るように、私の眼に映った彼等二人の姿が志野葉子とその婚約者の外国青年に変り、刹那ののちもとの黒人と女に復したのである。

その間を私は瞬時と感じていたが、実際は何十秒かの時間の経過があったらしい。

「ちょっと！　いつまでじろじろ見てるのさ！」

不意に苛立った女の声が、耳を衝った。分厚い真紅な唇のうごきが、大きく眼に迫った。憎々しげな眼、黒人の連れの女だ。

私はあわてて背を向けると、急いでその場を立去った。なにやら罵りの言葉が、追ってきたようだ。あの矮小な女は、「破廉恥女め！」と私の眼が語っていると考えたのであろう。それならば、すでに彼女には馴れた局面であろう。ただ、私の見詰めた時間が長すぎただけで、すぐに彼女は忘れてしまうにちがいない。

しかし、さっき私の幻覚にあらわれた情況においての葉子が、私の想いをそのまま知ったとしたら、彼女はどういう反応を示しただろうか。どういう反応を示す女だろうか……、と考えたとき、幼い日の彼女のあの偏執的なはげしい泣き顔と、成長するに従って志野夫人の面影が彫まれはじめた顔とが、二重写しになって私の眼に浮かんだ。……しかし、それと同時に、「私が葉子について知っていることは、その外貌だけではないだろうか。志野夫人についても、その風貌に刺戟された私の心象に自分勝手な夫人像が映し出されていたに過ぎないのではなかったか」という考えも、いま初めてのように、私の心に浮かんだのであった。

家に帰りついて、余程時間が経ってから、妻が戻ってきた。

「おもしろかったわ。サーカスを一回どおり見て、お化け屋敷に入って、透明人間を見物して……、透明人間になった女のひと、あなたが気に入りそうな悪趣味な美人だったわよ」

と言ったが、私は悪趣味のつもりはないから、この言葉は彼女の朝からの不機嫌の総決算とみるべきであろう。

夜になると、なんとなく疲れを覚えて、早目に布団にもぐってしまい、この祭の一日は終ったわけなのであるが、やはり、数日後の事柄をつけ加えなくてはなるまい。

五日ほど経って、私は一通の封書を受取った。あの神社境内の写真師からで、申し訳ないが写真はフィルムに光線が入ってしまったためお送り出来ない、との文面で、私の支払った代金は、二十枚の十円切手に替って同封されてあった。

その通知を見て、私はなにも感想はなかったが、ちょうど居合せた友人が、「へえ、君が靖国神社で記念写真を撮したのかねえ」と、私の顔を覗くので、ことの経緯を語らなくてはならなくなった。志野母娘のことには触れず、ただ写真を撮されるときの私の困惑を、戯画化して語り終えると、彼は暫く考え込みなにかしきりに頷きながら、「君、これは非常に面白い事件だよ。じつに神秘的なところがある」と言った。

手紙に封入されてあった十円切手二十枚の模様は、誰か偉い人の肖像らしく、髯をはやした十人の老紳士がやや首をかしげて冥想の体であるのと見比べて、私はおもわず失笑して、

「なにが神秘的なものか、ばかばかしい」と言うと、

「いやそうではない。こういうことが人生にはあるものだ。つまり、写真を撮されているとき、おもわず外へ出た君のはじらいが、なにか電波のような具合に、その写真屋に伝わって、彼が

その職業をはじめて以来はじめてのえたいの知れぬ羞恥心を惹き起したため、おもわず操作を謬(あやま)ったのだ。光線が入ったなんて、君、もう何十年も写真を撮している男が、尋常なことでそんな手違いをすると思うかね。まったく、こういうことは不思議なことだな」

と、彼は断定的な口調で言った。

神秘的、という彼の言葉に笑った私であったが、その説明を聞けば、納得できぬものでもない。しかし、やはりそれは彼の思いすごしと言うものであろう。彼の解釈に従えば、あの因果ものの小屋の前で、黒人の連れの女が浴せかけた罵声は、私のそのときの動揺した思いが、視線をつたわって正確に彼女に達したことによって、起ったものであるということになるではないか。そのことには、到底私はうなずくことは出来ない。

しかし、友人も言うとおり、あの老写真師と頑丈な箱型カメラを思い浮かべると、撮影が失敗することは、とても考えられなくなってしまうのであった。

私は、なにか手の入り組んだ詐欺にかかっているような気分になって、眼のまえの二十枚の郵便切手をしばし眺めていた。当分のあいだ、その切手を封筒の片隅に貼ろうとする度毎(たびごと)に、私の指先はいつも甚(はなは)だしくためらいがちであったことを、白状しなくてはなるまい。

治療

部屋のなかで、寝ころんでぼんやりしていると、整理ダンスの上の花瓶に挿された鉄砲百合が眼に映った。花弁がくっつき合って旧式の蓄音機のラッパのようになっている花々から、花が呼吸する毎に黄色い微細な花粉が吐き出されて、部屋中に充満してゆくように思われて、私は呼吸が苦しくなった。

大きな颱風や小颱風が次々と襲って来ていた季節で、私の喘息の発作が起りそうな気配のため、会社を休んでいるときだった。

私の全身は精密な測定器と化して、気圧や湿度の微細な変化に従って、あちこちの指針がぶるぶるとその尖端を震わせているようだった。

特定の花の花粉によって、発作が起るタイプの喘息がある。その症状が昂じると、その花の造花を見ても、幻の匂いを嗅いで発作に捉えられる例がある……。先日聞かされた話を、鉄砲百合を眺めて思い出していた。

友人のIは、エビを食べると必ず発作を起すそうだ。私のは、季節や気圧の変り目がいけない。（特異体質の話をするのが目的ではないが、ついでに更に特殊な例を挙げれば）人間の顔がデフォルメされて鼻の穴が九つもあるピカソの油絵を眺めていたら、喘息の発作が起ったという男を私は知っている。ブリヂストン美術館のピカソのキュービズムの絵のまえで、呼吸困難のために軀を二つに折りまげて跼みこんでいる、六尺にちかい頑丈な体格の彼を想像して、私は失笑したものであった。（喘息は老人の病であると誤解している人がかなり多いが、これらの例でも分るように、年齢に関係のない、神経系統に属する疾患なのである）。

時も時、妻が喘息治療の名医の話を聞きこんで戻ってきた。時も時、というよりは、世の中にはこの疾患に悩まされている人が意外に多いとみえて、悪い季節には喘息が一つの話題になり得るのである。

妻が近所の老婦人に聞いてきた話は風変りなもので、「こんな名医がいるから行ってごらんなさい」というのではなく、その老婦人がホウホウの体で名医のところから逃げ出してきた経緯である。

老婦人はこう語ったそうだ。

「それでね、あなた。どんな難しい喘息でもお治しになる方だと伺いましてね、診察して戴きに上ったのでございますよ。そうしましたら、どうでしょう、あなた。真黒いデコボコのお鍋に注射器を入れて煮立てたものを、お鍋ごと診察室へ持って出てこられたのですよ。あたしは一寸（ちょっと）ばかり消毒についての知識がございますのでね、もう早速、失礼させていただいて帰ってまいりましたのですよ」

また、彼女はこうも語ったそうだ。

「それがもう、とっても気難しい方でございましてね、苦虫を嚙み潰したようなお顔をなさっていらっしゃるのが、何かの拍子にお笑いになったのですよ。まあ、その笑い顔の恐ろしいこと、まるで鬼のようでしたよ」

私は、その話のなかの医者に好感を持った。老婦人が嫌悪をもって語った事柄のなかに、一つの物事に打込んでいる人物のタイプが窺（うかが）われたからである。親しくしている偏屈ものの大工の棟梁や床屋の職人や洗濯屋の主人などの風貌が、その医者と一緒になって、私の網膜で活潑に動いた。

翌日、私は早速その医者の許へ赴（おもむ）いた。

非常な好意をもって私は出掛けていったのに、一方その五十年配の医者は甚だ不機嫌であった。終始ニコリともしない。それはむしろ、興味なげな表情といった方が適切かもしれない。

「君の喘息は、まあ初等科といったところだね」

私が自分の発作の苦しさをいくら申立てても（エフェドリンもアドレナリンの注射も効かな

くなり、息も絶えんばかりになりながらも、しかも走りつづけなくてはならぬ時のような苦しみを訴えても)、彼はその言葉を繰返すのみであった。

しかし、兎も角も私は以後数ヵ月間、毎週日曜日に彼の許へ赴いて、治療を受けることになった。治療の方法は、私の静脈から注射器の中へ血を吸上げてそれを再び私の皮下に注入する、という簡単なものであるが、血の分量その他の点に微妙な注意が必要であるらしかった。

私は名医の噂高い山元医学博士の許へ幾回か治療に通ったが、彼の興なげな表情はいつも同様であった。そのうち、博士の機嫌は彼の許へ来る患者の背負っている病状によって上下することが分ってきた。

ある日曜日の午前、私が上半身を裸にして博士の診察を受けているとき、扉が開いて烈しい発作の患者が連れてこられた。

それをみると、博士の表情は俄に生気を帯び、置き去りにされた私は彼の大車輪の活躍を眺めることとなった。

まず博士は、ガラス管の内側が紫色に塗られた極く細い注射器にアンプルから透明な液を吸上げ、注射器を宙にふりかざして薬の分量を調べ、患者の上膊に注入した。続いて、長いゴム管の尖につけられたガラス管を患者に咥えさせ、他の一端についているゴム球を握りつぶしたりパッと離したりして、途中の薬槽の液体を霧状にして患者の咽喉へそそぎこんだ。

次に、患者に金だらいを持たせ、波打って喘いでいる背中をドンドンと叩きながら、叱咤した。

「ほら、もっと強く咳をして、痰を吐き出すんだ、そら、そらッ」

これらの処置は、実際にはかなりの時間を要しているにもかかわらず、私には目まぐるしいスピードで次々と行われたように思われた。これは、博士の身辺に漂って、一つ一つの動作にはっきり区切りをつけている強大な活力のせいであろう。

やっと私の存在を思い出した博士は、醒めやらぬ昂奮のあまり、

「やあ、あなたですな。はやくシャツを脱いで、脱いで」

と、大きな手振りで、すでに裸体になっている私に命令したのである。

このように、私にとっては重い荷物である喘息も、博士の眼にはヤクザなガラクタにすぎず、従って私という人間は、山元博士の診察室の内部においては彼の関心をそそるものの皆無な、価値ゼロの男にすぎないのだ。

医者と患者との関係においては、このようなものの方が却って余分なものが残らずに好ましい、と納得する一方、彼の気難しい苦い顔は私を気詰りにさせた。

そこである日、取るに足らぬ喘息を背負って山元博士の前へ現われる私という男に、いくら

かでも重量感を加えようとする気持で（虎の威を借る狐という諺があるが、それに似た気持であろう）、友人Ｉのことを話題にしてみた。

「僕の友人にエビを食べると、たちまち喘息が起る男がいるのですが、あれはいったいどういうことで……」

と言いかけると、例のごとく渋い顔をしていた博士の顔が、にわかにパッと輝きはじめた。

「そうですか、それは、それは。ゼヒひとつ、どうですかな、その方を御紹介願えぬものでしょうか……」

今までにない優しい声である。その声音には、子供が母親に玩具をねだる調子が含まれていた。

帰途、私はそのときの博士の表情の変化や言葉の調子を思い浮かべて、おもわず笑いがこみ上げてくるのを制することが出来なかった。

ここで、喘息という症状について簡単に説明しておこう。前述したように、発作を招く直接の原因としては、気候・食物・匂いなど夫々（それぞれ）各人各様のものを調べ上げることが出来るが、病因というものは今のところ明瞭でない。蕁麻疹（じんましん）、胃潰瘍（いかいよう）などの病気と同じく、アレルギー性疾患として、神経系統の病気と考えられているようだ。

一時流行して現在は廃められている頸動脈毬の剔出術を私も受けたが、それは、頸動脈が二つの枝に岐れる部分にある米粒大の神経のかたまりを取去る手術である。私のものは、常人の二倍の大きさでVの字型に米粒大のものがくっつき合って、動脈の分岐点に馬乗りに跨っていたそうだ。今でも、京都大学病院の標本室にアルコール漬になって保存されている筈である。……その手術後、私の発作の回数が少なくなったところをみると、やはり神経系統に属する疾患というのは正しいのであろう。

うかうかと一週間が過ぎて、また山元博士の治療を受ける日がめぐって来た。

診察室へ入ってゆくと、博士はニッコリ笑って私に目礼し、そのまま視線をずらして入口の扉を凝視している。そこで私は、ハッと気付いた。博士は私がエビを食べると喘息になる友人を同道してくることを期待していたのだ。静岡まで旅行してきた私が、ワサビ漬が大好物の老人のところへ、土産物を持たずに旅行中の報告に赴いたようなものである。

果して、博士の顔には露わな落胆の色が浮かんだ。それは容易には消えなかったが、口に出しては彼は何も言わなかった。そして、平常よりずっと愛想がよかった。

私は次の日曜日までに友人のIを訪問して、彼の意向だけでも聞いておかなくてはならぬと考えた。しかし、彼の家は郊外の奥の方で、億劫な気持に押流されて、そのまま一週間が経ってしまった。

私は、負い目を持ったままで均衡(きんこう)を取ろうとするため、硬い表情で診察室へ入っていったとおもわれる。

治療が済んで、私は黙ったまま帰ろうとした。厄介なエビの友人の件は、このまま揉み消してしまいたいと思ったのである。ところが、博士は私の顔から視線を離さず、妙にモジモジしていたが、ついに口を開いた。

「あのう、このまえの、エビの人はどうでしょうかな」

私は、いま初めて思い出したという顔をして答えた。

「あ、そうでした。その友人とはこのところ会う機会がないもので……」

「そうですか、それは……。今度会われたらゼヒ伝えてください。儂(わし)がエビを食べれるようにしてあげますとな」

遂に私は、どうしても友人Iを訪問しなくてはならぬ羽目に追込まれた。ある夕方、会社からの帰途、私は電車を三度乗換えてやっと彼の家へ辿りついた。そして、今までの経緯を述べ、是非一度その名医の診察を受けに同道してくれないか、と勧誘したのである。

彼はさも可笑しそうにこまかく首を揺りながら笑い、山元博士の人柄に好感を示した。しかし、最後に彼の言ったことは次のようなものであった。

「ぼくはエビさえ食べなければ、何ともないのだからね。それに、エビはぼくにとって特に好きな食物というわけのものでもないし……。まあ、素晴しい御馳走でもしてもらえるなら、博士の眼の前でエビを食べてもいい、とでも言って、笑い話にして断わってくれたまえ」

彼の言い分はもっともなことで、苦しいおもいをする実験材料にされるのは、誰だって好きではないだろう。

しかし、私が取りついだIのこの言葉は、笑い話として博士に伝わらなかった。

「素晴しい御馳走でもして下さるなら、などと勝手なことを言っていましたが……」

と私が話しはじめると、博士は満面に笑みを湛(たた)えて、すぐ私の言葉を引取り、

「ああ、結構ですとも、それはもうスバラシク大きなエビを御馳走しますよ」と言い、急に声を低めてまるで重大な秘密を打明けるかのように、「じつはね、あなたのような喘息の例は掃いて捨てる程あるが、エビを食べて発作の起る人はなかなか珍しいのです。貴重な存在なのですよ」と、私の耳に囁(ささや)いた。

白い皿のうえに真赤な伊勢海老が、長い鋭いヒゲを思いきり伸ばし、十本の脚をぐっと拡げて載っている姿が私の眼に浮かんできた。海老、蟹の類は、私のとくに好きな食物である。しかし、このときの海老の姿態は、いかにも憎々しげに私には感じられたのであった。

次の日曜日は、私は博士の許へ行きそびれて休んでしまった。その頃には、治療の効果は歴然として、私は殆ど発作に見舞われることがなくなったので、このまま治療を中絶させてしまうのは本意ではなかった。

私は友人のIを説得するために、更に一度の訪問を試みた。途中の三つの乗換駅では、電車がなかなか来なかったり、或は眼のまえで電気仕掛のドアが締ってゆっくりと幾輛も連った車体が動き出したりした。私は苛々する心を抱いて、何のためにこんな莫迦げた目に遭わなくてはならぬのか、と自らに問うてみた。

事の起りは何であろうか？……私が自分の喘息が平凡なものであることを恥じたこと。そして、山元博士の視線を私自身の平凡さから逸らすために、エビの友人の話を持出したこと。……結果は、このように、友人のIを博士の診察室へ連れ込むために汲々としている。博士のエビの友人にたいする執着は甚だ執拗で、私はそれを断ち切ることが出来ないからである。私は、医学に奉仕しようとしているのか、博士のエゴイズムに奉仕しようとしているのか？もとはといえば、山元博士の人柄にたいする好感からはじまったことが、今では博士の個性が私を浸蝕しかかっているのではなかろうか……？

私は、なんとかしてIを捩伏せて博士の許へ連れて行こうとした。博士によって浸蝕されかかっている分量だけ、Iを浸蝕しようとするごとくであった。

Ｉは、頑強に抵抗した。

「それは、成程山元博士という人には、好感を持てるよ。しかし何のために、ぼくがその見知らぬ人の前で大きなエビを食べて、喘息になってみせなくてはならぬのだい。発作の苦しさは君だって知らないわけではあるまい」

「何のためにって、医学の進歩のためだ！」

「ぼくにはそんな犠牲的精神はない！」

「それはともかくとして、ねえ君エビが食えるようになるんだぜ、これからずっと、安心して！」

「何度も言ったが、ぼくはエビを好きじゃないんだ！」

「しかし、永久にエビが食えないことは、君の全人間性に欠けるところがあるということになるよ」

「そんなバカな論理があるものか！」

その他、私たちはいろいろ奇妙な、傍で聞いていれば噴出してしまうような会話を取交した。しかし、当人たちは真剣で、竟には互いにムッとして黙りこんでしまった。

気が付くと、夜はすっかり更けていた。仕方がないので、Ｉの傍へ寝具をのべてもらって、泊ってゆくことにした。私はもう諦めていた。だが、朝になったら、もう一度、執拗にＩを勧誘してやろうと決心して、眠りに入っていった。

夜明け、私は明瞭に繰返されているIの言葉で眼が覚めた。

「ラケルというエビが追いかけてくる」

「ラケルというエビがやってくるぞ」

そんな言葉を繰返しているIの顔をのぞきこむと、明確な言葉を叫んでいるにもかかわらず、それは寝言であることが分った。やがて、彼の息が、咽喉の奥で嗄れるような音を発しはじめた。喘息の発作の先駆症状である。

私は、彼の発作がもっとひどくなりそうだったら揺り起そうと考えているうち、やがて気管支で鳴る音は止んで、寝息が聞えはじめた。

ラケルという海老。……ラケルというフランス語の疑問女性代名詞がある。ドチラ・ドレといった意味だ。Iの叫んだこの言葉は、別に意味もなく、偶然の音の組合さったものであろう。ただ、夢の中で真赤な鋏を振りたてた巨大なエビに追いかけられて、Iが悲鳴をあげていることは疑いのないことだろう、と私は思った。そう言えば、ラケル・メレーというスペインの女優がいたということだ。無声映画の頃のスタアであったが、彼女の演じた役は情熱の女カルメン……。

朝の光が室内に充ちたとき、私は眼を覚したIに訊いてみた。

「明け方に、なにか恐い夢をみなかったか」

「いや、別に……。よく眠ったが、どうかしたのか」

私は、Ｉが嘘をついているとは思わなかった。しかし、あの恐ろしい夢が、彼の脳裏を痕もとどめずに通り魔の如く過ぎ去った事実も疑わなかった。それと同時に、もはやＩに山元博士の診察を受けるように勧める気持も、私のうちには失くなっていることを知ったのであった。

私がエビのことについては一言も触れないので、Ｉは朝飯を食べながら、昨夜からの重苦しい海老に関する話題のデザート・コースのような事柄を、ぽつぽつと語った。

「きみには思いことをしたみたいだが、まあ勘弁してくれ。ところで、ぼくがエビを食べられなくなる前兆として、こんなことがあったよ。幼年時代だったが、エビの甲殻を剝こうとしたとき、汁がハネて眼に入ったんだ。すると、たちまち顔の半面がひどく腫れ上ってしまったことがあった。蕁麻疹のひどいもの、というわけだろう。やっぱり、喘息と皮膚疾患とは関連があるね」

また、こんなことも言った。

「あ、そうそう、Ｓの息子が肉を食べると喘息気味になるという話、知っているかい。この前Ｓに会ったら、そんなことを言って閉口していたよ」

次の治療日が来たとき、私はIを連れてゆく替りに、Iから聞いたSの息子の話を土産物に携えて、博士の診察室へ入ったのである。

「どうも、エビの友人は一緒に来ると言わないのですが……。それより、やはり友人の息子で、肉を食べると喘息になるのがいるのですが」

博士の眉毛が劇しく動いて、眼がキラリと光った。

「ほう、そのお子さんは、幾歳ぐらいですかな」

肉を食べられないことは、海老とは違って日常の食生活にかなりの不便となっているだろうから、Sの息子を博士の許へ連れてくることはIの場合よりはずっと容易だろう、そうすれば私も責任を果したことになるというものだ……、と考えながら私は答えた。

「たぶん、五つ位だと思います」

博士は、俄に気落ちした表情を示した。

「それは駄目です。せめて小学校に行く年齢になっていないと、治療する方法がないのです」

彼はその言葉を断定的に発すると、暫く沈黙した。やがて不意にニコニコ笑いはじめ、私の眼を覗きこんで、

「それよりも、エビの方を、どうぞ……」

と、風のような声音で囁いたのであった。このときの山元博士の笑顔が、あの老婦人が言っ

たように、初めて私には鬼のように見えたのである。

次の日曜日に、一人だけで博士の診察室の扉のノブを廻す瞬間を想像すると、私は殆ど生理的な苦痛を覚えた。

その頃のある夜、不時の収入があったので、私は妻と街のキッチン風の小さな洋食屋で食事をしようとしていた。

「わたし、エビのグラタン。もちろん、あなたも同じでいいでしょう」

妻は、私が海老が好物なのを知っているので、傍で待っているウエイトレスに注文しようとした。そのとき、私の瞼（まぶた）に山元博士の笑顔が浮かび上った。と、海老という奇怪な形をした生き物に、嫌悪の念が湧き上った。

「いや、僕はエビはやめておこう」

メニューを取上げようとすると、ウエイトレスの声が遮った。

「グラタンですと、竈（オヴン）の関係で二人前以上でなくては、料理できませんが……」

「そうか、それなら僕も同じでいい」

と、私はウエイトレスの顔を振仰いで言った。私の顔は、おそらく彼女がエビでもあるかのように、憎々しげな表情を浮かべていたことだろう。

しかし、海老の料理はやはり美味であった。私は帆立貝のような形の容器の隅まで、キレイに浚ってしまった。

このとき、不思議なことが起った。

食後のコーヒーを、飲んでいると、向う側に腰掛けている妻が、私の顔をのぞきこんで首をかしげた。

「あなた、顔の皮膚がなんだか変な具合よ」

そう言われれば、先程から全身的な不快感に襲われていたので、明るい室内の人目を気にしながらも私は妻の懐中鏡を借りて、顔を映してみた。すると、瞼と鼻の両脇、それに顴骨の部分の皮膚が、赤く地腫れしているのが見られた。鏡の中の瞼はみるみるうちに腫れあがって、眼球に覆いかぶさりはじめた。

私は慌てて妻を促して戸外へ出、車を拾って家へ帰った。そのころには、湿疹のようなものは首の周囲の皮膚にも現われはじめていた。ただ、そのほかの部分の皮膚は平素のままの状態で、それに搔痒感はさして無かった。しかし、この症状は軀の内側には隈なく拡がっているような、皮膚呼吸が遮られているような、重苦しい感覚が私の全身を捉えていた。

応急の手当として蕁麻疹の売薬を用いてみたが、一向に効果は現われなかった。しかし、これは蕁麻疹の一種に違いあるまい、と私は考えた。そして、蕁麻疹と喘息とは同一範疇の症状ではないか。

全身的な不快感は一層激しくなってきた。私の眼には、私自身の爛れた胃壁、幾メートルにも亙る腸管の壁、更にあらゆる血管の内側が浮び上ってきた。

と同時に、その不快感の底から大きな安堵のおもいがぽっかり浮かび上ってくるのを、更に私は見た。それは、むしろ晴れがましい気持に近かった。

今度こそ、あの医者の許へ大威張りで行けるではないか。診察室の扉を開いて私が室内に入ってゆくとき、山元博士の視線が私の背後に人影を探っても、私はもはや恐縮する必要はない。……私が背後に従えてゆく筈のエビを食べれば喘息になる友人は、すでに私の内部に這入りこんでしまって、私自身が博士を狂喜せしめる人物そのものになってしまったのである。

それは喜びの感情に近かった。しかし、それが潮の引くように去ってゆくと、今度は別の感情が押寄せてきた。その感情は、何故こんな現象が私の上に起ったか、ということにまつわるものである。……博士の執拗な願望が、或はその強い個性が私の内部をついに浸蝕し、その空白にIの病気が移住してきたといえるのであろうか。私は竟に、博士に屈伏したことになるのだろうか。

翌朝、皮膚の状態は余程回復してはいたが、まだ赤い地腫れが残っていた。

その日は治療日には当っていなかったが、私は早速博士の許へ出掛けていった。相反する二つの感情は依然として私の心に棲んでいたが、結局のところ、博士の笑顔を予想すると心愉しいものがあった。そのときの私にとっては、博士の笑顔は鬼のようなものではなかった。

私は勢よく診察室の扉を開けた。

「エビを食べたら、こんなことになりました。なんとかしてください」

その言葉の調子は平素より高いし、そのうえ甘えるような響が含まれているのに気付いて、私は苦々しい気持になった。しかし、私の博士にたいする期待の大きさが、それを直ぐに拭い去った。

ところが、その期待は全く裏切られてしまった。博士は私の顔をチラリと見て、

「ほう、ちょっと腫れましたな」

と、殆ど無関心な口調で言った。私の皮膚に向けられた目付きは、私の平凡な喘息を眺めるものと変りないものであった。

私は殆ど侮辱を感じて、語気を鋭くして言った。

「エビを食べたら、十分とたたないうちに腫れてきたのです。やはり、アレルギーの一種だと思いますが」

博士は不機嫌そうな顔で、私に一瞥を与えると、

「いまは、何でもかでもアレルギーといって片付けてしまう。困ったものだ。それは単なる皮

膚病です」

　と言い、すっと立上って薬品棚から細長い小さなガラス瓶を取出すと、私の前に差出した。

「この薬でも塗ってごらんなさい」

　おもわず私は掌を差しのべて、小さな瓶を受取ってしまった。瓶のなかで揺れている黄色い液体が眼に映ると、一層の屈辱感で赫っと躰内が熱くなった。

「それでは、エビとは無関係だとおっしゃるのですか」

「儂は、偶然の出来事だと考えますな」

「しかし、僕のエビの友人は、エビの汁が眼の中へ飛込んだとき、顔が腫れ上ったと言っていましたぜ」

「それと喘息とは、別のものです」

　既に博士の口調には、自分の学説を主張する依怙地さと冷静さが現われていた。従って私は「ソレジャア、セッカクノオレノ海老ノ蕁麻疹ヲ治療シナイツモリナノカイ？」という言葉を呑み込んでしまった。そう言ってみたところで、博士は私の掌のなかのガラス瓶を指して「その薬をおつけなさい」と、眉一つ動かさずに答えるにきまっていた。

　私が黙ってしまったのをみて、博士はゆっくりと教えさとすように喋りはじめた。

「今までの学説では、喘息は気管支の周囲の神経が痙攣を起して気管を圧迫し、その結果現われる呼吸困難だと思われていた。が、儂の説では、気管支に溜る痰がその原因というわけなのである。従って、喘息を治療するには、この痰を除去することを考えなくてはならない。……昨日、A新聞がやってきて儂の話を聞き、写真も撮って帰ったから（ここで博士はいとも邪気なく嬉しげに顔を崩した）、近いうちに記事になる筈です。そのときは、あなたも念を入れて読んで下さい」

私は、相変らず黄色い液体の瓶を掌に握りしめていることに気付くと、忌々しくなって、それをポケットの中へ放りこんだ。そして、半ば憤然と半ば悄然として診察室を出たのであった。

その黄色い薬液は決して使うまい、と私は考えていた。しかし、私の皮膚疾患はいつまでもぐずついた。アレルギー症状というものは、ある時間を境目に夜が昼に変るように治るものである。それに反する、皮膚の症状のあまりの執拗さに、私はとうとう山元博士に渡されたガラス瓶の薬を塗ってみる気持になった。

コルクの栓を取って、指尖に薬液を滴らしてみると、ねばねばした感触で、強い刺戟臭が鼻を擽った。

私は顔面に、うすくその液体を塗りつけてみた。……ところが、これはいけなかった。液体の刺戟によって、再び皮膚は赤く腫れあがってきた。やがて、瞼は眼球の上に垂れさがり、最悪の状態に逆戻りしてしまったのである。

しかし、博士の薬液が効き目がなく、このような悪い結果を齎すことをひそかに期待している心が、私のうちに潜んでいなかったとは断言できぬ。

一週間ほど経って、私の疾患はやっと治った。以来、私はエビを食べることを避けていた。私はエビを食べて再び皮膚が炎症を起すことを恐れていたし、又、同時に何の反応も起らないことも恐れていた。従って、私は全く手が出ない有様だった、といえる訳である。

ある日、街の食堂で、何気なくシナソバを注文した。給仕の運んできたドンブリを見ると、小さな芝海老が二三匹汁のなかに浮いていた。

私はしばし躊った後、その海老を一匹ずつ箸で摘み上げて、ドンブリの外へ全部出してからソバを食べた。ところが一時間ほど後、この前ほど烈しくはなかったが、やはり同じ症状が首から上の皮膚に現われたのである。それは、私の見解では「エビの成分が汁の中に混りこんでいた」ということになり、山元博士の見解では「それとは無関係の単なる皮膚病」ということになろう。

先日まで友人Iの海老についての話を笑いながら聞いていた私が、以来、街で食事をしなくてはならぬときには、

「ヒヤシソバというのは、エビは入っていないだろうね」とか、「五目メシをたのむ。但しエ

ビは入れないでください」とか、余分な言葉とともに注文することになったのだ。

　この小事件以後、私の皮膚は一層過敏になってきた。

　街を歩いていて、レストランの飾窓の内側に並べられた料理の実物見本の皿のなかに、伊勢海老が背を縦に割られて、代赭色の縞の入った白い肉を露わにしている風景……。真赤に茹でられた甲殻に散らばった黒い点々と、細かい硬い毛のいっぱい生えた二対の長い触角と十本の脚……、が目に触れると、私は軀の奥深くから浮かび上ろうとしているイジイジしたものが、皮膚の裏側につたわってくるのを覚えるのであった。

　もしも、このまま佇んでいたならば、ショウ・ウインドウの硝子板に半調で映っている私の軀の、首から上の皮膚が徐ろに腫れ上って赤く染ってゆくのを見なくてはなるまい、と私は倉皇として立去るのであった。

　従って私は、食堂の無さそうな裏通りを選んで街をジグザグに歩くのであるが、そんなときに限って意地悪く新しいレストランがぽっかり行手に立塞って、私を脅かすのであった。

　街へ出る度に、私は指名手配されて逃走中の犯罪人の心境をそのまま感得した……。といえば些か大袈裟になるが、ともかくも、やがて私はそのように戦々兢々としている自分自身に腹立たしくなってきた。

　エビを食べると神経性の皮膚炎になることは、山元博士の異論にもかかわらず、私にとっては確実なことである。しかし、つい先日まで、私はエビを何の障害もなく食べられたではないか。従って、短期間のうちに再びエビが食べられるようになることも、可能なわけではないか。

山元博士の診察室へ行かなくなって二週間目の日曜日の夕方、私は百円札を数枚ポケットへねじ込んでレストランへ出かけてゆき、下腹に力を入れてどっかと椅子に腰を下ろし、重々しい声で注文を発した。

「コールド・ロブスターをたのむ」

銀色に光るナイフとフォークを両手に構えて、私はやがて運ばれてきた大きな皿の上の甲殻つきの海老に襲いかかった。

甲殻から肉を剥して口へ入れ、ゆっくりと噛んだ。柔らかいうちにも撥ね返ってくる弾力が歯に応え、咽喉を下ってゆく感触がいつまでも続いているように思えた。

私は決闘していたわけである。それは何に対して？　エビに向かってか、或は山元博士にか、あるいは又、私自身に対してであるか。

海老を全部嚥下（えんげ）してから、二分、三分、私は軽く指で顔の皮膚を撫でてみた。何事も起らない……。私はゆっくり席を立って、店から外へ出た。

街は日暮れどきの雑沓で、私は人波にまぎれ込んでゆっくり歩いていった。空は一面橙色の夕焼けで、鱗形の雲が地平のあたりに現われていた。都会の地平線は大小の建築物で凸凹に区切られ、ドーム形の教会の屋根が一際目立っていた。

私は心が浮き立っていた。私の皮膚は何ともないではないか。大きく息を吸いこんだ。と、その刹那、またしても私は軀の奥深いところで蠢(うごめ)きはじめたものの存在を覚えたのである。

大きく吸いこんでしまった息を、とぎれとぎれに少しずつ口から出しながら、私は気分を転換させるために路傍の新聞売子から、夕刊を一枚買ってゆっくり歩を運びながらそれを拡げた。その瞬間、私の眼に飛込んだものがある。社会面の左上に、あの山元博士が微笑んでいる写真が載っていたのだ。見出しは大きな活字で、『喘息治療に新説。山元博士三十年の研究の成果。アメリカ学界も注目』とあった。

私は、その博士の額のあたりから、二本の長い触角が生えてくるのをみた。続いて、細い毛のいっぱい生えてピリピリと震動している一対の短い触角……。

今度こそ、私は紛(まぎ)れもない喘息の前兆が、軀の中を這い廻りはじめたのを感じたのであった。

夜の病室

一

広い病室で、五十坪ほどの室内は長方形をなしている。粗末な板敷の床の上に、木製ベッドが十二ずつ左右二列に並んで、中央が通路になっている。通路の一端はこの病室の出入口であり、他の端は手洗場につづいている。

計二十四のベッドのうちの一つに、私が仰臥（ぎょうが）している。胸郭から肺をすっかり引出して、その組織にできた空洞を切除する手術を三十日以前に受けた。目盛のある細長い硝子管、寒暖計のような管の中に生命というものが詰めこまれて、だんだん零度の線に向かって下降してゆく……。それをなんとか零度までの目盛のあいだに喰いとめるために、個体のすべての細胞が全力をあげて抵抗している感じ。そんな感じが、手術の日から数日間つづき、その後も一日のうち何回か襲ってきた。

その状態がようやく私から遠ざかって、このごろではベッドの上に坐って食事をし、便所まで歩いてゆくことができる。しかし、ベッドに寝るときには、仰臥のほかの形をとることができない。胸部にできたおよそ半メートルの傷のためである。

木製ベッドの上に、私が仰臥している。天井を向いたまま殆ど身じろぎできぬ形であるが、その外観にくらべて細長い管の中の生命は、こまかく上下に波動しながらもすでに安全な目盛の場所にとどまっている。私は天井と向かい合っている。天井のテックス板に、齧(かじ)り取ったようなまるい穴が小さくあいている。昼も夜も壁のしみと向かい合っている病人が、やがてそのしみの形から奇怪な幻想をふくらませてゆく物語を、むかし外国語のテキストで読んだことがあった。しかし、私には、現在それだけのエネルギーがない。天井の穴は、底しれない黒々とした穴を覗きこんでいる気持を私に与えることもあるし、また、まるくギザギザのある真黒いしみがテックス板についているように見えることもある。そのしみはそれ以上の変化をおこさず、むしろ外側からの刺戟を待っているような、倦怠した気持がしのびこんでいる。

私のベッドは手洗場に出入りする扉のちかくに位置しているので、足もとの通路をときどき病人たちが歩いてゆく。通路の板の一小部分の釘が弛(ゆる)んでいるらしく、歩いてゆく人間の足裏がその狭い範囲に乗ると、床がギイッと軋(きし)る。そして、その波動が私のベッドの脚のうちの一本につたわって、粗末な木のベッドはキシキシと揺れる。さらに、微妙な凹凸にも鋭敏になっている私の背中に、その波動は届くことになる。

しかし、それを私は嫌がっているのではない。釘の弛んだ部分は、きわめて狭い帯状をしているらしく、私の足もとを通りすぎる人間たちの足は、五回に一度、そこに乗るかどうかの割合である。その場所を、踏むか踏まぬかということを材料にして、私は自分一人で賭をしてみる。仰臥して生きていることだけで、一日分のエネルギーのほとんどが尽きてしまう今日の一日を、その賭けに似た気持の動揺がわずかに彩った。

この病室では、日没から消灯までの時間がかなり短い。いまは、就寝直前の安静時間である。夜の病室は、ひっそりと静かである。電灯の黄色い光が、室内にひろがっている。話声はほとんど聞えない。咳する声も痰を吐く音も、聞えない。不思議なくらい聞えない。そういえば、病院特有の消毒薬の匂いも漂っていない。とりとめのなくなっていた私の心がふとこれらの現象に気づいて、一瞬冷えきった気持になった。病院という場所をいつのまにか通り過ぎてしまい、一歩向うの暗い場所に私の軀が置かれている……、そんな気持が掠めたからである。

しかし、われに返って考えてみれば、これらの現象は不思議なことではない。

この病室にいる患者は、結核の外科手術を受けるための、又はすでに受けた人間ばかりである。結核外科は大手術ではあるが、しかし病状が安定していないと受けられない。それに、手術後の苦しい十数日間は、この大きな病室に付属している個室に入れられている。だから、咳をする声が聞えなくても不思議ではないのだ。

そう考えているうちに、隣のベッドのPさんが激しく咳きこみはじめた。はげしい咳で、胃の腑がつき上ってくるような音が時々まじる。なかなか止らない。白い瀬戸びきの痰コップのなかへ、痰を吐きだす度に、その蓋が金属音を発する。横になったままのPさんは喉もとで咳を抑えようとしはじめる。そのために、咳がつき上ってくるたびに、一そう大きく軀が揺れて木のベッドがはげしく軋む。

Pさんは、このところ加減が悪い。熱はないのだが、咳がはげしい。

やっと、Pさんの咳がおさまった。と、すぐに消灯の時間がきた。午後八時である。まず出入口の柱にとり付けられたスイッチが捻られて、天井にある三つの電灯が消えた。あとは、銘々の枕もとのスタンドがぽつりぽつり消えてゆく。最後の一つが消えて、病室は松林の中に沈んだ。

しかし、病室には音にならない微かなざわめきが満ちている。二十四人の人間の内臓と頭脳がまだ休まず動いているひびきだ。私は仰臥して、暗いなかで眼を開いている。大部分の同室者は、ラジオを聴いている筈だ。レシーバーを耳にあてて聴いているので、音は外へは洩れない。レシーバーの配線の末端はすべて同じ一つのラジオにつづいていて、そのラジオをわりあい健康状態の良い人間が管理している。

私は暗いなかで眼を開いている。ふと、気がついた。今夜のざわめきには、音があるようなのだ。小さな音が集って、かなりはっきりした気配が室内を満たす。その気配は、波が引くように消えたかとおもうと、また高まってくる。その間隔はでたらめで、捉えがたい。やがて、その気配は層を積み重ねるようにぐんぐん打寄せてきて、はっきりした響となったと思ったとき、中国人が喋る日本語のアクセントで叫ぶ声がひびいた。

「ヤマトダマシイ！」

Qさんの声だ。Qさんの声を聞いたとたんに、さっきからのざわめきの意味が分った。いま、部屋のラジオはボクシングの国際試合の実況放送にダイヤルが合されていて、どちらかの選手のパンチが相手を捉えるごとに、小さな音がこの病室のめいめいの唇から出て行っているのだ。

枕の下に押しこんである片耳レシーバーを引出して、私も耳に当ててみた。ちょうど、外人選手プラドが日本選手クロイをロープに追いつめて、ワンツウーのパンチで執拗に攻撃をくりかえしているところだ。

「ヤマトダマシイ！」

もう一度、Qさんの声がひびいた。Qさんは中国人と日本婦人との間に生れた青年で、幼いころから日本で育てられているのだから、日本語の方が上手なくらいだ。だから、その妙なアクセントはわざと作ったものに違いない。

そのとき、向うの方でむっくり起き上った黒い影がQさんのベッドへ歩みよると、何か低い声で言った。Qさんの軀をちょっと小突いた気配があり、また低い声がして、黒い影は自分のベッドへ戻っていった。

その黒い影はRさんだな、と私は思った。この拳闘試合がもととなって、Rさんは昼間から怒っていた。原因は、部屋の有志が拳闘クジを作って売ったことにある。もともと退屈を紛らわすためのものだから、金額はごく僅かなものだ。今日の昼、病室の一隅でRさんとクジを作った男との間に、次のような会話がとり交されていた。

「日本人のくせに外人のほうに賭けるなんて、けしからん」

とRさんは言うのである。

「だって君、それじゃ、賭にならないよ」

「だからやめればいいんだ。いったい誰だい、プラドのクジを買ったやつは」

と、Rさんは相手の手からクジの控えの紙片を奪いとると、仔細に眺めていたが、やがて叫んだ。

「アッ畜生、Qのやつは、プラドとクロイと両方とも買ってやがる!」

クス　クス　クスクス……。

部屋のあちこちから、笑い声が洩れた。Rさんはちょっとテレた顔をし、それでもまだ怒りながらベッドへ戻った。小柄で頑丈な体格のRさんは世話好きないい人である。私も手術のときには、いろいろ世話になった。

ところで、夜、黒い影のRさんがちょうど自分のベッドへたどりついた頃、Qさんが又、叫んだ。中国人ナマリのおどけた感じをとくに強調して叫んだ。

「ヤマトダマシイ！」

クス　クス　クスクス。

私は首だけ横に向けて、Rさんがまた口喧嘩をしに行くかどうか窺っていた。そのとき、手洗場の扉が開いて内から人が出てきた。いまの小さな騒ぎにとり紛れて気がつかなかったが、誰かが便所へ行っていたわけだ。その人影は、私のベッドの足もとを通りすぎる。足が、あの釘の弛んだ板の上に乗ったらしい。ギイッと床が鳴って、私の木製ベッドがキシキシ揺れた。この際、私はそれが煩わしい気持になっていた。

歩いてゆく人影は、ひとり言のように呟いたが、その声は夜の病室のなかによく透った。

「霊安室に灯がともっているな」

霊安室というのは、死体を火葬場へ運んでゆく間に通夜をするための小さな別棟の部屋である。その部屋が便所の窓から、樹木の陰になかば埋もれるように見えている。その部屋に灯がつくのは、その日に死人ができたことを意味している。

室内にただよっていた気配は、その言葉によって、やや性質のちがったものに変ったようだ。誰のか分らぬ声がした。

「男かな、女かな」

水死人を見物に川岸へ走りよってゆく野次馬の口から出た言葉に似ている。しかし、その声には、その言葉によって霊安室の灯と自分とのあいだの関係を断絶してしまおうとする気持が含まれているようだった。

すくなくとも、その言葉はRさんとQさんのあいだの小ぜり合いを断絶する効果はあった。ささやき合う声が二、三聞えた。室内が、眠りに入ろうとする気配から、一層遠くなった。

そのとき不意に、隣のベッドのPさんのスタンドの灯が点いた。首をまわして見ると、ちょうどPさんが、ケースから体温計をとり出して口にくわえたところだった。しかし、間もなく、Pさんはいそいで体温計を口から離し、四つ五つつづけて咳をすると、今度はそれを腋の下に挿んだ。

五分ほど経って、体温計の目盛を透かして見たPさんは、スタンドの灯を消すと、私に声をかけた。

「熱が出た」

「どのくらい」

「九度五分だ」

今度は、私がスタンドを点した。Pさんが高熱を発したことは、たちまち、ベッドからベッドへ伝わっていった。病状が安定している患者ばかりの外科病室では、病状急変はちょっとした事件である。それは、霊安室に灯がともる以上に、刺戟的なものである。

Rさんが、早速、氷枕の用意を看護婦に頼みに行く、と申し出た。Rさんは、一日じゅう他人の世話をするために、こまめに動きまわっている。Rさんの親切なことは、病室全員の認めるところである。私もそう思う。「エライ人だ、とてもああは出来るものではない」と賞める人もある。しかし、私はそうは思わない。Rさんの親切が、自己犠牲の上に立っているものであるとは思わない。だいたい自己犠牲という言葉自体が、あいまいである。軀をこまめに使ってエネルギーを放散し、他人に親切を施すのがRさんにとって愉しくて仕方がないことなのだ、と私は思っている。だから、Rさんが私に親切な行為をすることを申出たときには、私が自分でやりたい気持のときでも、Rさんの愉しみを奪わないために、Rさんの言葉に従うことにしている。さいわい、Rさんはこの部屋で一ばん症状がよい。

やがて、看護婦が氷枕と応急薬をもってきた。

病室のなかには、ソワソワした気配がただよいはじめた。みんな、目が冴えてしまっているのではないか、と思う。その気配になんとなくイソイソした気配が混じりはじめたようだ。もちろん、みんなPさんの軀を心配する気持はもっている。しかし、それだけではない。自分よりも悪いレントゲン写真を見ると、自分の病状は一向変っていないのに、何となくホッとする、……という打明け話を、私は幾人もの人から引出してみたことがある。「打明け話」と言い「引出した」といったのは、このような心の動きを悪徳に類することとして他人に示そうとしないことは勿論、自分でも目をふさごうとしている人が未だたくさんあって、私の質問はいろいろの抵抗を受けたからである。いや、目をふさごうというよりも、意識の下にとどまっていて自分でも気づいていないと言った方が妥当かもしれぬ。

Pさんの病状が急変して、病室のなかにイソイソした気配がかすかにただよった、ということもこれと同じケースである。この場合、Pさんが人に好かれているとか嫌われているとかいう事柄は、あまり重要ではない。だいいち、好きとか、嫌いとか、他人と単純な一本の線でつながっていることなど、あり得ることではない。

この場合、例えば私とPさんとの関係は、水平に平均のとれたシーソーの一方の端に私が坐り、他の端にPさんが坐っていることだ。そのとき私がPさんに要求する条件は、胸のなかに病巣をもった軀をその位置に乗せることである。Pさんの病状が重くなる。シーソーのPさんの側が下がってゆく。と、それにつれて、私の坐っている側が上ってゆく。そんな錯覚が起ってくるのである。

こうして考えてみると、Ｐさんの病状が急変したことは、まさしく功労勲章に値する事柄である。私たちは、早速、Ｐさんの胸に勲章をぶら下げようと、めいめい手をのばす。それも、ドーナツほど大きくなるべく重い金属でできたものをぶら下げて、シーソーのＰさんの側をますます下げようとするのである。

二

その夜から二十日ほど経って、今日はクリスマスの前夜である。

Ｐさんの病状はどうやら落着いてきた。しかし頬の肉はげっそり落ちてしまっている。この前の夜から十日以上、Ｐさんの高熱はつづいた。咳と痰は私の方がおそろしくなるほど頻繁である。その時期には、Ｐさんはすでにしという名の人間ではなく、高熱を放射している物体、唇の形をした穴からひっきりなしに空気と粘液のかたまりを吐き出している機械のようなものになってしまった。

クリスマスの前夜のことどもを記す前に、Ｐさんのその時期のことを、挿入することにする。いささか私の眼は意地悪くなってきたかもしれない。しかし、私の眼窩(がんか)には歪んだレンズが嵌(はま)りこんでしまったようで、Ｐさんのベッドへ近よってきて見舞の言葉をのべている他の病人たちの、心配そうな表情の奥にイソイソした色がひそんで見えてしまうのだ。

なるべく重たい勲章をPさんの胸にぶら下げようと、それぞれ彼らはやってくるように、私には見えてしまう。

「困りましたねえ、シューブ（病巣ガ飛火スルコト）じゃないかな」

と、首を慎重にかしげている顔。

「だいじょうぶですか？　どうも膿胸のときの熱に似ていますねえ」

と、のぞきこむ顔。

いつもPさんは、小さい声でお礼を言っていたが、一度だけ、苦しそうな声を出して自分の意見を述べたことがある。つまり、風邪をひいたのではないかとおもう、以前にもこれに似た症状になったことがあって、そのときは風邪であった、というのである。Pさんの意見、というよりむしろ抗弁に近いものだが、それを聞いた相手は、まるで自分の診断に抗議された医師のように、真剣になり、昂奮した。そして、以前自分がシューブをおこしたときの症状と、Pさんの症状とが瓜二つであることを居丈高に説明して、Pさんの意見をねじ伏せてしまったのである。

私が見舞の言葉を述べるとしても、やはり底にそんな調子が滲んでしまいそうなので、黙ったままでいることにした。

「弱りましたネ、気管支瘻（気管支ノ切断箇所ガ膿ム症状）じゃないかなあ」

今度は、Qさんがやってきた。Qさんがこれを言いにくるのは、三度目なので、私はイライラして思わず言葉をかけた。Qさんとは、ふだん私は無遠慮な話をやりとりしているので、心安だての気持もあった。

「Qさん、あんまり嬉しそうな顔をするなよ」

すると、Qさんは怒った。

「あんた横から口だして何いうの。ぼくは一生けんめいPさんの病気を心配しているんだよ、余計なこと言うとためにならぬよ」

こういう場合、私は、論理的な言葉は用いないことにしている。売り言葉に買い言葉である。

「へっ、きいた風な口をきくな、このお先まっくらのバカヤロ」

「なにいってやがるんだい。バカとはなんだ。ひとのことをバカなんぞというとは失礼じゃないか、あやまれ」

Qさんは、鮮かな標準語のアクセントでやりかえしてきた。

「うるさい、あっちへ行け」

バカとは何だ、と怒鳴りながら、Qさんはすっかり怒って行ってしまったが、むこうのベッドの上に二人の病人が胡坐をかき、向かい合って将棋を指しているところを覗きこむと、たちまち、声を上げた。

「アッそこに桂馬を打つなんて、バカヤロめ」

私は、大声で怒鳴ってみた。

「Qさん、バカと言った」

ハハハハハ。

病室のあちこちで笑い声が起り、しぶい顔をしたQさんも、まもなく笑い出した。

ところでPさんのことだが、熱が下ったらレントゲン写真を撮って検査しましょう、と医師は言っていた。やがてPさんの熱が下ってきたが、そのころにはもうPさんの勲章は色褪せてしまった。Pさんの肺は何らかの異変を起したに違いない、というところに皆の気持が落着いてしまっていた。

Pさんのレントゲンの結果が、そろそろ分るころだな、と私は、このクリスマスの前夜、ふと考えてみた。

さて、今夜はクリスマス・イヴである。

病室では、明日退院することになったRさんの送別会をかねて、ささやかな会を開くことになった。私は、かなり自由に軀を動かせるようになっていた。釘の弛んだ床板は、何日も前に看護室にたのんで、動かぬように打ちつけてもらった。しかし、まだ会合に耐えられる状態ではないので、隣のPさんと一しょに、それぞれのベッドで寝ていることにした。

病室の通路の中央に、食堂から運んできた細長い台を並べてそのまわりにめいめいが腰掛けを持ちよって坐り、番茶を呑み駄菓子を食べながら雑談をしたり歌をうたったりする、……それが病室の宴会である。

今夜はクリスマス・イヴなので、近くの雑木林から手ごろな常緑樹の枝をもってきた人がある。レントゲンの古いフィルムで星や鐘や靴下の型を器用に切り抜いて銀紙を貼りつけた人がある。色紙を鶴や亀やいろいろの形に折り畳んだ人がある。それらの小さな装飾品を、木の枝にぶら下げるとクリスマス・ツリーが出来上った。

そろそろ会がはじまる時刻になって、Rさんが帰ってきた。他の病室や看護室を、退院の挨拶をしてまわってきたのだ。世話好きのRさんはつきあいが広いので、挨拶まわりには、ずいぶん時間がかかったことであろう……、そう思って、私がふとRさんの顔を見ると、どうも顔つきが不断とちがうように見える。眼のあたりが、おかしい。やっと、それが涙の痕であることが分ると、私はひどく驚いてしまった。

まもなく会がはじまった。私は木製のベッドに仰臥して、話声だけ聞いている。

まじめな調子で、Rさんが退院のことばを喋っている。その次に、送別のことばが聞えてくる。やがて、ガヤガヤと雑談になった。

いろいろの話声が聞えていたが、やがてそれらの声が一つの方向に流れてゆき、気管支鏡検査の話になった。明日、この検査を受けることになっているQさんを、すでに経験済みの連中が大袈裟な話をして脅かしているのである。

気管支鏡検査というのは、肺切除手術の前に気管支の状態をしらべる検査で、そのためには鉛筆ほどの太さの長い金属棒を口から気管支の奥深くまで挿しこまなくてはならぬ。当然、大そう苦しいもので、新しく入院してきた患者は、しばしばこの話題で脅かされる。

「それでなQさん、その棒がな、途中でつっかえて動かなくなるとな、その棒のお尻のところを金槌でカンカンと叩くんだよ」

「そんなバカな」

「Qさんは暢気（のんき）な顔をしているがね、あんた明日は新式の気管支鏡の実験台なんだぜ」

「えっ」

「細い気管支の奥の方まで検（しら）べられるようにね、入れるとニョキニョキ枝の出る仕掛になっているんだ。だから太さは今までの倍はあるんだ」

楽しそうな声が聞えていたが、それだけでは物足らなくなったのか、手術の話でQさんは脅かされはじめた。新しい入院患者をおどかすのは、かならず気管支鏡の話によってであり、手術の話はもち出されないのが定石（じょうせき）なのだが、Qさんが何となく図々しそうに見えるので皆安心しているのだろう。

「Qさん、手術のときは注意しろよ。ここの先生はあわてものだから、ときどき、胸の中に忘れものをするんだ。この前なんか、どうした加減か、目覚時計を置き忘れちゃってね。そいつが、毎朝六時になると、きまって胸の中でリンリンリンリンリンて鳴り出すんでね、弱ってたやつがあったよ」

ハ　ハ　ハ　ハ　ハ。

そこで、一座は歌になった。Qさんは、チャイナタウン夢ノ町……、という文句の流行歌を、哀婉な声で歌った。やがて、Rさんが立上る気配だったので、私はふと、仰ゲバ尊シワガ師ノ恩、という歌をRさんが歌いはじめるのではないかとおもったが、それは錯覚だった。Rさんは陽気な声で、ピッカラチャッカラドンガラリント音ガスル、と歌いおわって、会は終りになった。

ざわざわ部屋の中の空気がゆれ動いて、後片づけや寝る支度がはじまった。

そのとき、私は隣のベッドのPさんが呼びかける声を聞いた。私は枕の上の首をPさんの方へまわした。

「今日の昼間に看護室から連絡がありましてね、レントゲンは前の写真とくらべて変化がなかったそうです」

「そうですか、それはよかった」

私はさわやかな声を出した。私の軀の中に潜りこんでいる、意地の悪いもう一人の私が見ごとに懲しめを受けたような、さわやかさであった。私はもう一度、言ってみた。

「ほんとうに、よかった」

ところが今度の声には、気の抜けた失望したような響が混じってしまった。私はちょっと慌てて、ちょうど通りかかったQさんを呼びとめた。

「Qさん、Pさんのレントゲンが出来てね、シューブじゃなかったそうだよ」

「ふうん、Pさんよかったなあ」

Qさんはすぐに私の方に向き直って、近よってくると、私の耳にささやいた。

「さっきRさん泣いてたね。いい人だねえ、昔だったら、日本陸軍の立派なヘイタイだねえ」

私はおもわず、まじまじとQさんの顔を眺めた。この中国人と日本婦人との間の混血児の、どの部分から今の言葉が出てきたのか、私は判断を下しかねた。返事に窮した私は、中国人なまりをどぎつく響かせて、叫んだ。

「Qサン、ウーマイコトユウネ！」

天井の電灯が消され、スタンドの灯が一つまた一つ消えてゆく。この病室はいま、夜のなかへ埋もれかかっている。Pさんの肺が無事だったことが病室の隅までつたわるには、今度は、これからのち何日もかかることであろう。

重い軀

郊外のある療養所で、磯村さんと山田さんは隣り合せのベッドにいる。

磯村さんは、いつも退屈している。退屈する余裕があることは、病状がそれほど悪くないということだ。

山田さんは、いつもそわそわして落着かない。ベッドがとかく空になりがちだ。夜、部屋の電灯が消されて、しばらく経ってからこっそり何処(どこ)からか戻ってくることもある。だから山田さんの病状は磯村さんのより余程良いかというと、そうではない。山田さんは、小喀血(かっけつ)をして入院してきたばかりなのだ。

磯村さんは背の高い痩せた青年だが、山田さんは背は低いが幅の広い体格で、血色のよい中年男である。山田さんが入院して隣のベッドに来たとき、どこかで見たことのある顔だな、と咄嗟に磯村さんは感じた。よく眺めてみると、どこかで見たことがあるどころか、磯村さんが半年前に入院して以来もう何十回も見たことのある顔だということが分った。

化粧品や文房具やさまざまの雑貨などをこぼれるほど積み上げた小さなリヤカーを引張って、病院の中で商売をしてまわっていたのが山田さんなのである。よく肥って陽気そうに見えて、その上ある有名な落語家に顔つきが似ているという評判もあって、山田さんの商売はなかなか繁昌していた。

磯村さんにとって、そんな山田さんは健康な人間の世界に住んでいる人だった。その山田さんが、いきなり病人として眼の前にあらわれたのだから、その顔がリヤカーを引張っていた山田さんの顔とうまく重ならなかったのも無理のないことだ。

磯村さんのところへ、見舞の客が来た。その客にむかって、磯村さんは喋っていた。

「こんな病人がいるそうだ。肺が豆腐のように崩れやすくなってしまっていてね、右胸を下にした姿勢でじっとベッドの上に横になったままなのだそうだ。寝返りを打ったら最後、肺が崩れて死んでしまう。豆腐を入れた鍋を振りまわすようなものだからね。もう二年間もその姿勢のまま動かないので、軀の下に敷いた右の腕はオガラのように細くなってしまっているそうだ。君はどう思う。思い切ってバタリと寝返りを打ってしまいたい気持になることもあるだろうな」

相手の客は、こんな返事をした。

「その話の中の人の状態と、君の状態とを比べて、自分の方がまだよほどマシだと気持を慰めているのだとしたら、そんな話はしない方がいいよ」

その客が帰ってから、山田さんが磯村さんに話しかけた。

「ずいぶん、遠慮のない客ですな。あんたがあんなことを言いだすので、きっと相手の客は戸惑って困った顔をしていることだろうと、あたしは天井を眺めていたのですが」

その日、もう一人の見舞客が磯村さんのところへ来た。磯村さんは、その客に向かっても前とそっくり同じことを話した。

二番目の客は、こう言った。

「それは、ほんとうに気の毒な話だが、しかしその話を聞いていると、どうしてもコッケイな気分が混じってくるな。その話の中の病人にたいしては、失礼なそしていけないことだけど、その話自体には聞く人を笑い出させる要素が含まれているな」

その客が帰ると、山田さんがまた話しかけてこう言った。

「いまの客は、ずいぶん失礼な男ですな。自分が病気でないからといって、なにもああいう言い方をしなくたっていいでしょう。だいいち、あの話のどこが可笑しいのか、あたしにはさっぱり分りませんよ」

山田さんが不満におもっているのはもっともなことだと、磯村さんは思ったが、しかし自分ではこの二番目の答が気に入っていた。磯村さん自身、いくぶんグロテスクでいくぶんコッケイな話をしていたつもりだったし、その話の中の病人個人だけについての話をしているつもりではなかったからである。

しかし、二番目の客のような形で話の意図を受取ってしまう相手に会ったあとでは、どうもちょっとアテがはずれたような気分も掠めるのである。そんなところをみると、こういう暗いクレゾールくさい話題を鼻先にひろげてみせることによって、健康な人間にたいしてイヤガラセをしようという、恨みっぽい気持も潜んでいるのかもしれない、と磯村さんは考えたりしながら黙っていた。

山田さんは、さかんに話しかけてくる。

「あんたも、なにも同じ話を二度もしなくたってよさそうなものなのに。もっとも、これはあんたばかりではないね。どうしてこう、病人てやつは死ぬ話とか死んだ話が好きなんだろう」

「それと、女の話だね。好きなのは」

と磯村さんが言う。

「その方は病人ばかりのこっちゃないさ。しかし、このことについてはわたしに一席弁じさせてもらうとね、これはなにもスケベエだから話すということばかりじゃありませんよ。こういう団体生活をしているときの、社交術の一つですよ。たとえば、あんたは大学を出たお人だから、むつかしいわけの分らないことを言うこともあるけどさ、この話をしているぶんには、お互いにたちまち話が通じ合って、おまけに和気アイアイというわけでさ。もっとも、あんたは女の話でも、ときどきややこしいことを言うけどさ、それでもわたしは直ぐに分ってしまうからね。この前のほら、恥部が移動するとかなんとかいう話のときも」

山田さんの言う、磯村さんのこの前の話とはこういうことなのである。

磯村さんが、ある婦人の患者ととりとめもない雑談をしているとき、ふと思いついて突然「あなたの肺活量はどれだけありますか」と訊ねた。するとその婦人はみるみる頬を薄紅色に染めて、口ごもったまま返事をしない。そこでやっと、磯村さんは気が付いた。肺の悪い女性にとっては、肺が彼女の恥部になっている場合が多いらしい。従って、肺の状態を示す肺活量を訊ねることは、彼女の恥部に触れることに等しいらしい。

磯村さんがその話をしたとき、山田さんはハッハッハと笑って、

「なるほど、つまりあんたは恥部の状態を訊ねたってわけですね。十五、六の娘っ子に、ねえちゃんそろそろ(と、山田さんはちょっとワイセツなことを言って)と、聞くようなもんでさ。そりゃあ、はずかしがるわけですよ」

と、すぐにそう言ったものだ。ところで、この前の話はともかくとして、いまの山田さんの話のつづきに戻る。

「おっと、脱線脱線。死ぬことの話でしたっけ。いや、どうしてこう、病人は死ぬ話が好きなんだろう、ということでしたよ」

「一つにはね、いつも死という事柄を身近かに引きつけておいてね、つまり、死を飼馴らしておいて、いざというときに備えようということもあるのでしょう」

「飼馴らすか、なるほど。だけど、いくら飼馴らしたつもりでも、不意に噛みつかれることもあるのでしてね。この前も、どこかの動物園で猛獣使いがライオンに噛み殺されたことがあったでしょう」

磯村さんが黙っていると、山田さんは、

「死ぬ話と、女の話か。女のことで死んだりすれば、これはずいぶんとにぎやかな話題になるってわけですな」

と言って、陽気な顔つきで大きく笑った。


その後も、磯村さんは相変らず退屈していた。山田さんも相変らずそわそわしていた。しかし、それまでのそわそわした様子にはいそいそした気分が混じり合っているようだったのに、いつの間にかいらいらした気分が替わりに混じってきた様子だった。

陽気な顔つきは変らなかったが、山田さんは無口になった。

ちょうどその頃、近くの郊外電車の線路で轢死した人間があった。この界隈の療養所に入院していた若い男だということだった。このことは、早速、磯村さんや山田さんたちの病室のにぎやかな話題となった。

磯村さんは、ひんぱんに山田さんがベッドを空にすることを、気軽くひやかす気分で、

「飛込自殺だっていうけれど、遺書もないし、ほんとうにそうでしょうかね。夜あそびをして遅くなったんで、近道をして線路を歩いているところを轢かれたのじゃないかな。注意しないといけませんねえ」

と言うと、山田さんはめずらしく露骨に不快な顔をみせた。磯村さんは、自分の言葉が死者にたいして不謹慎なことに、山田さんが立腹したのかと思った。山田さんはずっと黙りがちだったのに、このときは急に多弁になった。

「あんた、知らない筈はないでしょう。遺書はなかったけど、遺書みたいなものがあったということじゃないですか」

磯村さんにはそのことは初耳だった。山田さんの話は、こういうことである。その夜は雨上りの曇天で、地面は湿っていた。轢死地点のすぐ傍まで、湿って柔らかくなった土の上に下駄の歯型が続いていた。その青年は下駄ばきだったのだ。そして、最後の歯型の前歯の痕がぐっと地面に深くめりこんで、さらに斜によじれていたという。その青年が、驀進してくる車体を

めがけて踏切るときの、決意とためらいとがそこにありありと示されていた、というのである。

「べつに犯罪に関係があることでもないので、保存しておく必要はないのに、さすがにその足型の上を踏んづける人はなかったそうですよ。もっとも、翌日はげしい夕立があったから、痕かたもなくなってしまったでしょうがね」

このことがあって間もなく、例のごとくベッドを空にした山田さんが、夜半になっても戻ってこなかった。

磯村さんもそのほか近くのベッドの人たちも、山田さんがベッドを空にすることには女性がからまっているのだろうと薄々察していたので、きっと山田さんがとくに念入りなあいびきをしているのだろうと思い込んであやしまなかった。

朝飯が済んでも、まだ山田さんは戻ってこない。それでも、みな大して不安にも思わなかった。いまに、山田さんが肥った軀をかがめるようにして、頭をかきながらこっそり帰ってくると考えていた。

そのとき、裏の松林の中で首吊り死体が見つかったという声が伝わってきた。それを聞いたとき、いままで眺めていた色がまばたきする間に反対色に変るのを見るように、

「アッ山田さんが死んだ」という考えが、磯村さんに閃いた。

その死体は、はたして山田さんだった。どういうわけか、首に巻いた縄の端は肩の高さぐら

いのところに突出している枝に掛けられていたので、山田さんの踵は木の根元のあたりの地面に付いたままになっていた。そして、軀がななめにのけぞるような形になっていた。この形では、首のまわりの縄に一挙に体重がかからず、山田さんのおもい軀の目方が、いっぱいに水を含んだタオルをしごき上げるように、ぐうっと首の縄のところに集って行ったことだろう。

その日のうちに、いろいろのことが分った。

磯村さんたちの察していたとおり、山田さんは女と会っていたのである。その女というのは界隈の小料理屋で働いている女で、山田さんが入院する以前からねんごろになっていた。ところが、山田さんが入院すると間もなく女は別の男とねんごろになり、そのことを山田さんに仄(ほの)めかした。それが、青年が轢死した時期にあたっている。

山田さんの死の前夜、未練をのこして女に会いに行っている山田さんと女の新しい情人とが、その小料理屋で出会ってしまった。気持が亢(たか)ぶっていた山田さんが、ちょっとしたきっかけで逆上し、料理場の庖丁を摑んで女に切りつけた。血がたくさん流れたのを見て、山田さんは表へ飛出し、闇の中へ走り去ってしまった。女の切られた場所は肩のところで案外傷は浅かったので、その夜は誰も山田さんの後を追わなかった。そして、翌朝、死体が発見されたという次第である。

遺書はなかった。これは当然のことと言えよう。

しかし、「遺書みたいなもの」は出てきた。磯村さんが、ふと思いついて、山田さんのベッドの上の敷布団を持ち上げてみると、その下から薄いノート・ブックが出てきた。

元気だったころの山田さんの商売用品だった安物のノートには、鉛筆で日記が書きつけられてあった。心がわりした女にたいする（いやもともと山田さんとの交渉において女の心が参加していたかどうかその日記を読むと疑わしくなるのだが）山田さんの愛情と痴情が、めんめんと書き綴られてあった。

その文章はたどたどしくて、誤字やあて字がいっぱい見うけられたが、その間に、ところどころ、正確な綴字で横文字が書かれている。その横文字には、英語のものもありフランス語のものもあった。

磯村さんは、しばらくその外国語が何を意味するのか戸惑ったが、やがておもわず大きな溜息をついた。それは、山田さんが女の歓心を買うために贈物にした白粉（おしろい）や口紅などのさまざまの化粧品の商品名だと察せられたからだ。もちろん、すべて山田さんの引っぱって歩く小さなリヤカーに積まれていた品物である。

誤字だらけの日記帳にちりばめられた正確なスペルの沢山の外国文字、これが山田さんの遺書らしきものだ、と磯村さんは思った。

山田さんの死は、しばらく病室に話題を提供した。知人の死というものから、生き残った人々はどうしても多少の刺戟的要素を引き出してしまうのだ。

磯村さんも、面会の客に山田さんのことを話してみた。しかし、一度だけでやめてしまった。山田さんの重たい軀の目方が、ぐうと首のまわりの縄に集ってゆくところの情景が、あまりになまなましく描写できてしまったので、そんな自分に嫌気がさしたからである。

梅雨の頃

軀ぜんたいの関節が弛んでしまったような、ダルい日が数日つづいた。風邪をひいたのだろう、と一郎は考えていた。学校には休まずに通った。一郎は、中学四年生であった。梅雨の季節で、細かい雨が降り止まず、土曜日には混雑した電車の中で、一郎の黒い蝙蝠傘の骨が一本折れた。

日曜日の朝、ひどく熱っぽいので体温を計ると、水銀柱は四十度の目盛を越していた。夜になると、熱は三十七度に下った。翌朝になると四十度を越した。一郎は学校を休んで、布団の中に潜っていた。その日も夜になると、殆ど平熱にまで下った。

そのような状態が繰返して三日間つづいた。夜、体温計を検べたときには翌日は平熱になるだろうと考えながら、眠りに入るのだが、夜明けごろ悪い夢に魘(うな)されて目が覚めると、高熱を発しているのだ。そしてその日も寝床から離れられぬことになる。降りつづく雨の幕に閉されて、部屋の中はすっかり熱臭くなった。

曖昧な病状に、一郎は苛立たしい気持になった。しかし、苛立っているのは一郎ばかりではない、熱の方に気を取られていた一郎が、一週間も便秘がつづいていることにやっと気付いたとき、一郎の祖母は意地悪い語調でいった。

「おまえの気持の持ち方が悪いから、熱もはっきり下らないんだよ。ぐずぐず寝てばかりいないで、一度にどっさり汗を出すようにすれば、きっとサッパリするにちがいないよ」

祖母は女中に言い付け、フライパンで焼いた大量の熱い塩を布の袋に容れたものを、一郎の腹に押し付けさせた。

外泊が多くて殆ど家の中で姿を見ることができない一郎の父親は、そのとき珍しく在宅していて、

「まったく虚弱児童には、困ったもんだな」

と、嚙んで吐きだすように言うと、掛布団を一郎の頭の上まで引きずり上げて、一郎をフトン蒸しにすることに手を貸した。布団で蒸して、汗をうんと出させよう、というのが祖母の考えなのである。

祖母が自分で手を下さないのは、脚が立たないためだ。下半身不随になって、寝床の上だけの生活が、十年以上もつづいている。寝床の傍に置いてある黒塗の便器に上るのも、身のまわりの用を足すのにも、もっぱら二本の腕に頼っているために細い軀に似合わず腕だけ太く逞し

くなっている。幾人も医者を変えたが、いつも祖母の病因ははっきりしなかった。診断に来た新しい医師と、祖母との会話の中で、一郎の記憶になまなましく残っている部分がある。

そのとき医師は、祖母の病歴を一つ一つ訊ねた。

「伝染病に罹(かか)ったことはありますか」

「ありません」

「結核は」

「ありません」

そんな問答が続いて、最後に医師が訊ねた。

「それでは、シモの病気は」

「ええ、あるんです」

恥らいと憎しみの入り混じった声だった。憎しみは彼女の夫、つまり一郎の祖父へ向けられたものだ。一郎がものごころ付いたときには、すでに祖父と祖母とは別居していた。地方の小都市の有力者であり、またそれにふさわしいタイプの祖父と、芥川と横光利一の愛読者である祖母とはどうしても性格が合わなかったのである。その祖父に、一郎の父親が廃嫡(はいちゃく)されて東京へ移住を企てたとき、祖母もその息子と行を共にして、夫から離れてしまった。医師に答えた祖母のその声は、また妙に女らしい響があった。祖母はしばしば癇癪を起し、そんなときには喉太い声が出たりした。珍しく女らしい声を聞いて、おもわず一郎は祖母の顔をみた。若いころ美人といわれた面影が、その顔に浮かび上っていて、痛々しく一郎の目に映った。

そういう家庭の空気の中では、いつも誰かしらが苛立っていて、いた。その苛立つ気持は、手近なものにたいして爆発したりする。高熱に苦しんでいる一郎がフトンで蒸されることになったのも、その一例なのだ。

蒸されて噴き出した汗を、乾いたタオルで拭い取ったあとも、一郎はすこしもサッパリした気分にならなかった。かえって重苦しさが増してきた。

そこで医者が呼ばれることになった。一郎の軀を検べた医者は、難しい表情になって言った。

「今日は、まだ、何とも診断がつきません」

「風邪でしょうか」

「さあ」

「だいたい、どこらあたりが悪いんでしょうか」

「今日は、まだ何とも言えません」

と、医師は会話を打切った。

二日後再び往診に来た医者は、一郎の腹のあちこちを押えて検査してから、ショッキングな言葉を吐いた。

「これは、腸チフスです」(当時はまだクロロマイセチンなどの新薬は発見されていなかった)

法定伝染病に指定されている病気なので、自宅で治療することは許されない。避病院か隔離病室のある病院に、直ぐに入院しなくてはいけないのだ。幼年時代に教えられた病気のうちで最も恐い名は、ペスト、コレラ、レプラ、それと殆ど同列にちかい感じで、チフスとエキリがあった。チブスあるいはチビスと言っていたその名が、正確にはチフスということが分った時には、一郎の腸の中ではその病気のバイキンが激しい勢いで繁殖しはじめていたわけだ。

追い詰められると冷静になる気質が、一郎にはあった。にわかに優しくなりおろおろしている祖母から、「家庭医学宝典」と銘打った婦人雑誌の付録本を借りると、一郎はチフスの項目を調べはじめた。

最初に探したのが、死亡率の数字である。それは、十三パーセントと出ていた。

「百人のうち死ぬのは十三人だけだから、大丈夫さ。すぐに退院してくるよ」

と、一郎は祖母に向ってヒラヒラと手を振って入院するために家を出た。しかし、十三パーセントというその数字は、一郎が受験しようと考えていた上級学校の合格率と同じであることに気付くと、一郎は矛盾した気持に捉えられた。

四方をコンクリートで固めた窓のない廊下を、一郎は母親に支えられるようにして歩いた。

その廊下は、隔離病室に通じている。病院特有の消毒薬のにおいは、その廊下には漂っていなかった。そのことが、かえって一郎を不安にさせた。

病室のベッドの上で、一郎は先刻調べた医学書の内容を思い出していた。その本によれば、チフスの場合、生きるか死ぬかは発病してから四十二、三日目にならぬと分らないのだ。その時期に、にわかに血便が出たり腸に穴が明いたりして、死ぬことが多いそうだ。

「四十二日待つのは辛いなあ、どうせなるのなら赤痢の方がよかった。あれなら一週間で勝負が付いてしまうからなあ」

と一郎が言うと、母親は、

「辛抱が第一です。三ヵ月経ってからの恢復期がまた辛いのよ。とにかく辛抱が第一です」

と、噛んで含めるように言った。

そうして、ベッドの上の日々が始まった。寝返りを打つことも許されない。軀を動かして、腸に動揺を与えると危険だからである。

四十度の熱は一郎の軀から退かず、連日つづいた。不眠の日夜がつづいた。一郎は、自分の頭脳の働きは平常と変らぬと思い込んでいた。しかし、じつは自分の正気を主張しつづける狂人に、余程ちかい状態になっていたのだ。

そのような一郎の頭の中に、凸面鏡や凹面鏡の中の物体のようにいろいろの事柄が映ってきた。そして、一郎自身は、その像をあくまで平面の鏡に映った像と信じつづけるのだ。
一郎をフトン蒸しにすることに手を貸した父親は、その夜以来また家の中から姿を消してい
た。一郎の父が動きまわるのは、普通の人間の二倍の量であった。父が動きまわるのは、仕事
のためばかりではなく女性に関係したことのためも多いらしい、ということを一郎は知ってい
た。小型自動車を持っていて猛烈なスピードで走り廻り、しばしば交通違反に問われた。
その父親は、一郎が入院してかなり日数が経ってから見舞に現われた。大きなメロンを一つ、
持ってきた。
「メロンなんて、食べられやしませんよ」
と、一郎は疑わしげな顔で、父親の手もとを見詰めた。
「びくびくするな。大丈夫だ」
「だって、おカユの飯粒でも腸に穴が明くというくらいだもの。メロンには、剛い繊維がある
からな」
「ふん、そんなものかな。それじゃ、搾って汁だけ飲んだらよかろう。もっとも、メロンを搾
ったんでは、あまり旨くないだろうがな」
父親は、一郎の様子をじろじろ眺めまわしてから言った。
「虚弱児童には困ったもんだな。だからそんな病気にとりつかれるんだ。熱が下ったら、早速

牛肉を百匁ずつ一度に食べさせてやる」

その言葉は、一郎の耳から入ると、頭の中で意味ありげな、残酷な音色にひびき渡った。一郎は、吐き出すように言うと、横を向いた。

「まだ四十二日経っていないんだから、生きるか死ぬかも決っちゃいませんよ」

父親との会話から言外の意味を探り出そうと試みたのは、一郎の頭がやや異常になっていたためばかりではない。

その年の初め以来、父親と一郎とのあいだには秘密ができていたのだ。

一郎は、父親の若年の頃の子供である。一郎はこの年若い父が嫌いではなかった。痩身だった父は、近年肥りはじめて二十貫にもなった。しかし、四十歳には間のある父の肥りかたには贅肉はなかった。婦人関係の噂も一郎の耳に届いてきたが、父親のもっている雰囲気には不潔なところは無かった。また、封建的なタイプの祖父に楯突いて廃嫡された父にたいしては、そういう点で反抗する必要を一郎は認めなかった。

しかし、一方では一郎にとって父親は甚だ迷惑な存在であった。一郎に関することで、父親が褒めたことは何一つなかった。学校の成績は、一郎はずっと首席をつづけていたが、そのことについて父親は一言も言わなかった。上級学校のことを考えなくてはならぬ時期がくると、父親はこう言うのだ。

「学校教育なんか、くだらんものだ。おまえがどうしても上の学校へ行きたいというのなら、ともかく一度だけ試験を受けてみたらいいだろう。しかし一度だけだぞ。その試験に落第したら、どこかの小僧になるつもりでいろ」

そう言われると、一郎はうっとうしい気分になり、一向に試験勉強に気乗りがしなくなるのだ。絵や文章で良い成績をもらっても、父親はその作品を一目みて、言う。

「ふん、なっちゃいない」

まるで鬱憤の捌け口に一郎を使っているようにも思えてくる。一郎は、自分の幹から生えかかる若芽を一つ一つ摘まれてゆく感じになって、そのために発奮しようとする気力を失っていった。

父親が一郎にたいして最も頻繁に使う言葉は、おまえのような虚弱児童は、という言葉だ。しかし、腺病質の外見にかかわらず、一郎は中学入学以来ほとんど学校を休んだことはない。ガムシャラな父親にとっては、競技会でいつも優勝するような子供以外は、みな虚弱児童に見えるのだ。

その言葉を、一郎はいつも聞き流していた。しかし、あまりに屢々それが繰返されるうちに、一郎はついに辛抱し切れなくなった。或日、一郎は叫んだのである。

「そんなことを言ったって、結局、お父さんの方が先に死んじまうんだからな」

「おや、おまえ、そんなこと言っていいのか」

　と、いつになく反抗の気配を示した息子の様子を、父親は唇のまわりに笑いを浮かべながらジロジロ眺めた。

「だって、順番からいって、そうなるじゃありませんか」

「バカいえ。父親が子供より先に死ぬとは決ってはいないんだぞ。とくに、おまえのような虚弱児童の子供ではな」

「それじゃ、どっちが後まで生きるか、競争することにしよう」

　と、一郎は半ばヤケ気味で言った。

「そうか、それじゃひとつ賭けるか。しかし賭けるといっても片一方が死んでるんじゃ、仕方がない。いやいや、いいことがあるぞ」

　と、父親は面白がっている表情になった。

「それじゃ一郎、こうしよう。おまえとおれとそれぞれ生命保険に入ることにしよう。おまえの保険金の受取人はおれ、おれの受取人はおまえ、ということにしておけばだな、賭に勝った方が金が取れるというわけだ。どうだ、うまい考えだろう」

　父親は、自分の思い付きがすっかり気に入った様子になった。

「なにも、わざわざそんなことまでしなくても、いいじゃありませんか」

「いや、これは面白い考えだ。早速、保険に入って、証書を交換することにしよう。ただし、おばあさんやお母さんには内証だぞ。女連中は、こういうことを厭がるからな」

そこで、父親と一郎とのあいだに秘密ができたのだ。

病院のベッドに仰臥したまま、一郎は父親の顔と剛い繊維が果肉に含まれているメロンとを見比べた。そして、父親が秘密の提案をしたときの表情を思い浮かべてみようと試みた。その表情は、たしか自分の思い付きに興じているものだったような気がする。一郎にたいする憎しみは含まれていなかったような気がする。いたずら気分とかダンディズムとかの範疇に属するものを反映している表情だったような気がする。

しかし、凸凹とイビツになっている一郎の心には、疑惑が翳をおとしはじめる。父親の手に持たれたメロンが、炸裂弾のように見える瞬間がある。病気が治ったら直ぐに一郎の腹の中に詰め込もうと父親が意気込んでいる百匁の牛肉が、カサブタが剥がれたばかりの弱々しい腸壁を、悪意をこめてザラザラと擦りながら通り過ぎてゆく幻覚に襲われる瞬間もあった。

見舞に来た父親は、僅かな時間病室にいただけで、メロンを遺して帰って行った。それはいつもの癖なのだ。たまに家族を連れて食事にレストランへ出掛けるような時にも、彼は自分のデザートを食べ終った瞬間に立ち上ると、家族をテーブルに残して、次の場所へ飛んで行ってしまうのが常だった。

　翌日、見舞に来た母親は、

「一郎がモノを食えるようになったら、早速牛肉をうんと食わしてやるんだ、といってお父さんが張切っていたわよ」

と言った。一郎は、不意にひどい怯(おび)えを覚えた。おカユの飯粒で腸壁を破られて急死した恢復期の患者の話が、なまなましく思い出された。一郎は、チフスの恢復期に患者を襲うという猛烈な食欲のことを考えると、烈(はげ)しい恐怖に襲われはじめた。

　その食欲が、自分を殺すだろうという予感に一郎は怯えるのだ。廊下を隔てて前の病室で、男の患者と看護婦との声高の会話が聞えてくる。

「おれ、今日はずいぶん食ったなあ。えーと、大福を十三個にアンパンを七つ、それからと……」

「ほほほ、あんまり食べすぎて、下痢をしないようにね」

　会話の中の食物の尨大(ぼうだい)な量が、まず一郎を脅かした。次いで、奇妙な心持に捉えられた。チフス、赤痢、疫痢患者ばかりの隔離病室ではあり得ない会話である。一郎は幻聴かと疑いながら、傍の看護婦に訊ねてみた。

「あの患者、いったいどうしたんだろう」

すると、看護婦は笑いながら答えた。

「猩紅熱(しょうこうねつ)の患者ですよ。ずいぶん陽気な人ね」

そのとき一郎は、取り憑かれた病気が猩紅熱だったその男に、羨望の気持を抑え難かった。なにしろ、一郎にとって生死の境である四十二日目はまだ来ていない。それを越しても、恐ろしい恢復期が控えているのだ。そして、その恢復期に洪水のように押し寄せてくる赤い牛の肉の幻影。

そのような日々を、熱に憑かれて過していたためにある日母親が、

「お父さんはね、このところずっと忙しくて、見舞にこれないのよ。一度しか見舞に行ってやれなくて一郎に悪い、って言ってたけど」

と告げたとき、むしろ安堵した気持になった。押し寄せてくる牛肉の幻覚が、一時遠のいた気持だった。

「おやじなんか、見舞に来ない方がいいよ。その方が安心だ。やってくると、無茶ばかり言うんだからな。退院するまで来なくったっていいくらいだ」

と一郎が言ったとき、母親は、

「そう、退院するまで来なくともいい、と言うのね。そうねえ、そう言って置きましょうか」

と、嘆息するような涙ぐんだような一種奇妙な調子で言った。一郎は一方の方向に心が傾い

てしまっているので、そのとき母親の語調に含まれた微妙な陰翳に気づくことができなかった。

じつは、一週間前、一郎の父親は急死していたのだ。その日は母親の誕生日で、いつもは誕生日などに無関心な父親が、珍しくその日を覚えていて帰宅してきた。そして、赤飯を炊かせた。いつになく、いろいろな事柄について母親と話し合った。そして、その夜半、狭心症の発作で死んだ。近所の医師が駆けつけてきたときには、すでに心臓の鼓動は止んでいた。

一郎の担当医師は、一郎の病状から考えて、父親の死を知らせることを禁止していたのであった。


第一の関門である四十二日目は、何事もなく過ぎて、恢復期が近づいてきた。その恢復期への怖れは、一郎の心の底深く入りこんでしまって、高熱は去ったが凸凹に歪んだ心はそのままだった。

その頃のある日、隣の病室に疫痢で入っていた小児が死んだ。

その日、一郎は仰臥したまま首を廻して、窓の外を眺めていた。窓の外側には、ヘチマの棚が組まれて強い夏の陽を遮っている。一郎が入院したときには、その棚にはまだヘチマの蔓は巻き付いていなかった。それが今では、葉を繁らせて、大きなヘチマがあちこちにぶらりと下っている。窓の外は病院の中庭の石炭置場で、まっ黒な石炭の堆い山の上に、筋骨逞しい半裸の男が立って、シャベルを機械仕掛のように正確に動かして石炭をすくい上げている。

不意に、炸裂音がひびいた。石炭の山の連想からか、一郎はどこかでボイラーが爆発した、と一瞬錯覚した。しかし、その音は、人間の喉から出たものだった。疫痢の小児が息を引取った刹那、その母親の泣声が爆発したのだ。それから小児の名を繰返し呼びながらの繰り言がめんめんと続いた。

夜になると、一郎の鼻腔に流れ込んできたにおいがある。それは、線香の煙のにおいなのだ。それにつづいて、鈍い沈んだ音が絶え間なく単調につづきはじめた。木魚の音だ。あまり冗談が過ぎるじゃないかと、一郎は反射的に感じた。

「いったい、どうしたんだろう」

と、傍の看護婦に、一郎は咎める口調で言った。彼女は、言い難そうに口ごもりながら、答えた。

「伝染病で死んだ人はね、病院から直接焼場へ持って行かなくてはいけないんです。一旦、家へ持って帰ることは、許されないのよ。だから、お家の人が病室へ集って、そこでお通夜をやるわけなの」

そう説明されれば、話の筋道は通っているわけだ。

「無神経なやり方だな」

と、一郎は呟くと、首を廻して窓の外に眼を向けた。電灯を消して暗くなっている病室の中へ、明るい月の光がヘチマの葉群(はむら)を透して流れ込んでいる。ぶらりと垂れ下った大きなヘチマが、影絵になって光の中に浮かんでいる。

一郎は、腕を持ち上げて、掌で月の光を遮ってみた。五本の指を揃えてぴったりくっつけているつもりなのだが、指の肉が痩せ落ちてしまっているので隙間だらけになる。バラバラに透いた指の間を、月の光が蒼白く摺り抜けて行った。骨と皮ばかりに、一郎は痩せ衰えていた。その日の朝、一郎は入院してはじめて自分の顔をみた。流動食を摂るときベッドの上で上半身を起してよいことになったので、かかえ起された一郎は椀の中のスープに映っている顔を見たのだ。一瞬、他人の顔と見紛(みまが)うほどであった。眼ばかり大きくなっているのは当然としても、一郎の驚いたのは、鼻や頭まで痩せたことであった。鼻梁は肉が削げ落ちて、平素は見えない段があらわれていた。頭蓋骨を包んでいる皮を指先で撫ぜてみると、その部分に痩せる余地があったとは思われぬくらいなのだが、指先に頭蓋の骨の継ぎ目が触れてくるのだ。

木魚の音と、読経の声は、いつまでも続いてゆく。その鳴り止まぬ音は、一郎の心にある恢復期の食欲への恐れを、一層掻き立てていった。

季節は移ってゆき、棚のヘチマの葉はすべて茎から離れて落ち、捥(もぎ)り残した大きな実が一つぶらぶらと初秋の風の中で揺れている頃になっても、一郎には食欲は襲ってこなかった。

恢復期の患者を必ず襲う筈の、猛烈な食欲はどこへ行ってしまったのだろう。看護婦の眼を盗み、どんな手段を用いても食物を手に入れたい気持になり、そのために屢々落命の因となるといわれている、あの凄まじい食欲というものはどこへ行ったのだろうか。

一郎の痩せ衰えた軀には、恢復の兆(きざし)はなく、ベッドの上に起き上ることさえ独力ではできなかった。その一郎の状態を見て、医師は言うのである。

「もう恢復期の一番危険な時期は過ぎているんだからね。柔らかいものなら、どんどん食べて体力をつけなくちゃ。おカユなんか、呑み込んじまっていいんだ」

その言葉は、一郎には受持ち患者の恢復の遅いのに苛立った医師の過激な放言かと疑われてくる。

柔らかい食物である筈の隠元豆を嚙んでいると、中から半透明の小さな三日月形のものが出てきたりする。その薄皮は、意外に両端が鋭く堅い。それが自分の腸壁に触れて通り過ぎる光景を想像すると、一郎はどうしても固形物を口の中へ入れる気持になれないのだ。

そういう状態がつづくので、一郎は病院を出て自宅で療養することになった。神経衰弱気味の一郎にとっては、環境を変えることが好い結果を与えるかもしれない、との医師の言葉によってである。

隔離病室に入るときには、コンクリートの廊下を一郎は歩いてきた。そして、退院するときにはその廊下を寝台車で通るという、通常の場合とは正反対の例を、一郎は作ってしまった。

家に帰ったその日、一郎ははじめて父親の急死を告げられた。

全く予測していなかった事実なので、しばらく一郎は啞然とした。それからにわかに悲しくなって、すこし泣いた。しかし、心の底の方では、解放された気分がゆるゆると拡がってゆくのを制することはできなかった。

父親の死を知った時から、一郎を悩ましていた食物にたいする恐怖はすっかり拭い去られてしまった。食欲が甦って、一郎はぐんぐん肥りはじめた。

生命保険のことを知った祖母は、相変らず薄暗い部屋の布団の上で、萎(な)えた脚に苛立ちながら古風な言葉で一郎を咎めた。

「おまえたちが、そんな罰当りなことをするから、わたしの脚が立たないんだよ。お父さんは死ぬし、おまえは大病するし、わたしもとんだ息子や孫を持ったものだよ」

多額の金が一郎の手に入ったが、父親の残した沢山の借金は、その金でも完全には返済し切れなかった。

人形を焼く

広い部屋の中央に椅子を置き、その椅子に腰かけて、三田は井村の帰宅するのを待っていた。

「井村さんは、もう間もなく戻ってこられます」

学生服の青年がそう告げて姿を消してしまい、三田がこの部屋に取り残されてから、一時間が経っていた。その一時間のあいだに日没の時刻が近づき、部屋の中は薄暗くなってきた。

三田の傍に直立している裸の女体のすべすべした肌が、薄暗い空間の中に青白く浮かび上ってきた。板敷の床の隅には、もぎ取られた腕や脚が四、五本、積み重ねられていた。

傍の女体の肩のあたりを、三田は指先で撫でてみた。乾いた冷たい触感がつたわってくる。片腕を下へ伸ばしてその指先をちょっと反らせ、もう一方の腕は肘のところで軽く曲げている。唇は笑いかけてくるようにやや開いているが、眼は笑っていない。細いつめたい鼻梁の線。われ目の無い、よそよそしい局部。

部屋は静かで、物音一つ聞えない。三田は何かを思い出しかかっている気分だが、頭の中のものは纏った形を成さない。退屈なような、そのくせ何かが起りそうな予感に捉えられかかっている時間が過ぎて行った。

不意に、天井の電灯が点った。強い明るい光が、部屋の中に行きわたった。

扉が開いて、ホームスパンの背広を着た男が入ってきた。

「おや、来ていたのか」

「君の家へ行ってみたら、こっちの方だというんでね」

「待たしてしまったかな。電灯も点けないで……」

「そういえば、暗くなっている」

「考えごとをしていたのか。裸の女たちに取囲まれて」

井村は話しかけながら、三田の傍の女体の腕を握って、ぐっと上へ持ち上げた。きいっと軋る音がして、その白く滑らかに光る腕は上っていった。

「丁度いいところへ来たよ、君。明日にでも連絡を取ろうとおもっていたんだ。今度の日曜にマネキン供養をやる。古くなった人形を海岸に並べて焼き払うんだ。供養はにぎやかに、酒でも呑んで騒ごうというわけさ。酒場の女の子たちも、たくさん応援にくるといっている」

「この人形を焼いてしまうのか」

三田はもう一度、傍の女体の肩に指を触れてみた。

「いや、これは作ったばかりのものだ。古くなったのは、隣の倉庫にいっぱい詰めこんである。それをトラックで、K海岸へ運ぶんだ。どうだ、行くか」

井村は彫刻家だが、副業としてマネキン人形の小さな製造工場を持っている。その人形をデパートや商店に貸出すのだが、彼女たちはすぐに傷ついて戻ってくる。修理が利かなくなった人形は、倉庫に入れられる。その人形たちが倉庫に溢れはじめると、一括して焼却する必要が生じるわけだが、その際に供養という形を取ろう、というのである。

「それは、面白そうだ」

と三田が言うと、井村は、

「それに、朝子君もくることになっている。僕は彼女に惚れているんだ。惚れてしまって、手も足も出ない」

その言葉は、近頃の井村の口癖になってしまっている。朝子とは、酒場Aの女給である。井村がそう言うのを聞くと、三田はうっとうしい気分に陥った。

井村の家を出た三田は、タクシーに乗った。車は十五分ほど走って、アパート風の建物の前に停った。

長い廊下を歩いて、一つの部屋の前で三田は立止った。ドアは鍵がかかっている。ポケットから鍵を出した。錠のはずれる乾いた音がした。ドアを開けると、薄暗い光の中に女の姿が見える。女は黙って、椅子に腰かけている。

「朝子」

「やっぱりここへ来てしまったわ。こんな会い方は厭なのに」

椅子に坐ったまま、女が言った。三田は椅子の前に膝をつき、顔を女の膝の間にうずめる姿勢になって、無言のまま女のストッキングを脱がせはじめた。井村の顔が三田の脳裏を掠め、三田の心がちくりと痛んだ。「僕は彼女に惚れているんだ、惚れてしまって手も足も出ない」と井村が言い出す前に、三田はすでに朝子とこういう会い方をはじめていたのだ。

もしも井村が、「僕はあの子をモノにしてやろうとおもっているんだ」という風な言い方をしたのだったら、「あれは俺がもうモノにしちまったよ」と気軽に言えたかもしれない。しかし、三田はそのとき、言いそびれてしまった。

そしていま、薄暗い室内の椅子に朝子の裸体が白く坐っていた。

「さっき、マネキン人形を見てきた」

と、三田は朝子の片腕を摑んで、ゆっくり持ち上げていった。

「こうやって腕を持ち上げると、キシキシ音がした」

「こんな会い方は、もう、厭。わたしを道具としてしか考えていないんだから」

三田は答えずに、朝子の片腕を一層高く持ち上げて、腋窩(えきか)に唇を当てた。

「厭」

そう呟きながら、朝子は腕を三田の軀にからみつかせてきた。


マネキン供養の日がきた。

数多くのマネキン人形たちが、K海岸の波打際に立ち並べられた。人形たちは、無機質な、そのくせ妙になまなましく人間を感じさせる肌の色を光らせて、砂浜に並んでいた。

酒宴がはじまった。集っている人たちは彫刻家や画家たちが主なので、しだいに羽目を外した陽気な騒ぎになっていった。彼らが平素行きつけている酒場の女たちも、かなりの人数集ってきていた。その女たちに抱きついて頬ずりする者、裸の人形に抱きついて頬ずりする者。酒宴は、しだいに高潮してきた。

やがて、人々は波打際の人形にシンナーを浴びせかけた。マッチの火が、近寄せられた。焔が上り、もうもうと黒い煙が上り、人形たちは直立したまま燃えはじめた。火焔につつまれた裸の人形は、容易にはその原形を崩さずに燃えつづける。しかし、やがて肌がぶつぶつ泡立ってきた。肌の上で煮立っているものがあるのだ。揺れ動く焔の中に赤く照し出された人形の顔は無表情のままだが、その肌はこまかい水泡状のものに覆われて、脂汗を流して苦しんでいる。

　焔につつまれた波打際の人形たちは、生きて悶えているように見えた。その無表情は、極度の苦痛を押し殺している表情に見えた。その向う側には青黒い海の拡がりがあり、その海が人形たちの方へ押しよせては白く崩れることを繰返した。

「どうだ、なかなか刺戟的な光景だろう」

　と井村が三田に話しかけた。

「この人形、何でできているんだ」

「紙さ。柔らかい厚紙を何枚も重ねて、雌型の中へ入れて作るんだ。その上にラッカーを吹きつける」

「紙か」

「紙だよ、三田。何で作ってあるかなんて考えるのはつまらないことだ。この光景は、かなりコタエるじゃないか」

　朝子は、三田と井村の間に立っていた。

　その時、不意に朝子が喉の奥から異様な声を押し出しながら、井村に武者ぶりついたのだ。

女は兇暴な獣のように、井村に襲いかかった。井村は相手の肩をおさえて押し戻そうとしたが、
女の腕には異常な力がこもっている様子だ。

赤い火を背景にして、二つのシルエットが烈しく揉み合っていたが、やがて一つの軀が、にわかに力を失ったように砂の上に崩れ落ちた。それは朝子の軀だった。彼女は砂浜に顔を当てて、泣いているらしい肩の動きを示していた。

井村は黙って立っていた。呆然としているようにもみえ、ふてぶてしく立ちはだかっているようにもみえた。彼のネクタイは引き千切れ、ワイシャツは大きく裂かれていた。

「井村、なにをしたのだ」

「なにもしやしない」

「しかし……」

「しかし……」

「何のことか、わけが分らないんだ。不意に朝子君が」

「おや、三田。君はへんなことを考えているのじゃあるまいな」

井村は当惑した表情をしていた。三田は相手の顔をじっと透し見た。だが、何も分らなかった。もし朝子が自分に襲いかかってきたとしたら、その理由はよく分る。と同時に、井村に隠していた事柄が露わになってしまうだろう。しかし、その方が、疑惑につつまれた情況よりは余程気易いことだ。

三田は、友人の井村を、もう一度眺めてみた。しかし、確実なことは何も分らなかった。

その日から二日後が、三田が朝子に会う約束の日だった。

彼はアパートに出かけて行った。その部屋は、三田が借りている部屋である。彼と朝子とは予め曜日を定めておいて、毎週その曜日にその部屋で出会うことにしてあった。

鍵を外して、ドアを開けた。しかし、薄暗い部屋の中には、人影は無かった。

空しく待った三田は、その部屋を出て井村の家を訪れた。三田を見ると、井村はすぐに言った。

「昨日、朝子君が詫びにきた。人形が焼かれるのを見ているうちに、不意に逆上してしまった、というのだ。自分でもどうしたわけか分らない、のだそうだ」

「しかし、本当に自分でも分らないのだろうか。いや、君は知らないのか？」

「僕が？　知るわけがないじゃないか。朝子君が自分で分らないというのは、本当だとおもうな。心の底に潜在している理由というものは、馴れない人間には探りにくいことだからな」

そして、井村は呟くように言葉をつけ加えた。

「こうなってくると、ますます手も足も出なくなってしまうな。朝子君は僕に弱味をもったことになっているわけだからね……、弱味につけ込むとおもわれるのは、心外だからなあ」

その言葉は、三田にはしらじらしくも聞え、また偽りのない声にも聞えてしまう。

「ところで、朝子君の逆上した理由について、僕が一つ推測を下してみよう」

井村の下した推測とは次のようなものだった。

話を具体的にするために、先年ミス日本に当選したB嬢のことを思い出してみることにしよう。今までのミス日本のうちでも抜群の容姿をもっている、と、彼女の当選が決定したときには言われていた。アメリカで開かれるミス・U・コンテストでも上位入賞は決定的、と噂されていた。

映画会社が彼女に誘いの手を伸ばした。入賞を見越して、彼女の学芸会風の歌謡曲を吹込ませたレコード会社もあった。しかし、コンテストの結果は予想外だった。彼女は予選ではやくも落選してしまったのだ。そして、その日から彼女に向って伸ばされていたすべての手が引込められてしまった。笑顔もすべて仕舞い込まれた。

出迎えの人の姿も殆ど見当らない飛行場へ、彼女は戻ってきた。莫大な借金が残っていた。華やかな夢の破れた彼女は、ファッション・モデルになって働いている、ということである。

もしそのB嬢があの人形炎上の光景を見ていたならば、自分の華やかな夢があえなく破れた経過を、一瞬のうちに思い浮かべたことであろう。そして、それに伴ういろいろの苦痛や不快な記憶も、一斉に浮かび上ってきたであろう。肌が脂汗を泡立たせて、直立したまま燃えている。彎曲(わんきょく)したところが、まず黒ずみはじめ、やがて崩れ落ちる。その人形の姿は、彼女を逆上させるのに十分だ。

「そのB嬢の場合を小型にしたものじゃないか、と僕はおもうんだ。華やかな夢とその崩壊。

よくあることさ。それは、よくあることだが、人形を焼くあの刺戟の強さはざらにはない。感受性の強い女が、あの光景を見れば逆上するのも無理はないというものだ」

と、井村は自分の推測を述べ、

「ところで三田、君はどう考える」

「僕には分らん」

三田は、無愛想にそう答えた。


次の週の約束の日には、朝子はアパートの部屋にいた。

「この前は、いったい、どうしたんだ」

「あなたのせいじゃありませんか。わたし、こんな会い方は、もう厭。火の中で焼かれている人形、生きているみたいだった。あの人形がわたしになってしまったの」

「それで逆上して、井村に襲いかかったというのか」

「井村さんじゃない。あなたの筈だった。だけど、眼が昏（くら）んでしまっていて」

そして、女はふと呟くように独り言した。

「みんなで、わたしを駄目にしてしまう」

「みんなで？」

と三田は鋭く問い返した。

「あなたがはじめての男だとは、言ったことがない筈よ」

「君、昔、井村と会ったことはないのか」

「井村さんと？　昔？　そんなことがある道理がないでしょう」

「本当か？」

「本当。あなた、何を考えているの」

三田は口を噤んだ。そして荒々しく女の衣服を剝ぎ取った。

「わたし、もう、厭。こんな会い方をするのは、今日でおしまいよ」

と、また朝子が言った。

「いつも、そんなことを言っているじゃないか」

三田は女を抱いた。朝子は三田に応えながら、

「本当、今日が最後」

と、もう一度繰返した。

朝子のその言葉は、本当だった。毎週の定められた曜日に、三田は空の部屋へ入ってゆき、そのままむなしく待ちつづけることを繰返した。

椅子に腰かけて、三田はじっと待っている。苛立ちを抑えて坐りつづけていると、不意に静

かな時間が訪れてくる。その時、朝子の軀のいろいろの部分部分が彼の眼の前に浮かび上り、やさしく彼に語りかけてくる。

そういう時、はげしい欲情と愛憐（あいれん）の情の入り混じったものが三田の心に突き上って、彼はおもわず椅子から立上ってしまう。

三度、三田は空しく待った。酒場Aに行ってみると、朝子はずっと休んでいるという話である。朝子の家を、三田は知らない。

四度目、その日も彼は薄暗い室内で椅子に腰かけて待っていた。階段をのぼってくる足音が聞えた。重い、ゆっくりした、不規則な足音が廊下を近寄ってきて、三田の部屋のドアの前で止った。

ノブが廻って、扉が外側から開かれた。青白いすべすべした光が、戸口にいっぱいになった。一瞬、三田の眼には、不恰好なひどく嵩（かさ）ばったものが、戸口いっぱいに立ちはだかっているように映った。

それは、裸のマネキン人形を抱えた青年だった。青年は、大切そうにその人形を床の上に置いた。指先を気取った形に反らせた、よそよそしい顔のマネキン人形。青年の顔には見覚えがなかった。

「何だ、それは」

「マネキン人形です」

「それは分っている。それ、どうしたのだ」

「頼まれたから、届けたのです」

「頼まれた？　井村にか」

「井村さん？　そんな名前の人じゃない。山田さんです」

「山田？」

「お宅は山田さんじゃないんですか。注文なさったでしょう」

「注文なんかしない。山田じゃない」

「山田さんじゃないんですか。四階の六号室でしょう」

「四階じゃない。ここは三階だ」

「おや、間違えた。失礼しました」

青年は裸の人形をかかえ上げると、廊下へ出た。三田は青年に追いすがると、その肩を捉えて揺すぶった。

「おい、井村に頼まれたのだろう」

「そんな人知らない。やめてください、人形が毀（こわ）れる」

「本当に知らないのか」

「本当ですよ」

青年の姿が消えて、再び三田は部屋の中に取残された。三田は、疑惑につつまれて、椅子に坐っていた。いまのマネキン人形は、三田の秘密の部屋を知っていることを、井村が示したものではなかったのだろうか。

欺いているのは井村なのだろうか、それとも自分なのだろうか。それにしても、井村を疑っていることが三田自身の後ろめたさを軽くしていることに、いまは三田は気付いていた。そのことに気付いた三田の心は、再びちくりと痛んだ。


秘密の部屋で、三田が朝子を見出すことは、その後も一度もなかった。酒場Aにも、朝子は姿を現わさなかった。

そして数カ月はすぎた。

ある日、三田と井村は街の酒場で出会って、一緒に盃を上げはじめた。その時、井村がふと思い出した口調で言った。

「そうだ、この前酒場Aに寄ってみたとき、朝子君の消息を聞いたよ」

「………」

「結婚したんだそうだ。堅気の会社員と見合結婚をしたそうだよ」

「………」

「あの子は、やっぱりそういう結婚をしたんだな。それでね、三田、僕は分ったよ」

「なにが？」

「朝子君が、マネキン供養のとき逆上して一種の狂乱状態に陥ったろう、あの理由が分ったよ。僕はこう思うんだ。焔を発して燃えている人形の姿に、彼女は自分の毎日の生活を見てしまったんだろう、肌の上に脂汗を流して、突立ったまま燃えている。ああいう水商売というものは、君、華やかなようで辛いものなんだぜ」

「そんなことは分っている」

と三田は答えて、井村を透し見た。いまさら井村が、このような推測をもっともらしく述べていることに、疑念を抱いたのだ。しかし、何も分らなかった。井村の秘密の部屋がこの都会のどこかに在って、その中に朝子が坐っているという情況はありえない、とは断言できぬ心持だった。

もう一度、三田は井村の顔を凝視した。しかし、やはり確実なことは何も分らなかった。

寝台の舟

むかし話を一つ、します。

その頃、私は、精根(せいこん)尽き果てかけていた。私は女学校の教師をして、辛うじて生計を立てていた。その女学校の校舎は、海の傍に建っていた。駅から校舎までの間に、岩石を掘り抜いた洞窟のようなトンネルがあり、その入口には立札があって、「岩石ガ落チテクルコトガアリマスカラ、頭上ニ注意シテクダサイ」と書いてあった。事実、トンネルの内壁はいつも滲み出てくる水で潤っていて、剥落した岩石が地面に突きあたる音が、時折、歩き抜けてゆく私の背後や横手でひびきわたることもあった。生命にかかわる大きさの岩石は剥落することがない、という見通しがついているのかどうか不明な、なげやりな感じのトンネルだった。だが、このトンネルが無かったら、私は、とっくに、その女学校へ通勤することをやめていたにちがいない。

校舎の窓から見える海の拡がりは、よごれて青ぐろく、私の立っている教壇に向けられている少女たちの沢山の眼は、なぜか利発な光を欠いて、白くよどんでいた。しかし、海を渡ってくる風や、少女たちの若い軀をつつみこんで微かに揺らいでいる教室の空気は、私の胸をふくらませた。また、トンネルの中の湿った冷気と、時折反響する岩石の落下音は、私の細胞を緊張させた。

従って、私が精根尽き果てかけていたといっても、それは、些細なたわいのない出来事によって、回復できる筈のものだった。そのことを、私は知っていた。私の細胞に、若い漿液が充ちていることを思い出させてくれる、確認させてくれる、ちょっとした出来事を、待っていた。しかし、何事も起らなかった。

郵便屋の姿を見かけると、私は胸苦しくなった。しかし、何処からも私宛の便りはこなかった。また、私自身、何処へも便りを出してはいなかった。

私は、精根尽き果てかけていたので、ある夜、街の古本屋の中に佇んで本の列を眺めていた時、センチメンタルな気分が動いた。そして、西洋の童謡を集めた、よごれた小さな本を買った。

部屋に戻って、私は、その本を隅の畳の上に投げ出すと、寝床にもぐり込んだ。軀を横たえると、みるみる沢山の細胞が萎えしぼんでゆく気持になり、泥のような眠りに吸い込まれていった。そのような眠りは毎日繰返して私を襲い、西洋の童謡集は部屋の隅に、投げ出された形のまま、取り残されていた。

ある夜、私は寝床の中から腕を伸ばし、上半身を乗り出して、その小さなよごれた本を引寄せた。でたらめの頁を開くと、「寝台(ねだい)の舟」という童謡が眼にとまった。

ぼくの寝台は小ちゃなボート
ばあやが船出のお手つだい
水夫の服を着せかけて
まっ暗闇へおし流す。

第一節だけ読み終えると、私は、むなしい寝床の中で泳ぐように二、三度手足を動かし、唇をゆがめて、そのまま泥のような眠りの中に落ち込んでいった。

夜っぴて闇を漕ぎまわり
いつか明るい朝になりゃ
馴れたお部屋の桟橋に
寝台の舟はもとどおり。

重たいカーテンの合せ目が、すこし離れて、朝の光がそこから射し込んでいた。大きな寝台の上で、私は眼覚めた。ダブル・ベッドよりももっと幅広い、部屋の半分以上を占めていそうな寝台のひろがりの上で、私は眼覚めた。

見馴れない部屋。私は、自分の横たわっている場所を、一瞬、思い出しそこなった。

私の傍に、緋いろの長じゅばんを着た軀が、横たわっている。その衣裳の襟の合せ目から、頸が、そして化粧の剝げ落ちた首が、まぎれもない男の首が、突き出していた。カーテンの合せ目から割り込んできた朝の光が、その首の、髭を抜いた沢山の毛穴や、顔全体に滲み出ている男の脂を、照し出していた。

部屋の中を、私は見廻した。大きな寝台で占められた残りの空間の、殆ど全部を塞(ふさ)げているようにさえみえる大きな三面鏡があった。その鏡台の上には、大小形状さまざまのガラス瓶がたくさん、数えきれぬほど沢山、赤や緑や乳白色や、あるいは透明な液体を満たして、並んでいた。それらは、私の傍に横たわっている人間が、女性に変化(へんげ)したい執念をあらわしていた。それは、当世風の一風変った趣味として、男性が女性に変化してみようというための道具とは違っていた。雑然と立ち並んでいるガラス瓶の間のあちこちに、さまざまの形に歪み曲りくねった金属器具が置かれてあった。私には、全く使用法の分らぬ、やはり化粧のための道具とおもわれた。それら、三面鏡のたたずまいから、私は、余裕のない、切羽つまったなまなましさを、受け取った。

「おっぱいがないのがくやしい」

と、昨夜、ミサコと名告(なの)る傍の男が、身もだえする声音で言った。その切羽つまったなまなましさを、私は思い出した。カーテンの合せ目が離れていたのは、ミサコにとって重大な過失であるにちがいなかった。

私は起き上って、朝の光の中に、男性の特徴を露わにさらけ出している首を、もう一度眺め、カーテンの隙間を閉じ合せた。薄明るくなった部屋の中で、寝台の大きさが、ことあたらしく際立って私の眼に映った。

昨夜、私は、何をしたのだろう。

めずらしく、私は、ポケットの中に幾分まとまった金を持っていた。女学校の同僚教師が、私に内職の仕事を廻してくれ、その報酬の金が入っていたのだ。その仕事というのは、英文で書かれた農具の解説書の翻訳であった。トラクターにつけて地面を耕すための各種の鍬(すき)の使用法を、日本文字に直しながら、私はしばしばあいまいな専門用語に行き当った。訳し終えて、果して、地面が耕されることが可能かどうか、私は甚だしく不安であったが、そのまま目をつむって、翻訳原稿を渡してしまった。さいわい、それが金に替ったのだ。

夜の街で、私は酒を飲み、酒に酔った。そして、薄暗い街角で、和服の女に呼びとめられ、彼女の部屋に連れて行かれた。部屋に入って、私たちは雑談をしていたのだが、しばらくの間、私はその和服につつまれた軀が男性のものであることに気付かなかった。私が疑いをもったのは、彼女の身のこなしが媚(なま)めかしすぎ、彼女の心づかいがこまやかすぎたためである。

和服の襟のかげに、たくみに隠れようとする喉ぼとけのあたりに視線を止めて、私は言ってみた。

「そうか、君は女じゃないんだな」

「わたし、ミサコというの」

そういう答をして、彼女は、しばらく黙って私を眺め、やがて言った。

「帰る?」

「帰らない」

男色の趣味は、私には無かったが、好奇心はあった。それに、いまから立上って、私の部屋に戻る気持にもなれなかった。ミサコはにわかに饒舌になって、

「泊っていらっしゃい。あたしのこと、みんな教えてあげる。いちいち本気で相手するわけじゃないのよ。ごまかす方法がいくらもあるの。本気の方も、ごまかしの方も、みんな教えてあげる」

しかし、私は不能の状態に陥っていて、本気の方法にもごまかしの方法にも、役立たなかった。彼女は苛立って、あたしが女でないから駄目なのね、と口ばしったが、そのことが私の不能の理由かどうか、私自身不分明だった。私は、傍にいる人間から、強い刺戟を受けていた。ミサコは、軀を私の軀に押し当ててきた。私の力のない腹のひろがりに、彼女の固い性器が、

突き刺さるようにぶつかってきた。私は、彼女に中性を予想していたので、不意を打たれた。おもわず手を伸ばして、触れた。それは、堅く逞しく、私の手に触れてきた。

「いじわる」

彼女は軀をずらして、私の手を避けた。私の躰内で最も強く燃えているのは、やはり好奇心だった。

「こういう具合なら、おんなとできるじゃないか」

「あたし、おんななのよ。おんなとじゃ、こうはならないの」

彼女が最も女らしくなろうとする時に、その軀は最も男らしくなってしまうということが、滑稽なことなのか、哀しいことなのか、私は戸惑った。あるいはまた、彼女の男らしく緊張したさまざまの筋肉が、同種類の緊張した軀とぶつかり合いながら組み敷かれ、しだいに女になってゆくことに、私には窺い知れぬ隠微（いんび）な悦びがあるのだろうか。そのようなことを、私は思いめぐらしていた。

その時、私の腹部に感じられていた圧力が、にわかに衰えて、嗄れた声が、吐息と一しょに私の耳の穴に流れ込んできた。

「切って、捨てて、しまいたい」

その瞬間、私は傍の軀に、女を感じた。いや、その切羽つまったなまなましさに、情熱を感じた、といった方がよかろう。しかし、酔のためか、私の軀は相変らず不能だった。焦る気持が、起りかかった。それを知ると、私は唇を歪めて、なげやりな心持になろうとした。

一方、彼女はセンチメンタルになっていた。身上話を、私に聞かせはじめた。身上話を聞かされるということが、私をもセンチメンタルにしかけたが、しかし、その話は甚だしく退屈だった。彼女が物語を引きよせて掬い上げるとき、たくさんのものが指の間からこぼれ落ちているにちがいなかった。異常である筈の物語に、私の予想できる範囲からはみ出すところが少しもなかった。

その物語は、なかながと続いた。私は、無責任な、なげやりな心持になっていった。私は手をのばして、彼女の扁平な胸と、小さく萎えた性器に触れてみた。私は退屈した。私のまわりには大きな寝台の白いシーツのひろがりがあった。ねむくなった。まもなく眠りの中に陥ち込むだろう、とおもった。

私の頭のなかには、ぼんやり、あの童謡の一節が浮かび上りかかった。寝台の舟。私は、その辞句を、ゆっくり手繰(たぐ)りよせながら、しだいに眠りの中にすべり込んでいった。

水夫する身のぬけめなく
寝台に特ちこむ品々は
婚礼菓子の一きれか

時にはおもちゃをこっそりと。

昨夜は、私にとって、そのような夜だった。そして今、朝の光に私は眼覚めたのだ。私は、カーテンの隙間を閉じ合せて、光を遮断し、寝台の中に眠っているミサコを残したまま、部屋を出た。

電車に乗り、目的駅で降り、トンネルを抜けると、青ぐろい海のひろがりが私の前にあった。その前景の女学校校舎にたどり着き、たくさんの少女の軀が碁盤の目のように整然と並んでいる教室の中に、私は歩み込んだ。

海の傍の女学校へ、ミサコから電話がかかってきた。せがまれて、私は名刺を置いてきてしまっていたのだ。

彼女の部屋に遊びにきてくれ、という。私は、ためらったが、女学校教師である私が押問答をしているのに適当な場所に、電話機は置かれていなかった。私は、出かけてゆく約束をした。

彼女の部屋で、私はネクタイをほどかず、大きな寝台に腰かけて、彼女の退屈な身上話を聞いた。話は退屈だったが、その心くばりのやさしさは、私の身に沁みた。そのやさしさは、精根尽き果てかけて脆(もろ)くなっている私の軀に、沁み込んだ。

ただ、そのやさしさは、異常なほどだった。男性である彼女が、女性として振舞おうとするために現われてくるやさしさとは、違うもののようにおもわれた。

私は、そのやさしさについて、漠然とした一つの考えをもっていた。それは、精根尽き果てかけた彼女が、最後の生命をかきたてて女性になろうとしているために、現われ出てくるやさしさのようにおもえた。その考えは、彼女が一枚の裸体写真を、私に示したときに、以前より確かな形をとりはじめた。

それは、彼女自身の七分身（しちぶしん）の裸体写真だった。写真の中で、彼女は両腕を胸の前に交叉させ、首をすこし傾けてほほえんでいた。

「どう、女としか見えないでしょう」

「何年前の写真だろう」

という言葉を、私は嚥（の）み込んだ。写真の中で、彼女の顔の線や軀の輪郭はまるくやわらかく、ほとんど女性と見まがうほどであった。そして、いま私の眼の前にいる彼女の軀からは、まるみとやわらかい線が姿を消しかけていた。これはやむをえないことだ。女性は少女の俤（おもかげ）が消えるに従って、女らしくなり、男性は少年から遠ざかるにつれて、その男性としての特徴が際立ってくるのは、自然の成行なのだから。しかし、そのやむをえないことが、やむをえないことであるだけに一層、彼女を精根尽き果てかけさせているのにちがいない。

私は、何となく、背後を振向いた。うしろには、白い壁があるだけだった。私は、その視線を動かして部屋の中を見まわした。大きな寝台、大きな三面鏡、厚い布地のカーテン、それはいずれも金のかかった品物とみえたが、しかし、それらはみな、やや古び、やや色褪せかけていた。部屋全体のたたずまいが、豪奢な生活の名残りというものを感じさせた。寵愛を失いかけている寵姫の部屋、というような言葉が、私の心に浮かんだ。じじつ、彼女の名は、いまでもかなりの華々しさを持っていることを、私は知っていた。

そういう部屋の中に、私は彼女と向い合っており、彼女はその異様なやさしさを、私に向ってそそぎかけてくるのであった。

「戦争中のことだけど、あなた、そこの池のほとりを歩いていたことない？　そして、あたしと、会ったことはなかった？」

「そんなことは、なかったな」

「それじゃ、別人なのね。その人に、そっくり。その人に、あたしは、処女をささげたの」

彼女と私との間にとりかわされた、そのように甚だしく感傷的で、つくりものめいた会話も、私はその異様なやさしさのために、彼女の本心の言葉だと受取った。溺れるもの藁をも摑む、という古い言葉があるが、いま自分はその藁になっているのだ、と私は思い、一瞬支えきれぬほどの疲労を感じた。その日以降、私の彼女にたいしての好奇心は、別のものに変った。別のもの。憐憫（れんびん）、というには、彼女と私との間には、落差がなさすぎた。また、共犯者同士のもつ、隠微な感情のからまり合いとも違う。彼女にたいしての私の感情に、やさしさがはいり込んできた、とでも言ったらよかろうか。

それにしても、私の方から彼女の部屋を訪れる気持は起こらなかった。しかし、海の傍の女学校に、彼女から電話がかかってくると、私は出かけてゆく約束をしてしまう。

事務室の男が、私に報らせにくる。

「せんせい、電話ですよ」

そして、いやな眼をして私の顔を窺い、

「おとこのような、おんなのような声の人から、電話です」

と、言う。

私は、いまの職業を長い間つづけてゆく気持をもっていなかった。そして、その事務員の眼を見て、私のやめる時期が近づいているのを感じた。

彼女の部屋で、私は依然として不能だった。私の心は、彼女を受け容れているのだが、私の皮膚は、きびしく彼女をはじき返してしまう。

それにもかかわらず、彼女から電話がかかってくる度に、私はその部屋へ出かけて行ってしまった。彼女の部屋の方角へ軀を傾斜させて、街路を歩いて行くとき、私は不意に、私の細胞のなかに満ちている若い漿液を感じる瞬間があった。しかし、部屋に入ると、やはり私は不能になっていた。

彼女は、時折、発作を起したように苛立って、私の軀をまさぐった。

「おんなならいいのでしょう。あたし、おんななのよ。そうおもってちょうだい」

と、彼女は嗄れた声で言った。たしかに、そのとおりなのだ。この場合、彼女が本ものの女性であったならば、気持のからまり合いが無くても、私の軀は不能の状態から脱け出せる筈なのだ。彼女のその声を聞くと、私は彼女に残酷な仕打をしている気分に陥って、彼女を正視できなくなってしまうのだ。その切羽つまったなまなましい声を聞くと、私は罪悪を犯している気持になってしまう。

ある夜、彼女は眼を光らせて、言った。

「注射をしてあげる。そうすれば、きっとだいじょうぶだわ」

私は、不用意にうなずいた。彼女は注射器に、アンプルの薬液を吸い上げ、もう一本のアンプルの頸をヤスリで切りながら、

「よくきくように、薬を二倍にしておくわ」

と言い、俯いて、ヤスリを使いつづけた。その俯いた顔の、頬骨のあたりの堅い線や、口のまわりに開いた毛穴の痕を見ていると、私はにわかに恐怖に襲われた。彼女は精根尽き果てか

かっている。その細胞には、もはや、みずみずしくなまめかしい漿液は、殆ど残っていない。たとえ、たくましい若い男の漿液に満たされていたとしても、その細胞は、彼女にとっては死んだものと同じなのである。

考えてみれば、彼女は、たやすく死の中に踏み込める状況に立っているわけだ。前の年、知らない間に、年上の未亡人にコップの中に毒薬を入れられて、無理心中の犠牲となった、私の親しい友人のことが頭に閃いた。

しかし、私は裸の腕を、彼女にあずけていた。なげやりな、衰えた心持だった。

注射器は、皮下注射用のものだった。それなのに、彼女はタオルを取って、私の上膊（じょうはく）をかたく縛った。そして、細い針の先で、肘関節の裏側にある静脈を探りはじめた。

私は、じっと腕を動かさなかった。血管が針の先から逃げて、彼女は幾度も、筋肉の中をまさぐった。鋭い痛みが、繰返して襲ってきた。私の中途半端な状態に、私は自分で罰を与えている心持になっていた。

ようやく、針の先が血管を捉えた。薬液が、かなりの速度で静脈の中にそそぎ込まれた。私は緊張して、軀の変化を待った。

彼女は、私の腕から抜いた注射器に、消毒もせずに薬液をみたし、自分一人で静脈を探りあてた。血が幾条も流れている腕の上に刺さっている注射器のポンプを押しながら、上眼使いに、私の様子を窺った。

私は待っていた。しかし、私の軀の中には、危害を与える薬液はめぐってはいないようだったし、また、突き上ってくる欲情も感じられなかった。さらに、私は待った。しかし、同じだった。

そのことを知ると、私はにわかに烈しい疲労を覚えた。この部屋へは、もう、これから足を踏み入れないようにしなくてはいけない、と、私は考えていた。

「どう？　きいてきた」

と、問いかける彼女の顔は、輝きを増した眼のまわりに、薄桃色の靄（もや）がかかっていた。

「すこしも、変らないんだ」

と、私は歎息するように、答えた。

間もなく、海の傍の女学校教師の職を、私は退いた。

ミサコという男娼の住んでいる部屋にも、私は足を向けていなかった。

私が、眼の前に整然とした列をなして並んでいる女学生たちに、辞職することを告げた時、相変らず、彼女たちのたくさんの眼は、白いよどんだ光をたたえたままであった。そのように、私は思っていたが、私が辞めることを惜しんでくれる少女も、幾人かいたのである。

私が学校を去る日、職員室の机の中を整理していると、三人の少女が私のところへ近よってきた。中央の少女が、黙って、腕の中の花束を差出した。花束をつつんだセロファン紙が、にごった白い色に光った。咄嗟に、私は、はじらった。その花束をかかえて、電車に乗らなくてはならぬことも、頭に浮かんだ。

その花束を少女の腕の中に押しもどす身振を、おもわず、私はした。

「いらないよ。ありがたいが、君、いらないよ」

という言葉も、私の口から出た。しかし、少女たちの戸惑っている様子をみて、私は思い直した。私はその花束を受取って、教員室の花瓶に挿し込んだ。花は、黄色い薔薇だった。その花々を校舎の中に残して、私は立去った。そして、二度と、戻らなかった。

その日以降、私は自分の部屋に閉じこもって、メリケン粉のダンゴばかり食べていた。そうやって、いのちを繋ぎとめているうちに、心当りの職がきまる心づもりであった。

そのような私の許に、ある日、郵便屋がめずらしく二つの封筒を運んできた。一通は、海の傍の女学校からで、僅かの額の退職金が入っていた。もう一通は、花束をくれた女学生からのもので、その文面に、次のような一節があった。

「わたしは、先生が、花束を受取ることをいやがられた理由がわかりました。黄色い薔薇の花言葉は、浮気、だということにあとで気がついたのです。だから、先生は、そういう花を受取ることを、厭がられたにちがいない、とわかりました。ごめんなさい、先生」

私は、しばらく、声を立てて笑いつづけた。おかしい気持が無くなってからも、私はわざと声を出して、笑っていた。そして、青ぐろい海の傍の女学校で私に向けられた、事務員の男の窺うようないやな眼や、大きな寝台と三面鏡のある部屋のたたずまいが、私の脳裏に浮かび上ってきた。

金の入った方の封筒を握って、私は立上った。畳の上に立ったまま、私はじっとしていた。私は、ミサコという男娼の部屋を訪れることを考えていた。

私は、なにか土産の品物を携えて、久しぶりにあの部屋を訪れることにしよう。三面鏡の前に、雑然と並んだ大小形状さまざまのガラス瓶が、眼に浮かんだ。私は、香水の瓶を買って、訪れることにしよう。街で、時折、外国製の香水が見かけられるようになっていた。それは大そう高価だった。少額の退職金は、そのために無くなってしまうだろう。そして私は、メリケン粉のダンゴを食べつづけることになるだろう。しかし、私は、その香水瓶を買って行こう。

彼女の笑顔をみて、私の心はやさしさに満ちるだろう。あるいは、その時、彼女を女と看做(みな)そうと試みることになるかもしれない。彼女は、その軀を私に押し当ててくることになるだろう。しかし、依然として、私はそれに応えることはできないだろう。それにもかかわらず、彼女は女になってゆき、私たちの密着した軀の間で、彼女の性器だけ、充実し、逞しく変化してゆくだろう。

その時、私に苛立たしい気持が起るかもしれない。私は腕をのばし、香水の瓶を摑み、むなしく聳(そび)え立った彼女の男根に、瓶の中の液体を降りそそぐことになるかもしれない。いつまでも、私は降りそそぐだろう。彼女が女になり切った徴(しる)しであるその力に満ちた男根が、匂い高い靄につつみ隠されるまで、降りそそぐだろう。

そのような空想に捉えられて、私はしばらく、部屋の中に佇んでいた。

しかし、私は出口に向って歩み出そうとはせず、そのまま畳の上に腰をおとした。そして、傍に敷きぱなしになっている布団の中に、這入っていった。部屋の隅に投げ出された西洋の童謡集は、相変らず、そのままの位置に置かれてあった。白く埃(ほこり)をかぶっていた。

私は、その中の一節を思い出しながら、白昼の光の中で、吸い込まれるように眠りの中に落ちていった。

おやすみなさいという言葉
別れの船のごあいさつ
それなりじっと眼をつぶりゃ
なんにも聞えず　また見えず。

鳥獣虫魚

その頃、街の風物は、私にとってすべて石膏色であった。長くポールをつき出して、ゆっくり走っている市街電車は、石膏色の昆虫だった。地面にへばりついて動きまわっている自動車の類も、石膏色の堅い殻に甲(よろ)われた虫だった。

そういう機械類ばかりでなく、路上ですれちがう人間たち、街角で出会いがしらに向い合う人間たちも、みな私の眼の中でさまざまの変形と褪色(たいしょく)をおこし、みるみる石膏色の見馴れないモノになってしまった。

それらは、あるときは頸がながく伸びてゆき、あるときは唇が大きく突出し、あるときは両腕が幅ひろくふくれあがり、一瞬の間に見覚えのない形に定着してしまう。それらは、それぞれ、なにかの鳥や獣や虫や魚の形に似てはいるのだが、はっきり見定めのつかぬ、私とのつながりを、記憶の中からさえも摑み出しえないものなのだ。

毎朝、そういう街を通りぬけて、私は一つの部屋の中に歩み入る。

部屋には、見覚えのある人間たち、私の同僚の、色彩をもった人間たちが、机の前に坐ってタバコを喫っていたり、机と机のあいだを動きまわったりしていた。

しかし、うっかりすると、その人間たちもたちまちのうちに、私から遠く離れ去って、手がかりのない場所で、石膏色の見馴れない形にうずくまってしまいそうだった。

いや、あるいは彼らは依然として人間の形のまま、部屋のあちこちの空間を占めており、私自身の方がなにかわけのわからぬものに変形しているのかもしれなかった。そこのところが、私には、よく捉えることができないのだ。その事情は、私が街ですれちがう人間たちに関しても、同様のことである。

私の席のちかくに、ひとりの女事務員が坐っている。彼女はいわゆる美人ということになっており、部屋の男たちは一様に、熱っぽいあるいは意味ありげな眼を彼女に向けている。そういう視線のなかで、彼女は背筋をしゃんとのばし、誇りたかく坐っている。

彼女の軀は、いい匂いをあたりに撒きちらしている。彼女は、すこし香水を強くつけすぎるようだ。

しかし、椅子の上の彼女は私にとって、いつも、椅子の上にうずくまる石膏色のかたまりである。そして、そのことは、私を他の場合のように当惑させはしない。

私が立上って、部屋を出入りするときは、彼女のすぐ背後をすり抜けることになる。彼女の強い匂いが、私の鼻腔に流れこんでくる。そのはげしい揮発性の匂いのなかに、彼女の軀のにおいが、動物のにおいが、いくぶん混じりこんでいる。それが、彼女にたいしての、私の手がかりになっている。

私は、彼女の軀を知っている。会社の部屋の中で、私は石膏色のかたまりを見る眼つきでしか、彼女を眺めないので、誰もそのことに気づかない。また、私のそういう眼つきのために、逆に、驕慢な彼女が、私に近づいてきた、といえるのだ。

煤煙(ばいえん)にくもった空を背景にして、風景はすべて直線でできあがっていた。たった一つの例外は、巨大な円筒形をしたガスタンクであった。

都会のはずれの工場地帯の裏側に、私の部屋があった。アセチレンガスに似た腐臭がうすく漂っているどぶを渡って、彼女は時折、私の部屋に歩み入ってきた。

私が彼女の軀をおし倒した瞬間から、私の眼の中で、彼女は人間の形に変化しはじめる。いや、そうではないのだろう。にわかに色濃くただよいはじめる彼女の獣のにおいと、私の獣のにおいとがまじり合い、それが彼女と私とのあいだの架け橋となるのだろう。

そのところが、私にははっきり分らない。しかし、いずれにせよ、その瞬間から、彼女は石膏色のかたまりではなくなり、なまなましい色彩を帯びて、私の理解できる、手がかりのある存在となるのだ。

私たちは、廉(やす)い悪酒を、盃に注ぐ。それは、鼠の吐いた血のような色をして、舌をすっぱく刺す。

彼女は、陸に引上げられた鱶(ふか)のように、その軀を波立たせる。

こういう形ではじめて、風物が色彩を帯び、彼女とのあいだに繋がりが見出されるということは、私を当惑させはしない。そのことは、むしろ私にとって、救いであった。

しかし、彼女のことについて、これ以上言葉を費す必要を、私はみとめない。なぜならば、彼女という特定の個性をもった人間が私を救うのではなく、彼女のなかの女が、鱶のように波うっているその軀が私を救うのだから。私は、彼女一人に捉われていたのではないのだから。

したがって、私は、女たちが軀を売っている地帯にも、時折歩み入った。女たちの部屋で、彼女たちはたちまちの間に、なまなましく色づき、においを発し、鳥のようなもの獣のようなもの虫のようなもの魚のようなものに、変身した。そして、それらは、私にとって見覚えのある、十分に手がかりのつくものだった。私はそれぞれの場合、彼女たちの同類の雄となって、相手を腕いっぱいに抱いて、ころがりまわるのだ。それは、充実した時間といえた。

それにまた、彼女たちの部屋の中で、彼女たちが石膏色のかたまりから、いかなるものに変化するかを待つ短い時間には鋭い緊張感があった。

THE BOOK BEAUTIFUL

Uyu Shorin

しかし、そういう時間のあと、街に歩み出た私の前には、ふたたび石膏色の風物のひろがりがあった。そして、私のなかにはぽっかり大きな暗い穴があいていた。その穴は、どうしても塞がらなかった。

私が従事している仕事は、私のなかの暗い穴を埋める役に立たなかっただろうか。

その日も、会社の入口にトラックが横づけになった。荒縄で縛りあげられた書物の大きなかたまりが、幾つも幾つもトラックの上からおろされて、入口のコンクリート床の上に投げこまれた。

書物のかたまりは、鈍い音をたててコンクリートにぶつかり、形を崩してうなだれた。それらの書物たちは、街のあちこちの書店に身をよこたえて、その店の中に歩み込んでくる人間たちの心に爪痕をつけようと待ち構えていたのだが、失敗した。そして、失敗した書物たちの数が、あまりにも多すぎた。もしも、一人の人間がその書物にめぐり会って、その心に爪をたてられたとしたら、一生忘れられぬほどの痕がつく筈なのに。と、その書物をつくることに一役かっている私は考え、そういうめぐり会いを願っていたのだが、それはむなしかった。

失敗した書物たちは、一箇所に集められ、荒縄で縛り上げられ、送り返されてきた。それは、堆(うずたか)く、私の眼の前に積み上げられていった。

部屋のドアが開いて、あから顔の青年がでてきた。この男は二十歳をいくつも出ていないというのに、下腹に中年男のように脂肪がついていた。

「また、こんなに戻ってきやがった。このやくざな本め」

と、彼は片足をあげて、書物のかたまりを蹴とばした。

「痛い、痛いじゃないか」

と、私は軽い調子で言ってみた。しかし、それがかえって、彼を刺戟した。

「おや、感じているの。困るじゃないですか、もっと売れる本を作ってくれなくちゃ。いくら立派だとか良心的だとかいう本だって、人が買わなきゃ、まっ白い紙でつくった本と同じことだよ。おれたちが一しょけんめい金を集めようとおもっても、さっぱり集りゃしない」

「しかし」

「うちの社は潰れかかっているのですよ。あんたたちは、自分で作った本が売れないのだから、まだあきらめがつくだろうけど、おれたちはまきぞえをくうわけだからな」

と、その営業部員は言った。

「しかし」

「しかしじゃないよ。だいたい、この本の表紙を黄いろにしたのが失敗だ」

と、彼はもう一度、コンクリート床の上の本のかたまりを足蹴にした。

私の軀が、鋭く痛んだ。

「どうして、黄いろがいけないのだ」

「黄いろは、すぐ日に焼けて、色が褪せてしまうからね」

私は、書店のある街角の風景を思い浮かべた。その風景の中に、小さなレモン色の点が見えている。そして、そのレモン色が褪せるまえに、街は石膏のひろがりに変化してしまう。その街を行き来する、そしてその本の前を素通りする、見覚えのない石膏色のかたまりたち。

会社は、潰れかかったままの形で、いつまでも続いていた。

そのようなある日、ふしぎなことが起った。そのようなことの起る予感は、私のうちにすこしも動いていなかった。

会社からの帰り道、街角で、不意に私は出遇ったのである。人間の形をして、人間の顔をした一人の女に出遇ったのだ。

直角の街角を曲った瞬間、私はその女に出遇った。私たちは、正面からぶつかり合いそうになり、私たちは間ぢかに向い合って、立止った。

私は、ひどくびっくりした表情になった。ぶつかり合いそうになったためではない。その女が、人間の顔をしていたからだ。子供の頃、街角を曲って不意におばけに向い合ったら、きっと私はそういう表情になったことだろう。

「ごめんなさい」

と、彼女は、私の表情をみて、そういった。そして、もう一度、私の顔を眺めると、

「そんなに、いつまでも、びっくりしていなくても、いいじゃないの」

そう言って、彼女は腕を上げて、自分の耳朶をかるく二本の指でつまんで引張った。どうして、そういう仕草をしたのか、私には分らぬ。

彼女には、あざやかな色彩があった。耳朶をひっぱった掌にも、なまなましい色のよごれがついていた。その掌には、赤と緑いろの大きな汚染がついていたのだ。

「君は、だれ？」

彼女は無言のまましばらく私を眺め、くるりとうしろを向いて歩き出した。

私は、黙って、彼女のあとから歩いて行った。彼女にはべつに足を速めて逃れ去ろうとする気配はなかった。もし、彼女がそのようにして雑沓の中にまぎれ込もうとしたとしても、私は彼女を見失いはしなかっただろう。いや、見失いようがなかっただろう。なにしろ、石膏色のかたまりの中では、私の眼に映る彼女の姿は一目瞭然であったからだ。

私は彼女のあとを歩いて行った。彼女のあとをつけて、どうしようという気持は、私には全くなかった。いまにも、彼女の色が褪せ形が変って、街のひろがりの中にまぎれ込んでしまい

はしないだろうか。そのことをたしかめるために、私は彼女のあとを歩いて行った、といえないこともない。しかし、それよりももっと自然に、影が人間のうしろにどこまでもくっついてゆくように、私は彼女のうしろから歩いて行った。

運河に架けられた橋を、二つ渡った。その日、運河の水は、玉虫色に私の眼にうつった。ついに、彼女は立止って、うしろに向き直った。そして、私の近づくのを待った。ふたたび、私たちは向い合って立った。

「どこまで、ついてくるの。でも、へんだわ。つけられているのが、べつに厭じゃないわ」

「つけているつもりじゃないんだが」

「あら、弁解。行く先が同じ方角だとでもいいたいの？」

「いや、行く先は、反対の方角なんだ」

「じゃ、なんのつもりなの」

「べつにどういうつもりもないんだが。まあ、腰かけてお茶でも飲まないか」

「お茶？　でも、わたしお金をもっていない。これから稼ぐところなんだもの」

「これから稼ぐ？」

私は彼女を眺めた。黒い古ぼけたオーヴァーを着た小さい軀だった。

「勘ちがいしちゃいけないわ」

「お茶の金ならもっている」

私たちは、傍の喫茶店にはいった。

店内の光のなかで、私はもう一度、彼女の顔をみた。彼女は相変らず、人間の顔をしていた。なつかしい、昔は私の周囲の誰もが持っていた人間の顔。

しかし、なぜ、いま彼女は私の眼の中で人間の顔をしているのだろう。それは、なにを意味しているのだろう。

「君は、これからなにをして稼ぐ？」

といってから、私ははじめて、彼女の身のまわりに眼を向けた。よごれた木の箱、それは絵具箱らしかった。それと、大きなスケッチブック。

「デザインでもするのか。ああそうか、ウインドウの飾りつけをするのだろう」

「似顔を描くの」

「似顔？　どうやって、似顔を描く？　相手の顔をみて、描くのか」

「あたりまえじゃないの。顔をみて描くのにきまっているわ」

私はおどろいた顔になった。私は、彼女が私の同類と勝手にきめこんでいたので、彼女が似顔を描くときいて、狼狽した。

私は不安になって、訊ねてみた。

「そうすると、僕は鳥か魚のように見えるのだろうか」

「どちらかというと、鳥ね」

「鳥が洋服をきているようにみえるわけか」

「それほどでもないわ」

「そうすると、人間にはみえるわけだな」

「へんな人ね。あたりまえじゃないの。人間が人間にみえるのは」

私は黙った。彼女は威勢よく、喋る。眼をかがやかして、あたりの空気をいっぱい肺の中に吸いこんで、喋った。

「面白いわよ。人間の顔を、毎日たくさん眺めるのは。それは、厭なこともあるけど、そんなことは、大したことはないわ」

「そのスケッチブック、みせてくれないか」

「これは、真白。描いたときは、売るときだもの」

彼女は私を眺めて、言った。

「あんたって、青い犬みたい。地べたにたたきつけられて、ぺっしゃんこになっている」

「こんどは、犬か」

「あなたがしなくちゃいけないことは、まずその猫背を直すことね」

私は、彼女がしだいに遠ざかってゆくのを感じた。私は眼をつむって、そして開いた。しかし、彼女はやはり、人間の形をしたまま私の前の椅子に腰かけていた。

「君にくっついて、一しょに行きたいな」

「だめ。男と一しょに歩いていたんじゃ、似顔を描かしてくれる客が少なくなるわ」

私は、彼女がどういう似顔を描くのか、見てたしかめてみたかった。私は、彼女のスケッチブックが、鳥や獣や虫や魚に似た絵でいっぱいになることを期待した。しかし、そういうことは、起る筈がないことだ。彼女の商売が成立(なりた)っているからには。

いや、そのことよりも、私は彼女にくっついていたかった。彼女のことは分らないにしても、彼女は人間の顔をして、私の前にいた。それが私にとっての、手がかりとなっていた。そうである以上、私は彼女を見失いたくなかった。

「くっついて歩くのは、だめか」

「だめ」

「それでは、明日もう一度、ここで会ってくれないか」

彼女は、しばらく私の顔を眺めた。似顔でも描こうとするように、じっと眺めた。彼女の眼の中で、私の顔がどういう形に映っているのか、私には判断しかねた。やがて、彼女はみじかく言った。

「いいわ」

このようにして、私は彼女と会うようになったのだが、彼女のことについては、相変らず私はそのあいまいな輪郭しか描くことができなかった。

私に分っていることといえば、私とすごす時間を彼女が厭がっていない様子である、ということ。そして、依然として、私の眼の中で、彼女は人間の形のままでいること、であった。

ほとんど毎日、私は彼女と並んで、日没前の街を歩いた。

「夕日が、まっか」

と、彼女は歌うように、言う。

「街の埃が、みんなキラキラ光っている。そのなかで、たくさんの人間たちのたくさんの顔が、みんなあかく染まっている」

そして彼女は、うんと背筋を伸ばし、爪さき立って、路上でくるりと一回転すると、笑顔をみせる。

そんなとき、私は、

「太陽は、かがやくふりをして、われわれを、寒がらせる」

と、どこかで読んだ詩句を思い浮かべて、うんと猫背になる。しかし、それにもかかわらず、私は彼女の笑顔を見て、まぎれもない人間の笑顔をみて、充足した心持になってゆくのだ。

その充足した心持のまま、私は街角で、彼女と掌を握りあわせて、別れる。そして、彼女は、仕事をするために街のなかにもぐりこみ、一方私は、工場地帯の裏側にある部屋に戻り、獣の巣のように引きっぱなしになっている寝床のなかにもぐりこむのだ。

ある日、

「どこまでも、君にくっついて行きたい。君の部屋の中まで、くっついて行きたい」

と、私が言うと、いままで見たことのない翳が、彼女の顔に射した。それは、怯えの翳に似ていた。あわてて、私は言い足した。

「べつに、どうしようというわけじゃないんだ。ただ、いつまでも一しょにいたいだけなんだ」

それまでの彼女とのつき合いかたで、私は充足していた。だから、いつわりのない言葉のつもりで、そう言ったのだ。しかし、せきこんで彼女は答えた。

「だめ」

「なぜ」

「あなたの知らない人に会うかもしれない。知らない男に」

「その男と、君は一しょに棲んでいるわけだな」

「そんなことはない」

「ときどき、その男が訪ねてくるのか」

「あなたがくると、訪ねてきそうなの」

「わからない。説明してくれないか」

「厭」

相変らず、彼女のことは私には分らない。いや、もう一つだけ分っていることがある。彼女の名前は、木場よう子ということだ。それは、彼女が私に教えてくれた名前である。


事件が起った。

事件といっても、新聞の社会面をにぎわすような事柄ではない。私の心のなかのささやかな出来事である。

ある日、私の部屋に、会社のあの女性が訪れてきた。いつものように、私は彼女を抱きよせ、色濃くただよいはじめた彼女の獣のにおいを手がかりにして、彼女のなかにもぐりこもうとした。そして、彼女の上に見覚えのある、私を安堵させる顔を見出そうとした。

しかし、いつまでたってもその顔は現われてこない。いつまでも、彼女は私にとって、よそよそしい石膏色のかたまりだった。またあるときは、彼女は耐えがたい獣のにおいを撒きちらしているぐにゃぐにゃしたかたまりであった。私は焦った。そのとき、私はよう子の顔が私の躰内にいっぱいに膨れあがり、それが、私の相手の女との通路を塞いでしまっていることに、気付いた。

私は、女たちが軀を売っている街へ出かけて、試みてみた。しかし、事情は同じだった。私は、女の軀に臆病になった。よう子の軀で試みてみれば、事情は違ってくるかもしれぬ、と私は考えた。しかし、そう考えると、私ははげしい不安に捉えられた。私は、彼女と並んで街を歩くだけで充足しているのだから、なおさら彼女の軀に触れることがおそろしかった。

鞭をふれれば、触れられるものは石と化す。そういうお伽噺のような作用を、私の手が、私の軀が、よう子に及ぼしたなら、いや、私の心の中のよう子に及ぼしたなら、私はとりかえしのつかぬことをしてしまったことになる。

私は、よう子の軀に臆病になった。しかし、そのことは、いつも彼女の軀を意識することでもあった。

その私の気持は、よう子の皮膚にちくちく刺さってゆくとみえて、路上でふと私が立止って彼女の方に軀の向きを変えたりすると、反射的に彼女は軀をかたくし、その顔に怯えの色が掠めるのだ。

生命がかがやきながら燃えているような彼女が、どうしてそのことをおそれるのか、私には不可解だった。それに、いつも背筋をしゃんと伸ばし、夕日に照りはえるたくさんの人間の顔を愛している彼女が、私のような猫背の姿勢をこのむ男と一しょにいて、退屈しないのか。そのことも、ときに私を不思議な心持にさせた。

その日、私たちは高台に立っていた。太陽がジグザグの地平のむこうに姿を消して、闇が迫ってきた。眼下の街では、黄いろい光があちこちにかがやきはじめた。

「さよなら。これから街に下りて行って、働かなくちゃ」

「坂の下まで、一しょに行く」

坂の途中で、不意に彼女は立止った。私の方に向きなおって、なにか言いたそうに口を開いたが、そのまま噤（つぐ）んだ。あらあらしく私の腕をとり、道の端に引きよせた。

そこには、暗い路地が口を開いていた。

私は決心した。彼女の小さい軀をかかえるようにして、その路地に歩みこんだ。

彼女の顔を両手にはさんで、そのなつかしい人間の顔を、薄闇の中でしばらく眺めた。不安をおしのけて、彼女の唇を唇で覆おうとすると、彼女は首を左右に揺りうごかして、私の唇を避けようとした。

地面に敷いてある砂利が、私の靴の裏に喰いこんでいるのを、私はするどく意識した。

ようやく、私が彼女の唇を捉えると、彼女はじっと動かなくなり、唇がかすかに開いた。その姿勢がしばらくつづいたとき、不意に、ガチッ、と堅い重たい音がひびきわたり、私の心に鋭くささった。気がつくと、それは、木の絵具箱が彼女の手から離れて、地面にぶつかった音だった。

彼女の軀を囲んでいた私の腕を離すと、彼女はのめるように路地の奥へ二、三歩はしり、両手で顔をおおってうずくまった。

ううっ、と呻(うめ)くような声が、彼女の十本の指のあいだから洩れた。その声は、なまなましい、彼女の軀の奥底からしぼり出されたような声だった。

私は身をかがめて、彼女の絵具箱を拾い上げた。蓋が開いて、絵具のチューブが二つ三つ、砂利道のうえにこぼれ出ていた。私は、絵具箱をぶらさげて、彼女に歩みよった。

彼女は依然として、両手で顔をおおったまま、うずくまっていた。

私は、はげしい不安に捉えられていた。彼女がその両手を離し顔を上げる瞬間を、私はおそれていた。

彼女の人間の顔は、彼女が両方の掌を離したときには消え去って、私の前にある彼女の顔は、見覚えのない、記憶の中からも探し出すことのできぬ、不可解なかたまりになっていはしまいか、ということを私はおそれたのであった。

彼女は立上り、私を見上げた。その顔は、いつものなつかしい彼女の顔であった。私はもう一度、彼女を抱きよせて接吻した。もう一度、彼女は呻き声をあげた。

それは、苦痛とよろこびの混じり合った、人間の声であった。

それから後の日々、彼女と歩く街のあちこちで、街路樹の陰で、長いコンクリート塀のそばで、運河に架けられた橋のたもとで、私たちはしばしば唇を重ね合せた。

しかし、それ以上の行為となると、私たちは立止ってしまう。

私は半ば冗談のような口調で、ときどき言ってみる。

「君のあとにくっついて、君の部屋に行ってしまおうか」

その冗談のような口調は、なまなましい誘いの言葉をやわらげようとするためばかりではない。私自身の不安な気持をも、やわらげようとするためだ。

私の眼の中には、いまではつながりのなくなってしまった女たちのことが浮かび上っている。私の軀の下で、依然として石膏色のかたまりのまま動かない女や、耐えがたい獣のにおいを撒きちらしているぐにゃぐにゃしたかたまりとなった女たちの様子が、眼の中に映るのだ。

私は、冗談のような口調で言う。

「君の部屋に行ってしまおうか」

すると、彼女の筋肉が、一せいに緊張してしまう。

「やめて、あなたの知らない男に会うかもしれないから」

「どんな男だ」

「いやな男。つまんない男よ」

「追い出してしまえばいい」

「うまく、追い出せないの」

「それでは……」

「厭。もうそのことを訊ねないで」

彼女は口を噤み、顔を俯せて、ぎごちなく筋肉をこわばらせてしまう。


その日は、雨が降っていた。

私たちは、その日も、雨に濡れて光っている街を歩きまわっていた。

運河の黒い水の上に落ちてゆく、白い雨脚がみえた。黒い蝙蝠傘の下で、私たちは唇を合せたまま、時間が経っていった。不意に、彼女がかすれた声で言った。

「わたしを抱いて」

肺の奥から、空気と一しょに出てきたような声だった。

「いますぐ、抱いて。ここで、抱いて」

私はためらった。次の瞬間、私は腕を彼女の片方の腕にからませ、その小さな軀を引立てるようにして歩き出した。狭い道に折れ曲った。欲情よりも、不安の方がはげしかった。足がもつれた。しかし、私の眼はホテルの軒灯(けんとう)を探していた。

また、道を折れ曲った。さらにもう一度、折れ曲った。

そのとき、間近の曲り角から、一台の車が姿を現わした。二つのヘッドライトが、大きな黄いろい目玉のように、雨の幕のむこうで拡がった。そして、黄いろい光を私たちに投げかけた。反射的に、私は黒い蝙蝠傘を前にかたむけて、その光を遮ろうとした。

私は心が動揺していたので、その車から身をしりぞけそこなった。傘を前へかたむけた拍子に、軀まで一歩前へ踏み出してしまったのだ。

黄いろい光が、大きく眼のまえにひろがって、黒いかたまりがのしかかってきた。堅い車体が私の脇腹を小突いて、半回転した軀をかすめて通り過ぎた。次の瞬間、私の傍にいた彼女の小さい軀が宙に飛ぶ姿が、黒い影絵のように私の視界の端をかすめた。

音に尻尾のある、砕ける厭な音がひびいた。つづいて、鋭いブレーキの音。

地面に落ちた彼女の軀を、私はかかえ起そうとした。彼女は立上って、私の胸のところへ顔を押しあてた。砕ける厭な音が、私の耳の底にへばりついていた。

「骨は、だいじょうぶか。どこも、こわれていないか」

彼女は、私に獅嚙みつく両腕に力をこめ、こまかく軀を左右に揺すぶった。

「だいじょうぶらしいわ」

そのとき、停った車から、人影が降りてくるのがみえた。どういうわけか、その男は黒いエナメルの雨合羽を着ていた。そのぴかぴか光る両袖から出ている二つの掌の十本の指は、巨大にふくれ上って、私の眼に映った。その男の顔のある場所には、黄いろく光る途方もなく大きな目の玉だけがあった。その男は、雨の中を近よってきた。その男の目玉はしだいに拡がって、黄色い二つのヘッドライトの大きさになった。

「どうしました。だいじょうぶですか」

その男は身をかがめて、彼女の顔をのぞきこもうとした。私は、彼女のなつかしい人間の顔を、そのような奇怪なものの前に曝すのに、耐えられなかった。私は一層深く彼女の軀をかかえこみ、その顔を埋めさせて、その男に言った。

「君、だいじょうぶだ。だいじょうぶだから」

「そうですか。それでは」

その男は安堵したように、そそくさと車に戻り、たちまち車体は消え失せた。

濡れたアスファルト路上には、彼女の赤い傘が、車輪に轢かれた無慚な姿で、平べったくなって残っていた。

その小さな出来事は、私をにわかに駈けだしたいような、崖から飛び降りてもいいいような心持にさせていた。顔を上げると、すぐ近くに、ホテルの軒灯が雨の中で陰気に光っていた。私は、彼女の顔を両手で挟んで、その軒灯の方に向けた。そして、私たちは、軀をもつれ合せて、その方に歩みよった。

石灰色の建物の横に、細長い口が開いていた。その細くて長い通路の行き止りに、このホテルの玄関があるのだ。私たちは、短冊型にひらいたその口の前に立止った。細くて長い通路には、黄いろい電灯の光が一ぱいに満ちあふれていた。

「厭」

彼女は両手で顔をおおって、その口から身をしりぞけた。

「黄いろい光が、こわい。黄いろがこわいの」

私たちはしばらく黙って歩いた。

「からだが痛い」

「だいじょうぶか」

「だいじょうぶ。からだはどこも毀れていないらしいわ」

「お茶を飲んで、別れるか」

「厭」

「仕事をしに、行けるのか」

「厭」

「どうする」

「どこかに、連れて行って」

「君の部屋に行くか」

「駄目」

「僕の部屋に、くるか」

彼女はうなずいた。そのとき、かえって私の方に、ためらう気持が起った。もしも、そのちょっと前に、黄いろいヘッドライトをかがやかした黄いろいかたまりが、私たちに襲いかかってこなかったならば、多分、私もそして彼女も、決心がつき兼ねたことだろう。

心の動揺を、黄いろい二つの大きな目玉の光がいっそう揺り動かし、私たちは一種の錯乱の状態になっていた、といえるのである。私たちは速力に巻きこまれることを欲していた。タクシーを拾い、私の部屋のある裏町に走らせた。

私の部屋のある建物の前にあるどぶを渡るとき、私ははじめて、そのうすく漂っている腐臭をうとましく感じた。いままでは、そのアセチレンガスに似た腐臭は、私を刺戟し、私の欲情を扶(たす)けていたのである。

私の部屋の中で、私はよう子の衣服を脱がしていった。彼女のなめらかな腿を、私の両方の掌で慈しむようにくるみこみ、ゆっくりと靴下を脱がせてゆく。そのとき、ふと、私は彼女の脚の皮を剝がしているような心持に襲われる。そして、彼女がなまなましいかたまりに変化してしまいはしまいかというおそれが、私の心を掠めて過ぎる。

私の手が、彼女の下着にかかったとき、彼女は軀をすくめて頑なに拒んだ。

「やめて。わたしの裸、すてきじゃ無いの。そのままにしておいて」

彼女が胸の前で交叉させている両腕を、その軀から剝がし、私はその下着を剝ぎ取ろうとした。彼女はあらがった。そして、すこしずつ彼女の皮膚が露われはじめたとき、私ははげしい悔いにおそわれて、おもわずその手を止めた。

彼女の軀が、私の眼の前で変形しはじめたのを知ったからだ。

私が手を止め、怯えた眼になると、彼女ははげしく私の眼を見返した。そして、自分の手で、その下着を脱ぎ捨てた。

彼女の軀が歪んで私の眼に映った。おもわず私は眼をつむった。私は、覚悟して眼を開いた。見馴れぬ石膏色のかたまりが、私の前にうずくまっていることを、覚悟した。しかし、同じ歪んだ軀が私の眼に映った。

そのとき、私は知った。彼女の軀が、私の眼の中で変形を起しはじめたのではなく、その軀自体が歪んでいるのだ、ということを知った。

彼女の軀を眺める私の眼が、おそらく執拗にすぎたのだろう。彼女はひるんだ表情になって、

「胸をわるくしたことがあるの。それで、こちら側の背中の骨を、幾本か取ってしまったの」

「そうか、そのために、歪んでみえるのか」

「厭になった？」

「いや、安心した」

「安心？　どうして安心したの」

私は黙って、彼女の背中の大きな傷痕に唇をあてた。


翌朝、定刻よりすこし遅れて、私が会社に着くと、部屋の中にはただならぬ気配がみなぎっていた。

平素はどんよりと淀んでいる、この倒産直前の会社の空気が、その日はいきいきと揺れ動いていた。人々の目はかがやき、筋肉は衣服の下でぴくぴくと動いているようだった。

「どうした、銀行から融資でもできたのか」

と、言った瞬間、私は思いちがいをしているのに気付いた。部屋の中にみなぎっている一種の活気の底には、不安の色が濃くただよっているのに気付いた。

「ばかなことを、言っちゃ困る。そんな、おめでたいことじゃない。山上君が死んだんだ」

「死んだ？　山上君が死ぬわけがないじゃないか」

同僚の山上という青年の、活力にあふれてギラギラ光る眼と皮膚を思い浮かべて、私はおもわず反問した。

「殺されたんだ」

「殺されたのか」

「郊外の、建てかけの空家の中で、けさ絞殺死体になって発見されたそうだ。いま、ここに刑事が来る」

私は山上とときどき酒を飲むことがあった。酒に酔うと、彼は一層、活力に満ちあふれてくる。皮膚は一層ギラギラと光り、眼は血走って底の方から光を放ってくる。私は、彼のそういう顔を眺めて、薄気味わるい心持になったものだ。

見えない手が、彼の首を締めあげて、彼の顔が充血してゆくように思えたものだ。そうだ。あの顔には、死相があった。あの顔はデスマスクに似ていた。いや、それは、いま、彼が絞殺死体となったということを聞いたために起った連想だったのかもしれない。

人間の軀に生命がみなぎり、それがしだいに強く大きく極限に近づいてゆくと、その人間には死相に似た表情があらわれてくる。私の脳裏に、不意に、私のちかくの席に坐っている女の顔が浮かび上った。私の軀の下で、その顔がなまなましく変化してゆく様子が、浮かび上った。同僚が死んだという日、私はなんという記憶にとり憑かれてしまったことだろう。私はあたりを見廻した。部屋にみなぎっている奇妙な活気。私のちかくの席には、あの女の姿は見えない。彼女は、私よりもっと遅刻しているのか。

きのうの夜、私の部屋で、よう子の顔には死相に似た表情は現われなかった。私の軀の下で、彼女の軀はゆるがず、その顔はいつまでも、あのなつかしい人間の顔のままだった。いや、なつかしい、とは言っておられない。私だけ、つよく獣のにおいを放ちはじめ、しだいによう子は私から遠ざかってゆき、私はいまにも、彼女とは無縁のぐにゃぐにゃしたかたまりになりかかった。あわてて、私は彼女の軀から離れたのだ。

「刑事さんが、ちょっと、みなさんに訊ねたいことがあるそうです」

部屋の戸が開いて、そういう声が聞えてきた。

「山上君という人と、きのう最後に別れた人は誰ですか」

刑事のだみ声がきこえる。

「それは、僕です」

同僚の一人の声がきこえる。

「僕と△△君とが、駅のちかくの喫茶店で別れたのです」

彼の言葉の中に、不意に私の名前が出てきた。そういえば、たしかに私は山上と、喫茶店で別れた。山上は、私たちを、酒場に誘ったが、私はよう子との約束があって断わった。同僚も、他に所用があるとかいって、断わった。私は、一人で雨の中を去って行った山上のうしろ姿を、はっきりと思い出した。

「喫茶店で、なにを食べましたか」

刑事の質問。そうだ、そのとき、私たちは苺ミルクを食べた。ふだんには、そういうものを食べることは、めったに起らないことだった。乳白色のミルクに浮かんでいる苺の色が、眼に浮かんだ。なぜ、あんなものを食べる気持になったのだろう。まして、酒徒の山上は、そういうものは口にしない筈だった。私たちは、苺ミルクを食べた。そして、山上の誘いを断わった。一人になった山上は、苺ミルクを食べたことを、ひどくいまいましく思ったことだろう。そして、平素よりもはやい速度で、酒をがぶがぶあおったかもしれぬ。そして、悪酔したのかもしれぬ。

「何を食べましたか」

「苺ミルクです」

と答える同僚の声が聞えた。私は、いまいましい心持になっていた。私は訊ねてみた。

「喫茶店で食べたものを知ることが、何かの役に立つのですか」

刑事は、じろりと私を眺めた。しかし、返事をしてくれた。

「胃の中の食物の消化の具合で、殺された時刻の推定がつくのだ」

あの生命力にぎらぎら輝いていた山上は死んでしまった。私は、彼の頑丈な胃の腑を眼に浮かべた。苺の赤い膚の表面にたくさんあるくぼみ。そのくぼみのなかに身をひそめている小さな茶色の粒。そのけし粒ほどのたくさんの茶色の粒が、もはや消化能力のなくなった山上の胃の腑の中に、いっぱいに詰った酒の中に、浮かんでいる姿を、私はむなしく思い浮かべた。

そのとき、部屋の戸が開いた。

「遅刻しちゃったわ」

私のちかくの席の女が、姿を現わした。彼女はゆっくり床の上を歩きながら、

「どうしたの。なにか、あったの」

「山上君が、殺されたんだ」

誰かが、答えた。彼女の軀が、ぐらりと揺れた。撲(なぐ)られたようだった。立止ったまま、動かなくなった。やがて、その軀は床の上にゆっくり崩れ落ちた。

その軀は、そのとき、私の眼の中で石膏色のかたまりには映っていなかった。嗚咽(おえつ)の声がきこえた。軀の奥底から、しぼり出されてくるような声だった。肩が、背中が、はげしく波立った。

私は、おどろいて、彼女の様子を眺めていた。彼女が山上と、私の知らない関係をもっていたことばかりでなく、それよりもはるかに沢山、彼女が山上の死のためにそのような姿態を示していることに、おどろいていた。もしも、私が死んでも、彼女はそのような態度をみせることはない。そのようなことが起りうることは、彼女と私との関係には無縁のものであったのだ。うずくまって、嗚咽をつづけている彼女の肩を、刑事の掌がかるくおさえた。

「ちょっと、おたずねしたいことがあります」

彼女は顔をあげた。涙に濡れているその顔は、たしかに、人間の顔として私の眼に映った。しかし、そのような彼女が、なぜ時折、私の部屋に訪れてきたのだろうか。

その疑いが、かえって私と彼女とのつながりを保った。相変らず、私の眼の中で、彼女は人間の顔をしていた。いまでは、私にとって女というものは、ただ抱きよせることによってその繋がりを生じてくるものではなくなっていた。

私は、不安な動揺した心持で、彼女の顔を眺めていた。不安と動揺は、しだいにはげしくなってきた。そのとき、私は気付いた。私が見詰めているのは、彼女の顔ではなかった。彼女の顔のうしろから、よう子の顔が浮かび上って、それがしだいに大きく、私の前に立塞がっているのだった。

「君の部屋へついてゆく」

「駄目。知らない男に会うかもしれない」

よう子との、そんな会話が、私の耳の底でひびいた。私は首を振って、その声を追いはらおうとした。その声は、薄らぎながらも、幾度もくりかえされた。不意に、男のだみ声が、その声に重なった。

「もう一つ、おたずねしたいことがあります」

刑事の声だ。

部屋の中で、ささやきかわす、別の声もきこえた。

「単純な殺人、という見こみだそうだ。つまり、知らない人間に、行きあたりばったりに殺されてしまったんだね」


「君の部屋へ、ついてゆく」

よう子と会ったとき、私は彼女の眼をのぞきこんで、そう言った。彼女は、黙って私を見返すと、うなずいた。

アパートの中にある彼女の小さな部屋には、男の気配はなかった。見知らぬ男が出入りしている痕跡（こんせき）を探そうとして、執拗に私は部屋の中を見まわした。

「なにをじろじろ見ているの」

「知らない男がいないかとおもってね」

「もう、いいのよ」

「今日は、案外かんたんに、僕がこの部屋にくるのを許したんだな」

「だから、もういいのよ。もう、わたしを抱いてしまったのだから」

「……」

「わたしの言ったのは、以前の男のこと。以前、ちょっとの間、一しょに暮した男があったの」

よう子を抱いた、その男に私は会っただろうか。よう子の過去に男があったとしても、私はこだわる気持をもっていないつもりだった。それなのに、よう子のこだわり方は、異常ともいってよい。彼女のそのことについての言い現わし方は、過去の男が、現在もまだ彼女の心身にまつわりついていることを示しているのだ。

よう子の軀の上に、私は過去の男のどのような痕跡をみとめたであろうか。私は、彼女の揺るがない軀を思い浮かべた。彼女の軀の表情から、彼女に加えられた男の手を捉える手がかりは、全くなかった。むしろ、その軀がすこしも揺るがない、というところに、手がかりを見つけなくてはならぬようだった。

私は、彼女の衣服を剝ぎとり、背中の大きな傷痕を指先でまさぐりながら、

「そうか、その男が、君に大きな傷をつけたんだな」

「傷？」

「この傷のことじゃないさ。そして、その傷が、今でも治らないいんだな」

彼女はしばらく黙っていた。

「そうね。好きじゃなかった。仕方なくなって、一しょに暮した。わたし、傷をつけられていたのね」

そうなのだ。そのために、この軀がすこしも揺るがないのだ。私だけを、一人だけ獣のにおいのするぐにゃぐにゃしたものに変身させかけてしまうのだ。私は、彼女の肩を摑んで、その軀を揺すぶってみた。その胴をねじってみたり、肩を前後左右にこねまわしてみたりした。

私が、彼女の左肩をぐっとうしろへ引張ったとき、その貝殻骨の下に、思いがけないほど大きな暗いくぼみができたのに気付いた。私は彼女をそのままの姿勢にさせて、心臓の裏側のところの、暗いくぼみを見つめた。

「そうすると、骨がないので、落ちくぼんでしまうの」

そして、彼女はわざと陽気な声を出して、

「そこに、物が置けるのよ。マッチ箱でも、置いてごらんなさい。さあ、はやく置いてごらんなさい」

畳の上に、彼女の耳飾りの片方が、ころがっていた。ガラスの耳飾りが、電気の光をうけて、きらめいていた。その耳飾りをつまみ上げた。彼女の心臓の裏側の暗い小洞窟で、かすかな光が白く浮かび上った。

私は、彼女と私とのつながりについての手がかりを、手に入れた気持になっていた。いま、彼女の人間の似顔のためのスケッチブックを開いてみれば、そこには、鳥のような獣のような虫のような魚のような形が充満しているのではないか、と私はふと思った。

彼女の小さい軀を、私は荒々しく引きよせて、

「君の傷を、僕が治したい」

そして、一層あらあらしく、彼女の軀を揺さぶった。彼女は、私の腕の中で、身をもんだ。そのとき、不意に、鈍いこもったような音がひびいた。蛇腹に穴のあいたアコーデオンを、勢よく引きのばしたような奇妙な音だった。

彼女は私の胸に顔をかくして、呟いた。

「わたしの肺が鳴るの。骨がないから、きゅうに軀を動かすと、あんな音がするの」

私は、いとしい気持で一ぱいになった。私はもう一度、彼女の大きな傷痕に、慈しむように唇をあてた。その傷痕のもっと奥深いところに潜んでいる、彼女のもう一つの傷にも届くように、私は唇をおしつけた。

しかし、その日も、やはり彼女の軀は、私の下で少しも揺るがなかった。私は、彼女の軀が

私の下でのたうちまわり、その軀を私の心がやさしく包みこみ、そしてその軀からあの肺の鳴る音がひびきわたることを夢想した。その鈍いこもったような、そして幾分滑稽な音は、勝利のラッパの音のように、嚠喨（りゅうりょう）とひびきわたるのだ。しかし、そのことは起らなかった。私たちの旅は、いま、はじまったばかりのところなのだ。

島へ行く

その若い女は、一人で汽船のデッキにいる。舷の手摺を両手で握って、かがみこむ姿勢となり、海の上に視線を放っている。

船は動いていない。岸壁に横づけになっている。そして、その女は岸壁とは反対側の舷にいる。千トンほどの汽船なので、舷から海面までの距離は、そんなに長くはない。海面に浮かんでいるゴミの形が、はっきり分る。蜜柑の皮が浮かんでいたり、くたくたになった葱が浮かんでいたりするのが、彼女の眼に映ってくる。

「きたない水」

と、彼女はおもう。そのとき、岸壁に沿った舷の方から、大きな笑い声が起った。そのうしろから、ひとびとのさざめきの音が、潮騒のように彼女の耳もとに押し寄せてくる。わずか七時間ほど水の上を走って、O島に行くだけの汽船なのに、見送り人たちが岸壁の上にいる。岸壁の上と汽船の上とのあいだに、交歓があるのだ。

彼女のいる側の舷には、当然、人影は無い。汽船が動き出して、水の上を勢よく進むようになるまで、彼女はそこに身を潜めていなくてはならない。

それは、男の命令なのだ。

「もしも誰かに見られたら」

そう、男は言った。彼女を見知っている人間は、この世の中にそんなに沢山あるわけではない。それなのに、男は眉の間に暗い翳さえ浮かべて、彼女に命令した。野蛮でがむしゃらなところが人一倍ある男のくせに。

男のその慎重さが、彼女を傷つけている。

船室に降りてゆくことも、いまの彼女はできない。コンパートメントになっている小さな船室には、男がその息子と一緒にいる筈だ。小学生の男の子、つまり、男とその妻とのあいだにできた子供だ。男は妻の眼をくらますために、その子供を同道している。その子供は、火山のある島に行くことで、小さな心臓を躍らせている筈だ。やがて汽船が、青い空と水とのあいだを水しぶきを上げて進みはじめ、子供の心が一層の期待にふくれ上り、ばたばた羽搏き、少々の異常もそのまま受け入れ易くなった頃合いを見計らって、彼女は船室に姿を表わす手順になっている。

男のその計算もまた、彼女を傷つけている。

岸壁の側のさざめきが一きわ強く彼女の鼓膜に押しあたってきた。身を潜める必要のない人間たちの発している、明るい、翳りのない声。彼女の視線の行先で、くたくたになっている葱。彼女はまばたきして、ぐっと視線を持上げる。

真青な空が、彼女の眼の前いっぱいに拡がってきた。強い光をはらんで、その空は彼女の眼球のすぐ前まで押し寄せてくる。

彼女は眼を伏せる。ふたたび、視界、水だけになる。水の面（みも）が揺らいで、そこに浮かんでいるものの形が曖昧になった。舷と水面とのあいだの距離が、捉えがたくなった。十メートルともおもえるし、百メートルとも感じられる。

水の面が真白にキラキラ輝いて彼女の眼球に触れてくると、つぎの瞬間、一気に百メートルほど向うに遠ざかってゆく。彼女の軀が舷から吸い出されそうになり、両手で強く手摺を握った。彼女は眼を堅く瞑（つぶ）って、蹠（あしうら）がデッキから離れるのに耐えた。と同時に、暗くなった眼蓋の裏側で、彼女は百メートルの転落感をさぐり取ろうとする。

「こわい」

軀が垂直に吸いこまれてゆく。空気の抵抗はない。音の無い時間につつみこまれる。軀じゅうの皮膚が、一斉に薄桃いろに変り、がくっと鋭く軀の角度が変る。

「落ちてもいい」

と、彼女は思う。一瞬の間に、水がぎっしり彼女の軀を包みこむ。その水は、異常に熱い。冷たい。いや、どちらか不分明だ。皮膚にぶつかり火花を発して、微塵(みじん)に飛散してしまった。彼女ははげしく首を振った、いま、彼女は自分の軀が男の軀の下に敷き伏せられているときの感覚に襲われていたことに、気づいたのである。その強烈な感覚を、はじめて教えたのが、いま船室にいる筈の男なのだ。

やがて、彼女の皮膚にぶつかって微塵に飛散してしまった水は、ふたたび寄り集りはじめる。じわじわと彼女の軀に迫ってくる。生あたたかく触れてくる。頸のまわりの皮膚に、ぐにゃりと触れるものがある。視線をずらせてみると、ぐにゃぐにゃの葱と、ほとびた蜜柑の皮がまつわりついている。

「厭だ」

眼を大きく開いて、彼女はそうおもう。水面のゴミの形が、はっきり眼に映ってきた。

彼女の蹠は、しっかりデッキの上に吸い着いた。その軀が、舷の外の空間に誘い出され、水の中に落ちてゆく危機は過ぎた。

それと同時に、彼女はこまかく軀を揺すぶって、先刻、彼女を捉えたあの強烈な感覚を振り落そうとする。そういう感覚に翻弄されている自分自身をあさましくおもう。それは、いまは湿った厭な感触で、彼女の軀に濡れた海草のようにぶら下っている。

彼女は、もう一度、烈しく首を振って、歩き出した。反対側のデッキに、歩み寄っていった。岸壁の上から船に向けられている沢山の視線に、わざと身を曝して、その中をゆっくり足を運んでみた。

一瞬、男とその息子のいる船を捨てて、タラップを走り降りてしまいたい発作が、彼女を捉えた。しかし、結局、そのことは彼女にはできない。

やがて、出航を告げる汽笛の音が、空気を揺がして鳴りひびいた。その強い鈍い音は、彼女の軀にこもった。

汽船は、ゆっくりした速度で岸壁を離れてゆく。エンジンは、強い逞しい音をひびかせている。その音と音との間隔がこまかく滑らかにひびきはじめたときには、汽船は白い飛沫を散らしながら、水を分けて勢よく進んでゆくことになる筈だ。

そうなるのを待たず、彼女は船艙の壁にもたれてコンパクトの蓋を開いた。蓋の裏側の小さな鏡に顔を映す。顔は青い。彼女は脣に口紅を強くなすりつける。口が真赤になった。

そのまま、彼女は教えられたナンバーの船室を探し、そっと扉を開いた。

男の息子の顔をみるのは、いまが初めてだ。男の妻の顔は、一度、見たことがある。わざわざ、彼女は男の妻の顔を、盗み見に行ったのだ。深夜、男は彼女を門口まで送ってくる。車から彼女を降ろすと、すぐに車を家庭の方角に向ける。一目散に帰ってゆく姿勢になる。彼女は耐えられない。姦通される心持になる。ある夜、車から降ろされた彼女は、ひそかにタクシーを拾って、男の車を追った。耐えがたさに、逆上していた。男が家庭の中に歩みこんでゆく姿を、憎しみの眼で見ようとおもった。もっとも、そのときの彼女の心はこう叫んでいた。「その姿を見れば、あきらめられる」しかし、そのとき、男の棲んでいる家屋は、灯を消していた。まっ黒く、地面にうずくまっていた。そして男は、肩を落し背を跼（かが）めて、その真暗な家の中にもぐりこんでいった。その翌日の夜、彼女は男の家の台所に、近づいた。野良猫のようだとおもった。台所で、動く影があった。男の妻の顔をみてあきらめるために……と、自分に言い聞かせながら、彼女は硝子戸の隙間から視線を潜りこませた。ガス台の上に鍋が載っていた。青白いガスの焰が、鍋のまわりからはみ出して燃えていた。白い割烹着をつけて、長い箸を扱っている女の姿が見えた。そのとき確かに見た筈の顔は、いまとなっては、彼女の脳裏に像を結んでこない。台所の光景はありありと浮かび上ってくる。奥の方に乾されてあった布巾の模様まで、はっきり記憶にある。その台所の中に根をおろしている女の姿。その女の顔のところだけが、いくら思い出そうと努めても空白のままに遺されてしまっている。

　船室にはいった女は、素早く、男の子の顔に視線を走らせた。父親によく似た顔をしている。おどろいたような、けげんな眼を彼女に向ける。父親に似ていない部分が、その顔に浮かび上ってきた。その部分に、彼女は男の妻を感じ取ってしまう。

彼女は黙ったまま、男の傍にすうっと坐った。

「や、君か。よくきたね」

男は、つとめて明るい、さりげない口調でそう言った。そして、息子に背を向けて立上ると、大きく伸びをしてみせた。頭上に振かぶった両腕を勢よく下げると、彼は窓に歩みよった。その丸い小さな窓ガラスを透して、外の景色を覗く姿勢をとった。

「すこし波があるな」

声に出して、彼はそう言う。

小さな船室の中の空気を、彼は軀を動かすことや、声を出すことによって、絶えず掻き立てていた。空気が静止したならば、彼は深い困惑に陥りそうにみえた。

元の席に坐った彼は、数十秒経たぬうちにまた立上ると、

「腹がすいたな。食堂へ行ってみるか」

と、陽気な声で言う。

「行こう、行こう」

男の子が、はしゃいだ声を出した。

食堂までの狭い通路で、彼女の耳もとでささやく男の声がした。

「すこし、口紅が赤すぎやしないか」

彼女は彼の顔に視線を走らせた。黙って、唇を歯の裏側でしごいた。

食堂では、大きなテーブルがゆっくり傾斜し、またゆっくり元の位置に戻ることを繰返していた。波の大きなうねりのぐあいを、そのままテーブルが現わしていた。

揺れ動くテーブルに料理が運ばれてきた。男の子の前のエビフライが、皿の縁まで移動した。男の子は歓声を上げて、フォークを握った手を伸ばし、焦茶いろの細長い円筒形の塊にぐっと突き刺した。

にぎやかな食事が終って、ふたたび元の小さな船室に戻った。静かな時間が、三人の上におおいかぶさってきた。

彼は、たてつづけに煙草をふかす。密閉された船室の中に、煙がもうもうと立ちこめる。

「ぼく、けむいや」

男の子が言う。

彼は、灰皿の上に、煙草をにじりつけた。

船室の空気を掻き動かさなくてはならない、と彼女はおもう。彼女はハンドバッグを探って、細い紐を探し出す。両端を結び合せ、大きな輪になった紐を指のあいだに懸けわたす。

「一郎さん、アヤトリしましょうか」

「ぼく、よく知らないや」

彼女は、十本の細い指をくねくねと動かし両方の掌を擦り合せるようにして、両手の指のあいだの紐を複雑な図形に組み合せる。

「ほうら、竹藪の中の一軒家よ」

「君、そんな古風な遊びができるのかねえ」

男の声が聞える。彼女は頸をまわす。眼の前に、男の横顔がある。男の眼は、じっと彼女の指と指のあいだを見詰めている。男の顎に一本だけ剃り残したヒゲが、ひょろりと長く伸びている。彼女は、そのヒゲに、しばらく視線をとどめた。指を伸ばして、その一本だけ残っている硬い毛をつまみたいとおもう。そのとき、彼女ははっと気づく。彼女の十本の指は、紐でがんじがらめに縛り合されていることに気づく。と同時に、長い時間、男の横顔に視線をとどめすぎていることに気づく。

いそいで、彼女は男の子の方に、顔を向ける。男の子は、不機嫌な表情をしているようにみえる。むっつり押し黙っている。

「さあ、一郎さんもやってごらんなさい。教えてあげるわ」

彼女は両手のあいだの図形を崩し、もとの大きな輪に戻した紐を、男の子に渡そうとする。

船は相変らず、大きなうねりに乗って、ゆっくり揺れている。彼女の指と、男の子の指が触れ合った。硬い音をたててカチカチと触れ合ったようにおもえた。

そのとき、男の子の指が、すっと引込んでいった。青い顔になっていた。男の子は立上ると、船室の隅に棚のように造り付けてあるベッドのところに歩みより、その上にごろりと横になった。

彼女の指のあいだに、だらりと輪になった紐が垂れ下っていた。

男は、鋭い眼を、彼女と息子とが描き出した図形に向けていた。そして、叱るような声を出した。

「一郎、どうしたんだ」

「気持が悪くなっちゃった」

男の子が答える。

「気持がわるい?」

「胸がむかむかするの」

「どうしたんだ」

「エビフライのせいだとおもう」

「エビフライ?」

男は、叱りつけるような、吐き出すような声で、不機嫌を露わにして言った。

彼女は立上ると、ベッドに近よって、男の子の背に掌を当てようとした。男の声が、鞭のように飛んだ。

「ほっておきなさい。だいたい、気分が悪くなりそうなのに、食堂へついてくるのがいけないんだ」

彼女は、こわばった表情で元の椅子に戻ってきた。静かな時間が、ふたたび船室におおいかぶさってきた。

男の子は、じっとベッドの上に横たわっている。顔の筋肉を堅くして、姿勢を崩さない。軀のすみずみの筋肉まで、堅くなっているようにみえる。エビのように折り曲げた背を、彼女の方に向けている。

「厄介なやつだ」

荒い声で、男が呟く。彼女は、黙っている。足もとに落ちている紐に、ふっと気づくと、背をかがめて拾い上げる。ハンドバッグに収めると、口金の締まる音が、甲高く、金属的にひびいた。

そのとき、不意に、ベッドの上の男の子の上半身がバネ仕掛のように跳起きた。口を覆った二つの掌で支え切れぬ汚物が、こぼれ落ちた。ベッドから上半身をはみ出させて、男の子は嘔吐をはじめた。胃の裏返る音が、くりかえし響いた。

「おや、船に酔っていたのか」

男はそう呟いて立上ると、ちょっとの間、息子の姿を眺めていた。そして、すぐに勢よく軀を動かして、きびきびと汚物の始末をはじめた。

「君はいいから」

男は彼女を制して、息子の汚物に触れさせない。

「船酔いしたんだな。そのまま横になっていなさい」

彼はやさしく言い残して、新聞紙にくるみこんだ汚物を両手のあいだにかかえ、船室を出ていった。

彼女は、男の子の顔に視線を当てる。その顔に血の色が戻ってきた。筋肉のこわばりが、解けてきた。男の子は、上を向いて、眼を瞑っている。

起きて動いているときの男の子は、父親によく似ていた。そしていま、筋肉をほどき、じっと横たわっている男の子の顔からは、父親に似ている部分が皮膚の奥深く沈みこんでしまった。そこには、眼を瞑った、小さな未知の顔が、上を向いて動かない。

その未知の部分に、彼女は強く、男の妻を感じ取ってしまう。

船室の扉が開いた。男が、濡れた手をハンカチで拭いながら入ってくる。折目のくっきり残った、白い麻のハンカチである。それを手渡すときの、男の妻の手つきが、彼女の眼に浮かぶ。いや、その手つきの詳細は分らない。ただ、一軒の家屋の中で、男に寄添って生きている女の手つきが、浮かび上るのだ。そして、その手が彼女自身のものでないことが、彼女の心を揺り動かす。

男は、ベッドの上に横たわっている息子の軀を視線でくるみ取ると、

「船酔いしてやがったのか」

と、苦笑した。眼の光が、やさしくなっていた。彼女は、男のその眼に、かすかな憎しみを抱いた。男の視線の中では、彼女にとって未知の顔が、眼を瞑って動かずにいる。

その眼のやさしさに、彼女はかすかな憎しみを抱いた。男は彼女を愛している、そのことははっきりしている、と彼女はおもう。しかし、そのやさしさのために、彼女の全部を奪い去ってしまいたいとまで思い詰めてくれないのだ、と彼女はおもう。粗暴とおもえるほど、細胞が血で湧き立つところのある性格なのに。

夜になって、汽船は島の南側にある湾に入っていった。

黒くうずくまった島のてっぺんが、赤黒い光におおわれている。地殻の奥深くで、どろどろと煮え立っているものが、その山の穴に出口をもとめて、噴き上っている。島のてっぺんにかぶさっている赤い光は、夜の色だ。その色は、絶え間なく揺れ動いている。

そして、島の縁、これから船がそこに横づけになろうとしている場所には、小さな黄色い人工的な光が、てんてんと鏤(ちりば)められている。

やがて、汽船は島に着いた。

彼女の心のかすかな憎しみは、突然、大きく拡がることになった。

宿屋の並んでいる地域に歩み込んだとき、彼女の耳もとで男がささやいたのだ。

「君、べつの宿に泊ってくれるだろうね」

足を止めて、彼女は男の顔をみた。

「そうしてくれたまえ」

「厭」

「一郎がいるから」

「だって、かえって変だわ。わたし、一郎さんと仲良くなりたいの」

「しかし、よくない」

「どうして?」

男は彼女の上膊部(じょうはくぶ)を、強い力で握りしめる。二、三度、荒々しく揺すぶる。そして、傍の宿屋の門口へ、突き放すようにして手を放す。

「たのむ。そこに泊ってくれ、あとで訪ねてゆく」

男は足早やに、息子のあとを追う。彼女は先刻足を止めた場所に、蹠をすこしも動かさずに佇んでいる。男の大きな背中が、小さな背中と並んだ。二つの背中は、しだいに暗い空気の中に溶けこんでいった。

彼女は、人影のなくなった道の果に、しばらくのあいだ眼を向けていた。そして、傍の宿屋に歩みこんでいった。

夜がふけて、彼女の部屋に男が訪れてきた。彼は荒々しく、彼女の唇に唇を押し当てた。そして、そのまま彼女の軀を横たえようとする。

「厭」

彼女は、男の軀を押し除ける。

「そのためだけに、わたしが必要なの？」

男は、黙って、彼女の眼の中を覗きこむ。そして、疲れた語調で答えた。

「そのためだけなら、こんなにごたごたしないで処理することができるよ」

「処理する？」

男の使った語彙が、彼女の神経に軋る音をたてて触れてきた。男は吐き出すように、その言葉をくり返した。

「そうだ、処理できる」

男の眼は、彼女の眼を見詰めている。しだいに、男の眼球がまっ黒にかがやいてみえはじめる。その眼球は、彼女の眼球のすぐ傍まで迫ってくる。その眼は、なにかある特定の感情を現わしている眼ではない。彼がその全部の細胞に漿液を満たし、その一つ一つの細胞をぎらぎらかがやかせながら、彼女に迫ってくる状態。彼女が無しではいられないという、切羽詰った状態。そういうものが、その眼に集約されて現われてくるように、彼女にはおもえる。官能的な眼でもないし、精神的といっても嘘になる、と彼女はおもう。

彼の眼球は、一層、間近かに迫ってくる。彼女の眼球のすぐ前で、まっ黒くかがやきながら大きく拡がり、彼女の全身をすくい上げ、全身をくるみこもうとする。

彼女は、その黒いかがやきの中に吸いこまれてゆく。脚から力が抜けてゆき、男の胸に倒れかかり、その中につつみこまれてしまう。

彼女の歯が、男の耳朶（みみたぶ）を挟み、その耳の中に小さい声を流しこむ。

「ごめんなさい。さっき、厭、といったこと。抱かれるのが厭といったこと」

彼女の中で、男の存在が大きくふくれ上ってゆく。彼女の細胞の一つ一つに男の細胞に満ちた漿液が滲み透ってゆき、彼女の全身は蛍光を放ってかがやきはじめる。

「あなたが、いっぱいになる。指の先まで、いっぱいになってしまう」

と、彼女は嗄れた声で、きれぎれに叫ぶ。

未明まで、彼は彼女と一緒にいて、部屋を出て行った。

彼女には、不眠の夜がつづいていた。しかし、その夜は、数時間、彼女は深い眠りに入ることができた。

眼が覚めると、朝の光が部屋に満ちていた。彼女は、あたりを見まわす。部屋の中に、彼女一人だけが横たわっている。彼女の脳裏に、男の部屋の光景が浮かび上ってくる。数百メートル離れた宿屋の部屋で、男はその息子と並んで寝ているのだ。その男の子が船室のベッドに横たわっていたときの寝顔が、彼女の眼に浮かんでくる。父親に似た部分が皮膚の奥深く沈みこんでしまった、小さな、眼を瞑った未知の顔。

彼女は、苛立たしい気持に襲われる。「妻の眼をくらますために」彼は息子を同道した。くらまそうという気持のある限りは、いつも彼の心の隅には、その妻がこびりついていることなのだ。男は息子を連れて旅行しているだけではない。妻も連れてこの島へやってきているのだ。

旅行する約束のできたとき、彼女は男に訊ねた。

「一郎さんて、あなたにそっくりなのですってね」

すると、男は視線を宙に泳がせて、

「いや、そうでもない」

と答えた。そのとき、男の眼は、その妻の面影を引寄せ、息子の顔と重ね合せ、その細部を一つ一つまさぐって選び分けていたのだ。その男の眼に、彼女ははげしく嫉妬し、取り残された苛立たしさを覚えたものだ。

　このときの感情も、いま、なまなましく彼女の心によみがえってきた。

　この島へきても、男が深夜、彼女の部屋を訪れてくるまで、彼女はただじっと待っていなくてはならなかった。そして、いま、男はその妻に似た寝顔を仰向けている息子と並んで眠っている。彼女の住んでいる都会では、事態はもっと瞭らかだ。彼女は、ただ待つことに耐えていなくてはならない。男の部屋に、電話機が置いてある。彼女の部屋に電話機がある。指をのばしてダイヤルをまわせば、すぐに男の傍にある電話機はベルを鳴らしはじめる。それなのに、彼女はその動作を起すわけにはいかない。一人でいることに気が狂いそうになったときにでも、彼女はただ待っていなくてはならない。

　男がくるのを待つことで生活している女は沢山ある、と彼女はおもう。しかし、いつになっても彼女は待つことに馴れない。それどころか、一人でいることに耐えられなくなってきている。いつも、彼の傍にいないと、心の安らぎを得られない。

「島へきても」

　そう呟いて、彼女は起き上る。衣服を著けて、宿の外へ出た。そして、彼の泊っている宿屋の方角へ、足を踏み出した。

　空気は、潮の匂いがしていた。乾いた土の上を歩きながら、彼女は、男のまっ黒くかがやきはじめる眼球を思い浮かべた。

「欺されているのではないかしら。一人合点をしているのではないかしら」

彼女は、これまでにもう幾度もくり返し襲ってくる疑惑に、いまもまた捉えられた。彼女自身の心持が、男の眼球にぶつかって撥ね返ってきているのではなかろうか。男の無責任なガラス玉のような眼球が、彼女自身の心をそのまま映し出しているのではあるまいか。男は、抱くためにだけ、自分を必要としているのではないだろうか。

男の泊っている宿の裏庭に、男の子の姿がみえた。男の子は、宿の大きな下駄を引ずるようにして、庭を散歩していた。

彼女は立止って、その様子を眺めていた。半ズボンのポケットに両手を突っこんで、いくぶん猫背になって歩きまわっているその姿は、無気味なほどその父親に似ていた。

彼女は上下の目蓋のあいだをせばめて、その姿に視線を向けてみた。霞のかかった視界に、正確に縮小された彼女の恋人の姿が、動いていた。

彼女は微笑して、男の子の方に歩みよって行った。そのとき、男の子は立止って、地面にしゃがみこんだ。熱心に、地面の上のものをのぞきこんでいる様子で、すぐ背後に近寄った彼女に気付かない。

不意に、男の子は立上ると、両足を開いて地面を踏まえた。両手を前へまわして、ズボンのボタンをまさぐっている気配があった。開いた脚のあいだから、黒い土の上にいる大きなみみずが、彼女の眼に映ってきた。

その子供らしい所作が、彼女の笑いを誘った。

「みみずにおしっこを掛けると、おちんちんが脹れるっていう話よ。やめた方がいいとおもうわ」

明るい声で、彼女は男の子に呼びかけた。男の子は姿勢を崩さず首だけまわして、彼女を認めると、昂然とした口調で言った。

「そんなことあるものか、迷信にきまってるさ」

液体が勢よく、大きなみみずの上に落ちかかっていった。男の子が、その行為を途中でやめなかったのは、彼女に馴染みはじめているからだ。そうおもって、彼女の心はいくぶん和(なご)んできた。

しかし、風景は思いがけぬところに、彼女にたいして鋭いトゲを潜めていた。土の上に向けた彼女の眼に、朝の光に燦(きら)めきながら落下してゆく尿に打たれて、ばたりばたりと鈍重(どんじゅう)にからだの向きを変えているみみずの恰好が映ってきた。

彼女の脳裏に、男との会話がよみがえってきた。

「からかっているんだったら、わたし、死んでしまうわ」

そのとき、男は顔色を動かさず、平静な様子で答えたのだった。

「そんなことはない。君が好きなんだ」

鈍重に、からだの向きを変えている黒い土の上のみみず。尿は落下しつづける。男の子の口笛の音が彼女の耳にひびいてきた。彼女は、つとめて明るい声をつくり、

「あーら、一郎さん、大変よ」

と、声をあげた。そして、ふたたび土の上のみみずに視線を当てた。ほとんど無意識のうちに、彼女の視線は、白く弧を描いている尿をさかのぼった。

彼女の口から、おもわず言葉が飛び出していった。

「一郎さんのおちんちん、ずいぶん可愛らしいのね。ほんとに、ふしぎなくらい可愛いわ」

自分の言葉に気づいた彼女は、明るい屈託のない笑い声をつくって、その言葉をつつみこんでしまおうと試みた。

しかし、その笑い声は、異様なけたたましさでひびきはじめた。彼女の望む笑い声に変えようとすればするほど、その調子は歪んでゆきいつまでも長く続いてゆくのであった。

食欲

その日、三村は銀座の裏通を歩いていた。両側に立並んでいる商店の飾窓には、さまざまの商品が工夫を凝らして並べ立てられている。それこそ、あらゆる種類の品物が取揃えられている。菓子一つを例にとっても、英語の菓子、ドイツ語の菓子、フランス語の菓子、ロシア語の菓子、そして和菓子。さまざまの菓子店の硝子ケースの中に、さまざまの形状色彩の菓子が、収められている。

その日、三村はそれらの菓子に少しも食欲を起さなかった。もともと、菓子は好きな方ではない。いや、それよりも、それらのさまざまの商品が、苛立たしい、不安な心持を、彼に与えはじめた。

なにか、厭な予感があった。

そのとき、道傍の黒い大きなゴミ箱に、腹をすりよせるように佇んでいる男が眼に映った。寒い日なのに、オーバーを着ていない。あきらかに浮浪者の身なりである。その男は、片方の掌のくぼみに、ぎっしり米の飯を詰めこんでいた。バタンと音をたてて、ゴミ箱の蓋が閉った。捨てられた残飯を、いまその男は、箱の中から摑み出したところだったのだ。

その男は、片方の掌に、飯を捧げもって歩きはじめた。背をかがめて、もう一方の指先でその飯の汚れていない部分を選り分けている。その男はまわりの通行人をまったく無視して、熱心にその作業をつづけている。ときどき、白い飯のかたまりをつまみ上げた指先が、男の口に寄せられてゆく。

三村が、その男の様子を眺めていたのは、僅かな時間だった。彼はすぐに、狭い横丁に折れ曲って、その男が視界に入ってこないようにした。

厭な予感は、これだったのかな、と三村はおもった。

現在、三村は比較的潤沢な生活をしている。しかし、いつ今の男のような境遇に追いこまれるともわからぬ、という気持はいつも心の隅にこびりついている。彼は小説を売って生計を立てている。小説書きという職業は、いつも戦闘機に乗って飛行しているようなものだ。経済上の意味でも、精神上の意味でも、いつ撃墜されるともしれぬ。

もし、いまの男のような境遇になったならば、自分はどういう具合に振舞うだろうか、と、三村は考えにふけりはじめた。

三村の過去の中から、そのことの鍵になるかもしれぬ情景が浮かび上ってきた。

「王様のスープ」という寓話がある。

どんなご馳走をたべても旨いとおもえない王様に、あるコックが「きっと、旨い、とおっしゃるようなものを調理いたします」と約束する。

「そのかわり、一日だけ、なにも召上らないでいただきとうございます」

そして、一日絶食した王様に、なんの変哲もない野菜スープを差出したところ、王様は、

「旨いっ」

とおっしゃったという、まことに穏健（おんけん）な話である。

そして、この話を少し観点を変えれば、庶民に十日絶食させれば、食欲のためには何をしでかすか分らぬ、ということにもなりそうだ。

しかし、三村が思い出したのは、食欲のために人間をたべてしまった、というような極端な事柄ではない。餓えがそこまでいってしまっているときには、すでに人間の形をしていても人間ではなくなっているのだろうし、その瞬間は無我夢中なのだろう。心の傷は、あとになってから痛み出すのだろう。

最も厭な形で、自尊心を引掻いてくるのは、餓え方が中途半端なときなのである。

昭和十九年春、三村は東海道筋の地方都市にいた。前の年の春に、その都市の高校に入学し

て、ずっとそこにいた。

東京にくらべるとかなり物資が潤沢だったその都市も、年があらたまってから、目にみえて欠乏状態になってきた。学校の食堂で売っていた、白い砂糖をかけた苺も、神社のある山の背で売っていた香り高い木の芽でんがくも、すっかり影をひそめてしまった。

食堂で出される飯は、もちろん一杯きりの丼めしである。丼に盛られた飯の量の微妙なちがいを、素早い一瞥で計量しない学生は一人もいないといってよかった。もしいたとしたら、健康状態が悪くて、軀が食物を要求していない学生くらいのものである。

三村たちは、いつも餓えていた。しかし、いますぐ一塊の食物を喉に通さなくては、重大な事態になるというわけのものではなかった。そこには、いくぶんの余裕があった。だから、次のような会話をとり交すこともできたのだろう。

ある夜、掘割に沿った道を、三村と友人とは、下駄をひきずりながら歩いていた。鋪装された道に当る下駄の音が、不精に、また力なくひびいた。その音は、彼らの不精たらしい性格と、腹の空いていることと、同時にあらわしている。

「なにか、旨めえものが、くいたいなあ」

と、三村が嘆息するように言った。

「まったくだ。しかし、旨いもの、て、どんなものがあったっけ。おれ、すぐには思い出せないな。トンカツ、ビフテキ、スキヤキ、スシ。そんなものしか、思い出せない」

　友人が、情なそうな声で答えた。

「てんぷら、というものも、あったな。からっと揚げて、歯ざわりのいいのが食いたい」

　と、三村が言うと、友人は異論を唱えた。

「おれは、いま、てんぷらが食えるなら、そういうヒンのいいものよりは、うんと下品なやつが食いたいね。山盛りのドンブリ飯の上に、ころもが汁でびしょびしょしたやつが、どかんと載っかってるやつが食いたいよ」

「その気持はよく分る。しかし、どうせ空想するなら、もっと凝ったものを考えてみようじゃないか。せめて、エビのコキールとか、舌ビラメの洋酒蒸とか言ってもらいたいねえ」

　そこで、二人の学生は、いろいろと以前に食べたことのある手のこんだ食物を思い出そうとしはじめた。われ勝ちに、思い出そうとするのだが、なにしろ書生のことだ。さしたる食物体験があるわけはない。

「銀座の○で、若鳥の蒸し焼を土産用に売っていたな。あのコンガリ焼けた皮のついた腿の肉を、ぴりっと引裂いてだな、塩をつけて食ってみたいなあ」

「○といえば、ドーナッツが旨かった。真白いキメのこまかい砂糖がいっぱいまぶしてあったよ」

「キモスイが食いたいなあ。ミョウガの香りがぷんとくるところがいいんだ」

「キモスイといえば、ウナギというやつには、長いこと会ったことがないな。舌の上でとろりと溶けそうになるところが、なんともいえないいや」

「天然ウナギのしこしこ歯ごたえのあるのもいいな」

二人の学生は、その話題に熱中した。しかし、やがて三村は自分の口の中が唾液で濡れてくるのを感じた。舌がびしょびしょになり、口のなかにいっぱいになった唾液を飲みこまなくては、話はつづけられなくなってきた。

友人も、一とき、話をやめた。

ごくり、と唾液を飲みこんだとき、三村はあさましいような物悲しいような妙な心持になった。そっと横目で、友人を窺った。そのとき、友人の喉仏も、ぴくりと上下に揺れたのが三村の眼に映った。

「イイダコが食いたい。米粒のような卵がぎっしり詰ったやつ」

友人は、無言で、暗い道を歩いている。三村はまた言ってみた。

「タイのハマヤキが食いたい。ワサビをうんときかせて、鯛茶にして食いたい」

友人は無言である。三村は、しだいに捨鉢な気分に取憑かれて、ますます言いつのる。つぎからつぎへ、旨そうな食物を並べ立てた。そのうち、友人は不機嫌さを露骨に示して、ぽつりと言った。強い調子ではなく、気の抜けた調子で、である。

「もう、よそうよ」

その言葉を聞くと、友人の不機嫌さは、そのまま三村の中に潜りこんできた。

二人の学生は、押し黙ったまま、足を運びつづけた。足音が、力なく、時折発作的にいら立たしげにひびいた。そして、彼らは、互いに傷つけ合ったような、またひどい屈辱を受けたような、割り切れぬ心持のまま、街角で別れた。


昭和二十年となると、事態は殺伐の相を呈してくる。

もう空想の中で旨い食物を描いてみる段階ではなく、現在手に入っているものだけに執着するという状況になってきた。

昭和三十四年の現在では、

「ちょっとタバコを一本」

と、他人のタバコの箱に手を伸ばすことは、わりあい気軽にできることである。しかし、当時においては、他人から一本のタバコを取ることは、その人間の精神の領域を侵害することだった。一本のタバコは、数分間の快楽の源であり、精神の賦活剤（ふかつざい）であった。そして、タバコは金を出せば買えるものではなかった。一人一日何本と定められて、配給されていたものだ。

マッチも欠乏し、また粗悪なため容易に火が付かぬ。そこで、見知らぬ人から、「ちょっと火を拝借」といわれることが、しばしば起る。相手が火のついたタバコの先に、タバコの先を押しつけてスパスパ吸うと、返されたときには幾分タバコは短くなっている。一人の人間にタバコの火を貸すと、何ミリメートル煙草が短くなる。したがって、何十人の人間に火を貸すと、タバコ一本分の損失となる、ということを真剣に計算していた人物もあった。

そして、食物にたいしての感覚も、そのタバコに似たものになってきた。

昭和二十年には、三村は大学生になり、東京に戻ってきていた。ある日、偶然の幸運によって、三村は一皿のナンキン豆を手に入れた。彼は居ずまいを正して、その一粒に手を伸ばしたとき、ある友人が訪れてきた。

そのときの三村の本心は、その友人が部屋に入ってこないうちに、ナンキン豆の皿をその友人の眼の届かぬところに隠してしまいたかった。しかし、あわてて隠すという自分の姿勢をあさましいとおもう気持も強かった。

自分の手に入った幸運を、友人に分けてやってもよいではないか、ともおもった。

思い惑っているうち、友人は部屋に入ってきた。

「やあ」

「やあ」

挨拶をかわした瞬間、友人の視線が、ナンキン豆を捉えた。

「やっ」

友人は、歓声とも呻き声ともつかぬ声を発すると、皿の傍にあぐらをかいた。

「ご馳走になるぜ」

「うん」

友人の指先が、一粒のナンキン豆をつまんで、口にほうりこんだ。その指はすぐにまた皿に戻り、ただちに次の一粒を口に運んだ。またすぐ、皿に戻る。皿と口とのあいだの、指先の往復運動はすばらしいスピードで繰返された。

皿の上のナンキン豆は、みるみる減ってゆく。なんとかしなくては困る、と、三村は思った。しかし、皿を抱えこむようにして食べている友人の思いつめたような表情を見ると、

「おい、もうよさないか」

という言葉も出しかねた。

「半分、残しておけ」

と、気軽な調子でいうこともできない。三村自身そのナンキン豆にたいして思い詰めた心持になってしまっているので、できない。

残された手段は、三村も一しょに、そのナンキン豆を食べることだ。しかし、その友人の指

のすばらしいスピードをみていると、そこに割りこんでゆく元気も失われた。小さな皿に載せられたナンキン豆を、二人の男のぶこつな指が、競い合ってつまみ取る情景をかんがえると、ひるんだ気持になってしまう。

三村は、畳の上にごろりと仰向けに横たわって、窓の外に眼を放った。ナンキン豆にむしゃぶりついている男を、頭の中から押し除けてしまおうとおもった。空は、ひどく青かった。底が抜けるほどの青さだ。白いちぎれ雲が一つだけ、ゆっくり動いてゆく。

「ナンキン豆なぞ、婦女子の食い物ではないか」

三村は、心の中で呟いて、じわりと瞼（まぶた）を閉じた。すると、異様な物音に気づいた。

ゴリゴリ、ゴリゴリゴリ。

その音は、三村の頭の中に、大きく反響した。友人がナンキン豆を咀嚼（そしゃく）している音なのだ。

三村は、ちらりと皿の上を窺った。ナンキン豆は、もう三分の一ほどの分量になっていた。友人の指のスピードは、最初のときよりずっと衰えていた。しかし、機械のような正確さで、一定の間隔を保って、皿と口とのあいだを往復しているのだ。

ゴリゴリゴリ。

三村は眼をつむった。

「あいつ、おれより、よっぽど餓えているのだろうか。いや、意地きたないんだろう」

三村は悪意に満ちてきた。先日、その友人と旅行したときのことを思い出した。宿屋に着いて、まずその友人のやることといえば、火箸を握って火鉢の灰を掻きまわすことである。先客の残したタバコの吸い殻を、灰の中から探り出すのである。

友人は、いつもキセルを携えている。吸い殻を発見すると、喜色満面になって、キセルに詰めて火をつける。そこまでは、さして異とするに当らない。火鉢を漁り（あさ）つくしても、まだ友人はあきらめない。執拗に火箸で掻きまわす。そのうち、先客がキセルの火皿に詰めて吸ったものらしい、ヤニと唾とで濡れ、それが乾いて小さくカチカチに固まった吸殻が出てきた。友人は、それもキセルに詰めようとする。

「おい、きたないから、よせよ。そこまでは、やるな」

三村が口を出すと、友人は三村をじろりとみて、むしろ傲慢な表情になってその吸殻に火をつけた。友人の人差指と中指は真黄色に染まっていて、キセルをもつ指がぶるぶる慄（ふる）えている。自尊心を押し除けるほど、軀がニコチンを要求しているのか、と三村はうっとうしい心で考えたものだ。

そして、このナンキン豆の場合は、どうなのだろう。三村は眼をつむる。三村の心に、苛立たしさと、ヤケクソの気分と、一種の敗北感が入混じって動いている。恋人を奪われたような心持だ。

ゴリゴリ、ゴリゴリゴリ。

その音は、三村の腹にこたえる。そして、精神の領域にまで、侵蝕してくる。三村の堅いセンベイのような心を、その友人が齧り取ってゆく音のような気分になってくる。

空襲で家を焼かれてから、三村にとって事態は一層わるくなった。

三村は下宿して、大学に通っていた。したがって、食物は配給品以外には手に入らなかった。三村には、ヤミで食物を手に入れる才覚も、また手蔓もなかった。ポケットに入っている紙幣は、いつまで経っても減らなかった。費おうにも、商店の棚には、何も商品が無いのである。やむなく、古本屋で百円支払って（現在の数万円に当るだろう）画集を買ってきた。豪華本で、色彩も見ごとだったが、画では腹の足しにならない。

野原でアカザを摘んできて、七味トウガラシをふりかけて食べたりした。弁当箱には、いつも少量の大豆が入っているだけだ。

八月十五日が過ぎても、三村にとっては、事態は変らなかった。毎日、下痢便で駅の階段の上り下りが苦しくなってきた。下痢という状態は、食べ過ぎのときに起るばかりでなく、栄養失調のときにも起る。旨いものを腹一杯食べれば治る筈の下痢にとりつかれていることは、三村の気持を苛立たせた。

三村の顔の皮膚に、白い粉がふき出してきた。栄養失調の症状の一つである。やはり、その症状の一つとして、三村は猛烈な飢餓感に、いつも取憑かれているようになった。

飢餓感が烈しくなるに比例して、下痢も烈しくなってきた。下痢は、突然、三村を襲ってくる。彼は大学構内のあらゆる便所の所在に通暁してしまった。下痢患者は彼ばかりではないとみえて、便所が塞っていることが多い。文学部の便所が空いていないと、アーケードの傍の便所に行く。そこもダメだと法学部。法学部から図書館、と彼は大学構内を、水のいっぱい満たされた容器をささげもつように、そろそろした足取りで、額に汗を滲ませて歩きまわる。

大学構内の便所ばかりではない。下宿から大学までの途中の公衆便所所在地図も、彼は描ける。そればかりではない。郊外の駅から下宿までのあいだの長い坂道にある恰好の空地も、彼は便所の代用としなくてはならぬことがしばしば起った。毀れたレンガ塀の隙間から、空地にもぐりこむ。ズボンを下げて、雑草の中にうずくまる。自尊心がはげしく痛む。しかし、しだいに三村はその姿勢に馴れていった。

自尊心が麻痺してきたのだろうか。ある夜、彼は下品な行為をした。その夜も、彼は下宿にたどり着くまで支え切れず、レンガ塀の隙間から空地にもぐりこんだ。

「腹いっぱい食っているなら、こんな恰好をしなくてもいいのだ」

と、おもった瞬間、彼は眼の前が赤黒くなるほどの餓えに襲われた。

三村は、道に出ると、下宿に向わず郊外の駅に戻ってきた。長い時間、混雑した電車に乗り、長い夜道を重い足を引きずって歩き、ある友人の家にたどり着いた。

その友人に、用事は無かった。雑談したいという気持も、その夜の三村には無かった。彼が用事があったのは、その友人ではなく、あるいは饗されるかもしれないジャガイモにである。前に二度、用件があってその友人の家を訪れたとき、彼らの前にふかふか湯気の立ちのぼっているジャガイモが運ばれてきた。そのことを、さっきの空地で、三村は突然なまなましく思い出したのである。

三村は、友人と上の空で話をとりかわしながら、梯子段を上ってくるかもしれぬ足音に鋭く神経をはりめぐらしていた。三村の家を訪れてナンキン豆の皿をかかえこんだあの友人は、あるいはいまの自分のような状態だったのかもしれぬ、と思った。

その頃、三村がもう一人の友人の家を、時折訪れたのは、食欲のためではなかった。

その友人は、肺を病んで二年間ほど療養生活を送っている。家が裕福だったし、空襲からも免れたので、自宅の一室を病室にして暮していた。その友人は三村の高校のときの級友である。その友人の家には、ひんぱんにいろいろの男が見舞に行く。その男たちも、食欲のためではない。そういう剝き出しの感じを出さないように、彼らは皆、注意している。気取っている。

それは、その友人に美人の妹がいるためだ。その妹がいなかったなら、こんなに頻繁に見舞客は訪れてこなかったろう。

「急に、気候が変ったけれど、変りはありませんか」

とか、

「旅行して、ちょっとおミヤゲを買ってきたので」

とか、いろいろの理由をつけて、彼らはその友人を見舞に行く。

三村もその例外ではない。ただ、三村はそういう訪問にうしろめたさを覚えていて、なるべく訪問の間隔を長くしようと努めていた。その友人の家は、三村の下宿の近所だったので、おもわずその方向に踏み出しそうになる足をとどめることは、かなりの苦痛を三村に与えた。

あるとき、その友人の家に集ってくる青年たちの間に、殺伐な空気が流れたことがあった。一人の画学生が、その友人の妹の肖像を描きたいと申し出て、受け容れられたためである。肖像が完成して間もなく、その画学生は不意の熱病で、ぽっくり死んでしまった。その臨終の瞬間に、彼の口から一尺ほどの白く肥った寄生虫が飛び出して、死体になった彼の腹の上でからだをよじらせていた、という話が伝わってきた。三村は、おもわず鳥肌立った。青年たちの嫉妬や憎悪が、その虫の形に凝結したような錯覚に捉えられたからだ。

ある夕方、三村はずるするとその友人の家の方角に引寄せられていった。気が付いてみると、その家の前に佇んでいた。

三村は、芝生のある広い庭にまわり、縁側の方から声をかけようとした。

家の中の情景が眼に映ったとき、

「困ったときに、来てしまった」

と、三村はおもった。

丁度、食卓を囲んで、一家が夕食をはじめようとするところだったのだ。

美人の妹が、カンヅメの蓋を開けて、鮭の肉を白い皿に移そうとするところだった。母親は、飯櫃(めしびつ)の蓋を取り、ゆらゆら湯気の立ちのぼる真白い米の飯を、茶碗によそおうとしていた。ドンブリではない、茶碗に、である。その茶碗の小ささが、なんと豊かにみえたことか。

「あら、いらっしゃい。いま、食事するところなのよ」

母親が愛想よく、三村に声をかけ、

「お食事まだでしょう。ご一緒にいかが」

と、付け加えた。しかし、その声の奥には、事務的なよそよそしさが、潜んでいるようだった。それが三村の思いすごしだったにしても、このとき彼の答える文句はきまっていた。

「いや、ぼくはいま済ませてきたばかりです」

三村は縁側に腰かけて、芝生の緑に目を放った。背後では、四人の男女が食事する音がひびきはじめた。

「もっと、なにかカンヅメを開けましょうか」

「めんどうくさいから、これでいいわ」

そんな会話が、聞えてくる。

三村の眼の底に、さっき見た、鮭の薄桃色と飯の白さが染みついていた。長い間、そういう鮮やかな色をもった食物を見たことがなかった。そういうものを食べている人間たちがいる、ということも、彼は忘れていた。彼は、昼間、大豆を醬油でいためたものを、一握り食べただけだ。

三村の眼の前で、薄桃色と白い色とが入混じって、ぐるぐるまわりはじめた。それは、しだいに旋回の速度をはやめ、どす黒い色に変りはじめた。

彼は、縁側に腰かけたままの姿勢だ。背後では、相変らず食事する音がひびいている。自分の背中の線が、三村の眼に浮かんできた。卑しく、背をかがめているようにおもえた。

さりげなく立上り、庭をぶらぶら歩く素振りで、三村は玄関の方にまわった。道に出て逃れるように足を速めて歩き出した。一刻もはやく、その友人の家から遠ざかりたい気持だけが、三村の中にいっぱいになっていた。

気がつくと、道の両側には焼跡の廃墟がひろがっていた。三村は、立止った。逃げ出してきた自分に、嫌悪の情を覚えた。さりとて、あそこに坐りつづけてどうなる、とおもった。

兇暴な気持が、彼の腹の底からこみ上げてきた。何にたいして、暴れ狂っているのか、はっきりしなかった。あのなまなましい薄桃色や白色や、そしてあの美人の妹も、こなごなに吹き飛ばしてしまいたい、とおもった。

「ハラガスイタ。クイタイ、クイタイ」

三村は大声をあげて叫んだ。

「ハラガスイタゾ」

もう一度、彼は絶叫した。

その大声のために、彼の軀にわずかに残っていたエネルギーが失われた。彼は、くらくらっと目まいを覚えた。昏倒しそうになった。その瞬間、三村ははっとわれに立返り、おもわず羞恥のために頬を染めた。

家屋について

生れてから今までに、幾度も転居している。どういう家屋を転々としてきただろうか、と、汽車旅行の途中、思い出すことを試みはじめた。

なぜそういうことを試みはじめたか。退屈しのぎと言ってしまえば、話が簡単だ。しかし、違うといえば、違うのである。

そのとき、時間の流れが、不意に粘りはじめた。平素は、透明で抵抗を感じさせずに両脇を流れ去ってゆく時間が、意地悪く絡みつきはじめた。

これは、誰しも経験がある筈だ。そのまま放っておくと、ガラスの微塵(みじん)な粉になって、覆いかぶさってくるようになる。

眠ろうとして眠れないうちに、時間がそういう具合になることもある。そのときは、羊を一四二匹と数えるとよい、という説がある。羊が一匹羊が二匹羊が三匹、と数えているうちに、灰白色の巻毛におおわれた羊の胴体が頭の中にしだいに積み重なってゆき、目蓋の裏にまで灰白色の渦巻がぎっしり詰って、眠たくなってくる。

しかし、白昼の汽車の中では、眠ることもできない。その厄介な時間をやり過すために、転々としてきた家屋のことでも考えて、気を紛らわすことにしたわけだ。また、偶（たま）にはそういう形で、これまでの人生について思い返してみるのも無駄ではあるまい。


生れてはじめて棲んだ家屋は、祖父の所有の家である。道に面しているところは事務室になっている。事務室の重たい扉を開くと、狭いコンクリートの廊下が奥へ真直に伸びている。廊下の途中に作られた格子戸を一つくぐって進むと、その奥に住居の玄関がある。

住居は三つの部分から成立っている。というより、平屋建の家屋を挟んで前後にかなりの間隔を置いて二階屋が建っており、その三つの部分は長い廊下で繋がっている。連結の役目をしているコの字型のその廊下は、それぞれ一つずつ内庭を抱く恰好になっている。そして、その二つの内庭には、一つずつ石灯籠が立っていた。

台所は広く、板敷の部分だけで八畳ほどありそうだった。

内庭から耳門（くぐり）を抜けて外へ出ると、そこは住居の横手に拡がっている庭で、土蔵と倉庫が建っていた。

奥へ奥へと細長く伸びて、長い廊下で繋がっているその家屋を思い出す度に、

「奇妙な形だったなあ」

と、私は懐しさを混じえて、そう思っていたものだ。

もっとも、奇妙な形、とおもいはじめたのは、通常の家屋の形が分ってからのことだ。それらと比較した上で、そうおもったことは、言うまでもない。

汽車の中で、私はその家屋の形を、精しく思い出していた。平屋建の部分の屋根は、コンクリートのベランダになっていて、祖父が幼い私のためにそこで凧を揚げてくれたことがあった。

そんなことを思い出して、甘酸っぱい気持になったとき、突然、それはまったく突然、その家屋についての生れてはじめての考えが、私の頭に浮かび上った。

「あの家は、祖父が自分で建てたものではないな。料理屋を買い取って、それを住居兼事務所に当てたものではなかったか」

その疑問が浮かんで、あらためてその家屋の形を思い浮かべてみると、それは料理屋の間取りに見事に符合してしまった。

二つの内庭と二つの石灯籠。

広い板張りの台所。

長い廊下で繋げられ、それぞれ孤立している三つの部分。そして、事務所として使用されていたのは、以前は帳場の部分だったに違いない。

それは、「奇妙な形」ではなくて、料理屋として考えれば、極めて機能的な形に過ぎなかったわけだ。

私は、その発見にしばらく啞然としていた。そのことに今まで気付かなかったのが、不思議な心持だった。生れた家が元料理屋の建物だったことにではなくて、気付かなかったことに、啞然としたのである。

いわゆる道徳家風で、頑固ものだった祖父は、私の父を廃嫡にしたため、父はその家を出て、妻子を連れて別の都会に移住した。

しかし、祖父の棲んでいたその家屋は空襲で焼失するまで、そのままの形で建っていた。そして、私は大学生になるまでに幾度も帰郷してその家に泊った。それなのに、気付かなかった。いや、考えがその方角に向かなかった。

なぜ、その方角に向かなかったのだろうか。

そのことを考えはじめた私は、二つの理由らしいものを見つけた。

一つは、祖父が建築業を営んでいたため、当然その家は彼自身で建てたものだということが、固定観念になっていたことだ。

もう一つは、その奇妙な形が、その家屋に棲む人間たちのために機能的な役割を果しているような気持がしたためだ。つまり、祖父と、彼と不和の祖母（彼女は後に私の父親と一しょに移住した）と、後日廃嫡される関係にある父と、三人の人間がそれぞれ孤立している三つの部分に棲んでいたからである。

入り組んだ人間関係に合せて建てられたために、家屋の形が通常と違う、一種変形したものになっていたのだろう、と漠然と理解していたわけだ。

私は、あらためてその家屋のいろいろの部分を、頭の中に浮かべた。

裏口の木戸を出ると、小さな川が流れていた。そこに架けられた橋の橋板の踏み心地を、私は思い出した。その家が料理屋であった頃には、この小川を渡って来ることを好む客もあったのではないか。なぜそういうことを考えたかといえば、その橋板を踏む心地が遊蕩的な心持を誘い出したのだ。

学生の頃、帰郷しているとき、夜遅くなると私はひそかにこの裏木戸を通って部屋にもぐり込んだ。祖父が厳格で、夜遊びを嫌ったためである。

まったく、祖父は厳格であった。彼に連れられて外出すると、行く先は必ず近郊の山である。その小都会を取巻いている低い山の背をつたわって、長い時間歩きつづける。七十歳近い年齢なのに、私より健脚で頑健であった。背は低いが、横幅の広い体格で、鼻下に髭があった。

昼間、私ひとり外出して、旅まわりの小屋掛け芝居などを覗いて戻ってくると、彼は必ず質問する。

「どこへ行ってきたのか」

「山を歩いてきました」

と、私は答える。すると、彼は上機嫌なのであった。

さて、私の頭の中に、その家屋のいろいろの部分が次々と浮かび上り、やがて湿ったカビ臭い空気の澱(よど)んだ倉庫の内部が浮かび上ったとき、一つの光景が浮かんだ。

厳格な祖父が、その倉庫の前で女中を叱責している光景である。女中は、醜い若い娘で異常に肥っていた。薄桃いろに膨れ上っていた。粗雑な女だったが、気の良い女ではあった。

その光景を見たのは、私が中学生の頃だった。祖父が使用人を叱責するのは、珍しいことではない。しかし、その光景には、なにか落着けない気分が絡まっていた。

女中は、大声で泣きわめいていた。そして、叱責する祖父の声には、どこか困惑した調子が含まれていた。

「こら、もう泣くのをやめんか」

祖父の声に、いくぶん宥(なだ)める調子があり、女中は一層大声で泣きわめくのである。

その光景を、二十年近く経って思い出した瞬間、突然、私はその光景の隠された意味を悟った。悟った、とおもった。

七十歳近い祖父は、あの肥った醜い女中と密かに関係を結んでいたのではないか。それに違いない、と私はおもった。

祖父は、表に近い方の二階屋の階上の一室を寝室にしていた。そして、女中部屋は平屋建の部分の隅にあった。夜半、あの長い廊下を薄桃いろに膨れ上った娘が、足音を忍ばせてゆく光景が、私の頭の中に浮かび上った。（後日、確かめたところによると、私の考えたことは、事実であった。）

私はその光景を、暗い、むしろ涙ぐみたいような心持で思い浮かべていた。

空襲でその家屋を失った祖父は、田舎の親戚の家の一部屋を借りて、引きこもった。大学生の私がその家へ訪ねてゆくと、衰えの現われた祖父は、白い顎ひげを長く伸ばしていた。彼は、私が別れを告げるとき、

「わしも、このごろはすっかり貧乏してしまってな」

と呟き、私の掌に少額の金を摑ませた。そのときのことも、私はなつかしいような淋しいような心持で思い出していた。

その家を離れて別の都会へ移住したのは、私が二歳の頃である。従って、その家屋についての記憶は、その後幾度も帰郷したときに得られたものだ。

新しい都会で、幼稚園に入るまでの間、四回転居している。しかし、それらの家屋の形は、記憶の中で朧ろである。むしろ、その界隈の地形を断片的に覚えているだけだ。

坂の上に建った家に棲んでいたことがある。そこからは、雑草の茂った野原が見渡された。夕日が、その野原を赤く染めた風景が思い出されてくる。

川の傍に建った家に棲んでいたこともある。川には、朽ちかかった丸木橋が渡されてあった。川沿いの道は、長く白く埃っぽくつづいていた。その道を長い時間歩いて、写真館に写真を写してもらいに行った。その途中、狂人の男が長い竹竿を振りまわして暴れているのに行き遭ったことが思い出されてくる。

しかし、私はむしろそれらの家屋の形よりも、その家屋に絡まる記憶のうち、なにか隠された意味のあるものを思い出そうと試みはじめていた。

今ならば、その隠された意味は、たちまち私の眼の前であからさまになるような気がした。だが、それに類する事柄は、なにも思い出せなかった。

幼稚園に入ってから現在まで、私は十軒に余る家屋に棲んだことになる。それらの家屋の形は、はっきり思い浮かべることができる。私は、ただつぎつぎと、家屋の形を思い浮かべつづけた。

大きな家、小さな家、新築の家、徳川時代から建っていた家、さまざまな家屋が、私の頭の中に浮かんで消えた。

沼を埋立てたのではないかとおもわれるほど低湿の地に建てられた、掘立小屋に棲んだこともあった。入口の土間の傍の二畳の部屋が、私の寝る場所で、眼が覚めると枕が土間に転がり落ちていることがしばしばだった。雨洩りがするのだが、軀を避ける余地がない。蝙蝠傘を拡げ、それをさかさまにして曲った柄を電灯のコードに引掛けて、眠る。雨洩りの水を、傘の布地がしばらくの間は吸い取る。

その家の前の地面に、ある日突然、空から人間が降ってきて、人間の声とはおもわれぬ、機械で合成したような呻き声を発しながら、転がりまわった。電信柱に登っていた工事人夫が、感電して墜落してきたのである。

なぜ、こういう陰気なことばかりが、私の頭の中に浮かびはじめたのだろうか。

それは分っている。私の回想が、最後に棲んだ家に近づくにしたがって、暗鬱な陰が投げかけられてきたのだ。

私はこれからも生きてゆき、あちこちの家屋に棲むことになるだろうが、一応最後に棲んだ家と言っておく。その家を引払ったのは、一年ほど前のことだが、それは無人のまま元の場所に建っている。二部屋だけの木造の平屋で玄関の傍の藤棚は朽ちて崩れかかっている。

それよりも立派な家に移り住むために、私はその家を引払ったわけではない。しかし、そのあたりの事情は、いまは省略させてもらう。

時折、私は黒い土の上に這いつくばっているようにみえる小家屋に立寄ってみる。無人の家と言ったが、そこには一匹の黒い猫が棲んでいる筈なのだ。

黒い猫は、私の飼猫だった。その家を離れるとき、私はその猫を抱いて引越車に乗せようとした。しかし、猫は私の手の甲に爪を立て、車の窓から飛び出して、家の中に走り込んでしまった。幾度試みても、駄目だった。「犬は飼主に付き、猫は家に付く」という諺があるそうだ。

結局、私はその黒い猫をそのまま残して置くことにした。隣家に食事の世話を頼み、六畳の畳のひろがりの中央に座布団を一枚置いて、私は去った。

立寄って家の中を覗いてみても、猫の姿はいつも見えなかった。

「猫はどうしていますか」

隣家でたずねてみると、

「ごはんは、ちゃんと食べにきますよ」

「どこで寝ているのだろう」

「掃き出し口から潜り込んで、座布団の上で寝ているようですよ」

私は礼を述べ、裏口の鍵を開けて、這入って行った。湿った、空家のにおいがしたが、獣のにおいはしない。しかし、黄色くなった畳のひろがりの中央に置かれてある座布団の布地を調べてみると、そこに獣の灰色のこまかい毛がたくさんこびり付いているのが見えた。

夜更け、背をかがめるようにした黒い猫が無人の家に潜り込み、座布団の上に乗って、四肢を折るようにして軀を低くし、やがてくるりと丸くなって横たわる姿を思い浮かべると、私は一種身震いに似た感情を覚えた。


疾走してゆく汽車の座席に腰をおろした私の家屋についての回想は、そこで堰止められた。無人の家と黒猫とによって引起された感情を検べ、その裏に隠された意味を探ろうと試みて、

「今ならば分る筈だ」

私はそう呟いた。

しかし、その一種身震いに似た感情が、拠ってくるところのものは、甚だ複雑な形をしているようだ。私はその形を正確に摑むことができない。

家屋の形を思い浮かべることによって紛らわすことのできていた気分も、また元に戻りはじめた。時間が濁った白色に粘りはじめ、意地悪く絡み付いてきた。私は、別の機会に、その複雑な形をできるだけ正確に調べ上げようとおもった。

出口

その部屋を、彼は足音をたてないようにして出た。

見張りの男がいるわけではない。しかし、見張りに似た役目の男はいる。半ば強制的に、彼はその部屋に閉じこめられたが、半ばは彼自身すすんでその部屋に閉じこもったのである。したがって、部屋を出るところを発見されても、大事に至りはしない。見張りに似た役目の男が、大きな眼をぎろりと光らせて、「おや、お出掛で……、しかし、そんなことをしていていいものですかねえ」と言うだけだ。

だが、それが何より恐い。あの男の眼は、眼のかたちが裏表まるごと分るように出っ張っていて、よく光る。

長い廊下を忍び足で歩き、玄関から戸外へ出た。路上に、小型自動車が停っている。数日間、置き放しにされていたため、塵埃（じんあい）を白く被っている。紺色の車体なので、塵埃の白さが目立った。

車を運転して、彼は走り出した。目的地は定まっていないが、なるべくあの部屋から遠く離れようとおもう。広い道に出て、北へ向って走りつづけているうち、空気のにおいが変った。都会を離れたとみえて、道は舗装されているが、左右のひろがりが田園風景になった。

空腹を、彼は覚えた。

あの部屋の近辺には、食べ物屋はそば屋が一軒あるだけだ。朝はもりそば昼食は抜きで夕は親子丼という献立が、長い間つづいている。

そのようにして、その部屋で何をしているかといえば、目下のところ目立ったことは何もしていない。寝たり起きたり立ったり坐ったりして、頭脳だけは絶え間なく回転させている。密閉されている部屋で、そういう状態を続けていると、全身から脂汗のようなものが滲み出してくる。皮膚の外側ばかりでなく、心臓や肝臓などの表側にも、白く蓄(たま)った脂を感じるようになる。そのことが、彼にとっても、彼を見張っている男にとっても、必要なことなのだ。

鏡張りの小部屋に、三七(さんしち)二十一日間、蟇(がま)を密閉することによって、蟇の油が採れるという。やがては、密閉された彼からもそれに似たものが採れ、採れたものの質が良ければ、それは貴重なものであり、また金にも換わる。

車窓から流れ込む風に、秋の気配が混じり、それが一層彼の空腹を刺戟した。

いままで地平線に消えていた広い道の行手が凸凹になり、やがて建物の群となって立塞がった。

長い橋を渡ると、道は地方小都市のなかに這入り込んだ。村里ではなく、小都市であるが、戦災に無縁だった家屋は何百年も昔からそこに建っているように黒ずみ、薬屋の前を通ると仁丹(じんたん)と中将湯(ちゅうじょうとう)のにおいが漂ってくる錯覚が起る。

その感じが彼の緊張をほどき、彼は車を川岸の土手の上に置いて、町の中に歩み込んでいた。

町角に大きな酒問屋があり、その隣にテンプラ屋がある。食べ物屋を見付けようとしてこの未知の町のなかを彼は歩いているのだが、天丼ならばあの部屋の近所のそば屋にもある。

横丁に折れ込んでみた。土が剝き出しの地面で、道の片側に溝がある。溝の縁に茂った草は、黄ばんでいるが枯れてはいない。溝を流れている水は、案外きれいで、もう少し早い季節であったならば、草と水との間で宙に浮いている糸とんぼが見られただろう。

立停って溝を覗き込んでいた彼が、背を伸ばして歩き出そうとしたとき、傍の家の台所口が眼に入ってきた。戸が半ば開いて、薄暗い土間の光景が彼の眼を惹いた。

土間の隅に、大きな笊(ざる)が積み重ねてあった。水洗いされた空の笊なのだが、その細かい網目の一つ一つに、ぬめりの気配が残っているような気がした。

そのような気がしたのは、咄嗟にその台所口を彼が鰻屋の料理場につづく土間だ、と判断していたためかもしれない。

一歩近寄って、眼を凝らすと、果して土間の奥にもう一つの笊があった。その笊の中には、盛り上るほど鰻が詰め込まれ、絶え間なくぬるぬると動いているらしい。背の黒と腹の薄黄色との絡まり合い、絶えず変ってゆく色の配合……、それを彼は薄暗い空間の奥に見た。

人影は、見えない。

水が撒かれた土間と、片隅に整然と積み重ねられた空の笊と、鰻の詰った笊。そのたたずまいから、彼は繁昌している鰻屋と、腕の良い職人を感じた。

「うまい鰻を食べさせそうだ」

台所口を離れた彼は、その建物に沿って歩き、玄関を探した。

しかし、料理屋の玄関といえる入口は見当らない。磨ガラスの格子戸が入口なのだろうが、鍵をかけてあるとみえて、開かない。

もう一度、その家の周囲をまわってはじめて彼は気付いた。窓は全部雨戸で閉されている。

そして、その家が鰻屋であるという標識は、何一つ掲げられていない。

半ば戸が開かれた台所口の内側の光景が無かったならば、空家としかおもわれない。

「こんにちは」

台所口に首を差入れて、彼は声をかけてみた。時刻は夕方だが、戸外はまだ昼の光である。土間は薄明るく、その奥は暗い。雨戸が光を遮っている。

「こんにちは」

応答は無い。しかし、奥の暗がりに、人の気配を感じたようにおもった。呼声に応じて立って来ようとする気配ではなく、身を竦(すく)め暗がりに蹲(うずくま)っている気配である。彼のすぐ眼の下、土間に撒かれた水の湿りが、奇妙になまなましい。

繰り返して声をかけることをやめ、彼はその台所口を離れた。


牛肉屋の二階が食堂になっていて、彼はそこでスキヤキ鍋に向い合った。瓦斯(ガス)コンロに載せられた鍋は、一人用の小さなものである。ビールの酌をしてくれている女に、彼は訊ねてみた。

「あの家ですか……」

女の顔に、翳が走った。

「あの家は、鰻屋じゃないのか」

「鰻屋ですよ」

「今日は、休みだったのかな」

「いいえ、そんな筈はありませんよ」

「でも、入口に鍵がかかっていた」

「鍵じゃありません。入口はいつも釘付けなんですよ」

ビールを飲みほしたコップを女の手に握らせ、彼はそのコップを満たした。女は息を継がずに飲み、仰向いた咽喉が上下に動いた。無骨な田舎女なのだが、その咽喉のあたりの皮膚だけ、肌理(きめ)こまかくて白い。

「あの家の鰻はおいしいのですよ。有名なんです」

と、飲み終った直後の湿った声で、女が言った。

「おいしいといったって、入口が釘付けじゃ食べようがない」

「出前です。出前なら、食べられるのですよ」

「出前専門か。しかし、なにも入口を釘付けにしなくてもよさそうなものだが」

「それがねえ……」

女は言い淀んだが、舌の先が素早く上唇を舐めたのを彼は見落さなかった。この女は、喋りたいのだ。鰻屋には、なにか秘密が匿(かく)されている。

鍋の肉が煮詰り加減になったので、彼は箸で引上げ、ビールのおかわりを注文した。腰を据えて、女から話を引出そうという姿勢になった。

「あの家は、兄さんと妹とで、夫婦で住んでいます」

と、女が小声で言った。

「都合、四人暮しか」

「二人ですよ」

「二人？」

「二人です。だから、雨戸を閉めて、入口を釘付けにしているのですよ」

「それで、自分の家には、客を入れないんだな」

「そうでしょうね。だけど、ご主人の方は平気な顔で、出前を運んできますよ」

「平気な顔って、どんな顔だ」

「どんな顔……、普通の人と同じような顔ですよ」

「笑うかい」

「そういえば、笑い顔は見たことがないし、あまり口をききませんね」

「おかみさんは、どんな人なんだ」

「おかみさんの方は、外へ出たことがないので、顔をみたことがないわ」

「もう長いことか」

「さあ、もう二十年くらいになる、という話だけど」

「二十年……」

牛肉屋の女の話によると、鰻屋の兄妹の関係は、なかなか世間に知れなかった、という。ところが、兄妹それぞれに持ちよる縁談がつぎつぎと毀れてゆく。それも、兄の場合には妹が、妹の場合には兄が、その縁談に邪魔を入れ、毀れるように仕向けてゆく。

そのことが度重なるうちに、噂が立った。やがて、そのことを裏書きするように、雨戸が立てられ入口が釘付けにされた。二人が自分たちを密閉してから、二十年が経つ。兄は、五十に届く年齢になっている筈だ、という。

川の畔(ほと)りの町から戻ってきて、ふたたび部屋に閉じこもったとき、得体の知れぬにおいが微(かす)かに漂っているのに気付いた。

脂くさいような、饐(す)えたような、厭なにおいである。

間もなく馴れて感じなくなったにおいが、時折不意に鼻腔に突き刺さる。

部屋を抜け出た日とその翌日、彼は落着かず苛立ち易くなった。部屋の中央に坐って、出口を探すように、周囲を見まわす。

部屋の出口は、眼の前にある。障子を開いて廊下へ出れば、それは戸外へ通じている。

しかし、彼にとって、それは出口ではない。むしろ、部屋に密閉され、脂汗を滲ませつづけることが、出口に通じる道である。自分の手で、出口の障子を釘付けにしてしまう気持が、分る。

鰻屋の主人は、最初はそういう気持で格子戸を釘付けにしたわけではあるまい。最初は、入口を釘付けにして、世間の眼と声を遮断しようとしたにちがいあるまい。だが、長い間には、出口を釘付けにした気持に移り変ってきているかもしれない。出口を塞いだ暗闇の中で、精いっぱい軀をふくらませ、妹を腕の中にかかえ込んで転がりまわる。

しかし、そのことによって、出口が開けてくることは、結局起りはしないだろう。地上にアダムとイヴの二人きりしかいなかったとしたら、人間が現在の数にまで殖えるためには、親子相姦兄妹相姦の一時期があった筈だ。その時期には、そういう男女関係において、人々は罪を感じることなく、細胞はふくらみ漿液は燦めいた。だが、そのことが、男女関係の正常な形と看做される時期は、二度と戻ってはこないだろう。

見張り役の男が、部屋に這入ってきた。空気が揺れて、あの得体の知れぬにおいが、彼の鼻腔を刺した。

「これ、なんのにおいだろう」

「なんだ、いままで気が付かなかったのか」

「二日前に、気が付いた」

「もうずっと前からのことさ。豚のあぶらのにおいだ。この部屋に閉じこもったある人物が、七輪を持ち込んで豚を焼いた。そのにおいが、畳か壁に染みこんでしまって、どうしても抜けない」

そういうと、男はめずらしく優しい顔つきになって、

「ま、それも仕方がない。毎日、そば屋の献立ばかりじゃあね。どうです。ちょっと一緒に出掛けてみようか」

「それ、本気かね」

閉じこもることによって出口を見付けようとする彼の決心は忽ち崩れ、尻が畳から持上った。

「本気だとも。ぼくだって、血も涙もある人間だからね」

二人は、厚く塵埃を被った小型自動車に乗って、走り出した。

「何を食べようか、魚か肉か。洋食にしようかな、日本料理にしようか」

彼が訊ねると、見張りの男は、

「喰い気もいいが、水が見たくなった。どこか川の流れているところへ行ってみよう」

彼は戸惑った表情になったが、すぐに車を北へ向けた。

都会を離れ、田園風景の中を走り、長い橋を渡ると、土手の上に車を乗り入れて停った。

二人は車から降り、川に向って立った。眼の前に、河原のひろがりと水の流れがある。男は、高く頭上に持ち上げた両腕を、がくんと下に振りおろし、

「芒が穂を出している。ぐふん、秋だなあ」

と、鼻の奥を鳴らして言った。

「はらがすいた」

警戒して、彼は話題を捩じ曲げた。

「空気がいいからね、しかし、こんな町になにか食うものがあるかな」

「うまい鰻があるそうだ」

「鰻？　それはまた、へんなことに精しいんだな」

男の顔に、怪しむ表情は浮かばず、二人は車内に戻った。しかし、走り出そうとすると、片方の車輪が空まわりして、エンジンの音が矢鱈に大きくひびくばかりである。

男が、調べるために車から降りた。

「柔らかい砂地に、車輪が落ちている」

「さて……」

彼がハンドルを握ったまま処置を考えていると、男が言った。

「おれが押してみる」

「押したぐらいじゃ……」

「アクセルを踏んでくれ」

その声が聞えたときには、すでに男は車のうしろに立って、車の尻に両方の掌を当てがい、軀が斜めに向いた一本の棒となった。

遮二無二、挑みかかる姿勢で、「これは車を押す恰好ではない」と彼がおもった瞬間、車体が左右に振れながら砂地を脱け出した。


町の中を車を走らせ、眼に留った宿屋の門口に車を停めた。

「宿屋の鰻か」

「ここに一まず上って、鰻屋に注文しようという寸法だ。出前しかしない鰻屋なんでね」

「出前しかしない？　変った店だな」

宿屋の玄関に入ろうとして、駐めてある車の傍を通ったとき、車体の後部が彼の眼に映った。おもわず、彼は歩を止めた。

白く塵埃を被った車体の上に、二つの手形が残って、紺色に塗られた金属の地肌が鮮やかに覗いているのだ。その手形は、掌にこめられた力の烈しさを現わして、十本の指の跡が総ての関節のふくらみまで露わにして、くっきりと残っていた。

その手形は、砂地に落ち込んだ自動車を押し上げた痕として、彼の眼には映ってこない。眼の前に立ち塞がっている厚い壁を、押し退け押し開こうと踠いている痕なのだ。その力の烈しさは、男の心に蟠まり結ばれているものの大きさを示していた。

部屋の中に彼は閉じこもり、その外側で男は見張りに似た役を果しているため、彼は男も自分と同じ平面に立っていることに考えを向ける余裕が無かった。迂闊と言わなくてはならぬ……、と彼は心に呟いて、掌のかたちに露わになっている紺色の金属板の一部に、じわりと指先を押し当てた。

宿屋の部屋は、畳が黄色く陽焼けしていた。

「へんな頼みなんだが……」

と前置きした彼の注文を、女中は不審な顔もせずに聞き、

「ときたま、そういうお客さんもお見えになりますよ」

「出前しかしないというのは、不便だね」

「なんせ、偏屈ものの店ですから……」

女中の顔にも、先日の牛肉屋の女と同じように翳が走った。しかし、その翳は目立つ程のものではない、と彼は確かめる気持で女中の顔を眺めていた。

川が見たい、と言った男の心に、それ以上余分のものを這入り込ませたくなかった。戸口を釘付けにし、雨戸を閉め切った家の像を、這入り込ませたくなかった。

「中串を焼いてもらいたいんだが、そうだな、偏屈もののことだから、余計な注文はしないで委せておいた方がいいか。ただ、キモスイは忘れずに……、肝も二、三本焼いてきてもらお

うか」

「それがお客さん……」

女中の顔に、ふたたび翳が走った。

「キモスイも肝の焼いたのも、つくってくれないんですよ」

「おどろいたね、キモスイをつくってくれないとは。なぜだい」

男が訝しそうに女中に訊ねた。

「さあ、なぜか知りませんが、ずっと以前からそうなんですよ」

「仕方がない、なにか適当な吸物をつくってくれないか」

と会話を打切るように彼は口を挿み、女中はうなずいて姿を消した。

毎日、たくさんの肝が鰻屋の夫婦の口に這入ってゆく。おそらくは、生肝のまま這入ってゆく。暗い家屋の中の血塗れになった二つの唇が、彼の脳裏に浮かび上ってくる。その二つの唇は、向い合い触れあい、執拗に吸い付き探り合う。

細胞は暗い血でふくらみ、漿液は緑青色に燦めく。

宿屋の部屋で、二人の男は長い時間、待たされた。彼らは黙りがちに坐りつづけ、ニス塗りの机の上を明るくしていた陽が陰った。男が立上って電灯を点そうとしたとき、自転車の停る軋んだ音がした。

「きたのかな」

男は部屋を出て行った。

やがて女中が重箱を運んできて、机の上に置いた。

「つれは、どうした」

「お手洗のようです」

ハンカチで手を拭きながら、男が戻ってきた。

「いま、なぜキモスイをつくらないのか、訊ねてみた」

「それで返事したか」

「天然うなぎなので、肝から釣針が出てくると危いから、というんだが……。針を嚙み当てると、縁起がいいということになっているんだがね」

「自転車に、乗ってきたのか」

「いいや、あれは違っていた。間違ったために、偶然会えたわけだ。重箱を二つ風呂敷に包んで、かかえるようにして持ってきた」

「どんな男だった」

「五十年配の、背の低い……」

見張り役の男は、そこでしばらく考えて、結局言葉を見付け損(そこな)った口ぶりで言った。

「陰気な男だ」

技巧的生活（序章）

暗くなってから、にわかに気温が昇ったためか、霧が立った。都会には珍しい濃霧で、黄色いフォグ・ライトを点した自動車が、街路をのろのろと走っていた。

少女は、青年と指先を絡み合わせたまま、歩道を歩いていた。日暮れ時から、二人は街を歩きまわっていた。歩いているあいだに、霧が立籠（たちこ）めたのだ。

歩きまわっているだけで、少女は愉（たの）しかった。まだ霧の立たない時刻に、一度だけ、青年は旅館の軒灯（けんとう）の前で立止まったが、少女が怪訝（けげん）な顔で青年の顔を仰ぎ見たので、彼はすぐに歩き出した。

広い十字路で、二人は立止まった。信号灯の赤が、にじんで朧（おぼ）ろに見える。眼の前の道路が水の拡がりのように見えた。

「川岸に立っているようだわ」

「渡し舟が要るね」

「あたし、渡れない」

少女は後退みし、うしろに向き直った。歩道の傍に軒を並べている商店の灯が、黄色く連なっている。店構えは、朧ろげに見分けられた。果物屋の店先に並んでいる林檎の赤が、眼に映ってきた。そのとき、男が言った。

「林檎を齧りましょう」

「咽喉が乾いた」

「え？」

「ここでまっていて」

少女は果物屋に歩み寄った。近付くにつれて、林檎の赤が光沢を帯びて眼に映ってきた。しかし、少女は緑色の林檎を探した。霧の中では、緑色の林檎を齧りたい、とおもったのだ。一つだけ買い、剝き出しのままの林檎を摑んだ片腕を深く曲げた。胸の前で、緑色の果実を捧げ持つ恰好になって、振返った。明るい店先から、暗い街路に向き直ったためか、霧は厚ぼったい幕のように見え、男の姿は無かった。

一時間ほど前に男が立止まったのは、旅館の前だったことを、少女はにわかに鮮明に思い浮べた。置き去りにして、男は一人で何処かへ行ってしまった、と少女はおもった。

「洋一さん——」

絶叫して、霧の中に走り込んだ。

「葉子さん――」

声が聞え、青年の胸が、眼の前にあった。烈しくその胸に突当り、弾き返される少女の軀を、青年は両腕で支えた。

少女の軀は、青年の両腕の輪の中に入り、唇が合った。少女にとって、生れてはじめての接吻だった。五本の指でしっかり摑んで、胸の前で支えている緑色の林檎が、二人の胸のあいだで堅くぐりぐり動いた。

ふたたび、二人は歩き出し、街の裏側の方へしぜんに足が向いた。

標識に似た白い板が、少女の眼の前で、斜めに傾いて立っていた。突然のように、その白い板は少女の前にあらわれ、その上に記された文字がはっきり眼に映った。

立入禁止。

低い柵があり、その向うに平坦なひろがりがあった。芝が植えられているようだ。巨きな樹木の黒い影が、空に向ってそそり立っていた。

「入ろうか」

青年が誘った。少女は頷いて、低い柵を跨いだ。

少女は、平坦なひろがりの中の一つの点になった。それが、少女を頼りない気持にさせ、樹木の黒い影に向って歩いてみたが、その影は同じ大きさで、すこしも近付いてこない。少女は立止まった。

「疲れたわ」

そのまま、芝生の上にうずくまった。青年も並んで腰をおろし、その肩が少女の軀を押した。少女は首をまわし、そこに青年のいるのを知った。頼りない気持が起り、地面にうずくまるまでの短い時間、青年の存在が頭の中から消え去っていたことに、少女は気付いた。怪訝な気持になり、少女は確かめるように、傍の軀に軀を凭(もた)せかけた。

電車の走ってゆく音が、遠くの方で一しきり鳴り、やがて物音が聞えなくなった。しかし、静寂というのとは違う。半透明な静かさだ。霧が、単調な微かな音を立てつづけているようにもおもえる。

「なにか聞える？」

「なにも」

青年の手が、少女の膝頭(ひざがしら)に触れた。

「雨には音があるわね」

「地面に落ちるとき、音がするさ」

「それだけかしら。霧が流れるときは？」

「なにを考えているんだ」

青年の手が、膝頭の内側に移動しかかった。少女は咄嗟に堅く両脚を合わせたが、その振舞いを咎められでもしたように、すぐに脚の力を脱いた。

音が聞えてきた。短い、しかし長く尾を曳く音が、単調に断続して鳴っている。厚い霧の幕の向うから、小さく聞えてくる。

こおーん、こおーん。

澄んだ、しかしうつろな音である。磨かれた木の板を、木槌で打つような音。いや、すこし違う。銭湯で、浴客たちが木の桶を使っている音に似ている。

少女は腿の内側に青年の掌を感じ、その音に心を委ねた。

音が消え、少女は青年の掌を、鋭く感じ取った。不意に、背後の闇のなかで、女の啜り泣きの声が聞えた。その声はしばらくつづき、男の声が混った。

「もう、子供はつくらないことにしようね」

女の背を撫でている男の手が眼に浮ぶような、宥める声音である。しかし、命令する口調も混っていた。

女の泣き声が高くなった。少女が軀を堅くしたとき、青年の手に烈しい力が籠もった。

錆びた海

いろいろの海がある。

都会の傍の青黒い海がある。ここでは、陸と海との関係ははっきりしていて、陸地が海を取囲んでいる。海の傍には、なだらかな砂浜は無い。コンクリートの倉庫や逞しく顎を開いた起重機や黒いガスタンクなどのデコボコの境界線を、海は突き破って陸に喰い入ろうとしたが、駄目だった。都会の排泄物と廃液を絶え間なくそそぎこまれ、悪臭を放って鎮(しず)まりかえっている。屍臭であり、死んだ海だ。ここでは、時刻によって、海自体がその様相を変えることはない。海は色を変えるだけである。赤い海、橙色の海、鼠色の海。その色はいつも濁って澱(よど)んでいる。月の光を映す海も、銀色にかがやく薄い表皮がむしろその下に横たわっている海の青黒さを、強く思い出させる役目をしてしまう。

海に口を開いている運河も、新しい水をそそぎこみはしない。海と同じ色で澱み、臭(にお)いを放っている。海が陸に喰込もうとして踠(もが)いた最後の爪痕のように、それらの運河はみえる。

その海を一隻のモーターボートが走っていた。舟の中にいるのは、舵を握っている戦争で片腕を失くした男と、装飾品をたくさん身につけた未亡人と、そして少年の日の私。

船尾を水に沈めたままに放置されている鉄の船が、昼の光を浴びて、黒く蹲まっている。その廃船が、華やいだ気持でいる私の眼にロマンチックに映ってきた。しかし、その気持は長くは続かなかった。

モーターボートは目的地を定めずに水の上を走りまわっており、やがて運河に入って遡行をはじめた。

浚渫船が起重機を動かしていた。川底から掴み出されたものが、積み重なってゆく。土の色は異様に黒く、粘りの強いなめらかさで光っていた。川幅はにわかに狭められ、モーターボートは身をすくめて浚渫船の横をすり抜けてゆく。

厭な予感があった。黒い土の臭いが鼻腔に入り、私は自分の剝き出しの足音を思い浮かべた。その足を土の上に載せると、両足の八つの指の股に、粘った光る土が舌を差込んだように入りこんでくる。その感触がなまなましく思い浮かべられた。

不意に、歓声が起った。川岸は崩れたコンクリート道である。その道を踏みつけて走ってゆくたくさんの跣の脚が眼に飛び込んできた。視線を上げると、汚れた顔の中で一ぱいに開いている口がみえた。川岸の上の空間に、赤い粘膜を大きく覗かせた沢山の口が浮かんでいる。

貧民窟の子供たちが、遡行するモーターボートと並んで走っているのだ。未亡人が、揺れる舟の上に立上った。フットライトに照された舞台上のスタアの素振りになっている。驕慢な微笑が浮かび、右手が大きく動いた。掌に摑みこまれたキャラメルの粒が飛び、川岸の道に撒きちらされた。歓声がひときわ高くなり、未亡人の顔の笑いが濃くなった。子供たちは、道の上を這いまわって、キャラメルの粒を拾い集めている。一人の子供が岸の端に立ち、両手を挙げて催促した。未亡人は、バナナを一本ずつ房からもぎ取って投げ与えはじめた。道のコンクリートに落ちるバナナの鈍い重たい音が、ひびく。

腕が振り上げ振り下ろされるたびに、手首に嵌(は)められた象牙の腕輪の触れ合う音がひびく。堅い冴えた音なのだが、私の耳に粘りつく音で届いてくる。不意にどぶ泥の臭いが一段と強まった。

青く澄んだ海と、陽光にかがやく白い波頭と、潮の香をはらんだ風に、私は憧れた。モーターボートはふたたび運河を下って海に出た。そのときには、廃船はもうロマンチックなものではなく、赤黒く錆びた鉄板の堆積(たいせき)にすぎなかった。風が出て、舵を握っている男の腕の入っていない片袖が、ぷらんぷらん揺れつづけた。風は、廃液と排泄物のにおいを運んできた。それともう一つの異臭……、先刻、運河で不意に強くなったあの臭い。そのとき、私にようやく分った。それはどぶ泥の臭いではなく、女の腋臭(わきが)と化粧料のまじり合ったにおいである。

私は、未亡人を烈しく嫌悪した。その臭いは、私の心の片隅に滲みこみ、いつまでも消えぬものになった。

少年の私は、砂丘の上に一人で坐っていた。

私の前には、青く澄んだ海がひろがっており、かがやく波頭があった。潮風が、私の頬をかなり強く撫でた。

景色と向い合って、私は倦(あ)きはしないが、どこかに不満と不安があった。眼の前にある海は、あきらかに生きて動いていた。水は都会の傍の海とつながっている筈だが、その二つの海は別のものだった。都会の傍の海をモーターボートで走ったとき、私は周囲にひろがる水への恐怖をすこしも感じなかった。

しかし、砂浜と水平線とのあいだの大きな拡がりの中に、ボートで置かれたとき、私ははげしい恐怖を覚えた。水の粒子の一つ一つが生きていて、歯をむき出して私を狙っている。日光は、空と海面でギラギラ輝き、その光は強すぎる。潮風は、塩辛すぎる。無機物のかがやきでありにおいであるが、そのくせ確かに生きていて、私を狙っていることが、恐怖を起させる。

不意に、あの運河の臭いを、鋭く思い浮かべた。どぶ泥と腋臭のまじり合ったその臭いの人間くささを、私はそのとき懐しんでいた。

ここの海とつながりを持つことは厭だ、と私はおもい、砂丘の上なら安全だ、ともおもい、海に眼を放っていた。そのとき、幾重にも並んで近寄ってくる波頭の白い条（すじ）の一つが、にわかに大きく膨れ上った。水が立上った、とおもった。高い水の壁が、そのまま砂浜へ向って歩いてくる。

錯覚ではなかった。はるか沖合に、マッチ箱ほどの大きさの黒い軍艦が見えた。軍艦波だ。そうと分った後も、海が砂丘の上まで攻め寄せてきて、無理につながりを持とうとしている不安を消すことができない。

波の砕ける音がひびいた。私は耳をおさえて砂丘を裏側へ駆け降り、田舎道を走った。長い距離を走りつづけているうちに、軍艦波はおさまった。不安は消えなかったが、私は海水浴場へ足を向けた。

葦簀（よしず）張りの売店で、ラムネを買って飲んだ。その小屋の前に、四角いガラス箱が置いてある。箱の中には小さな起重機が据え付けられ、キャラメルの箱やキャンディの包みが積み上げてある。箱の外のハンドルとボタンを操作することによって、起重機が顎を開き、鋭い歯で床の菓子に嚙み付いてゆく。

そのガラス箱に、私の軀は貼り付いてしまった。海は、私の背中の方角にあった。空と水と砂浜と樹木は消え失せて、小さな起重機だけが、眼に映っていた。浚渫船の起重機と同じ動きを、その玩具は繰返した。箱の腹に開いた口から、キャンディがつぎつぎと滑り出てきた。モーターボートの上に立上った未亡人の姿態が、無智な動物のようにみえたことを、私は思い出していた。起重機は、何回も、何十回も、同じ動きを繰返している。

「もう、やめなさいよ」

声が、背中のところでひびいた。振向くと、少女が立っていた。真黒い陽焼けした顔は、見覚えがあった。避暑にきている私の一家は、雑貨屋の二階に部屋を借りていた。その隣家の漁師の娘だ。

「よく倦きないわね」

「やめようとおもっても、止らなくなっていたんだ」

少女は、呆れた顔のまま、言った。

「馬鹿ね」

「………」

「蟬をとりに行かない」

少女と並んで、歩き出した。一たん雑貨屋へ戻り、モチ竿を持って出かけることになっていた。私たちは近道を選び、両側から雑草の覆いかぶさっている細い道を歩いた。不意に、少女が立止った。

「ちょっと待って」

着物の裾を高くまくり上げ、雑草の中に少女は蹲まった。小さなまるい尻は褐色をしていた。潮風と日光がそこに滲み込んでいた。小さな見馴れぬ動物が、私の前に蹲まっているようにみえた。手がかりを失った気持で、私は褐色の皮膚を眺めていた。あの未亡人の軀から動物のにおいが立上ったとき、私ははげしく嫌悪したが、手がかりは私の前に置かれてあった。余りにはっきり分り過ぎて、私が持て余したということでもある。

二つの海は、別々の海である。その傍の土地も、別々の土地である。そして、私はやはりあの悪臭を放つ死んだ海の傍の土地に住む人間だ、と悟った。

いろいろの海がある。世界中の海の水は、すべて繋がっている筈だが、やはりいろいろの海がある。一つの海の傍の土地で葉を繁らす樹木が、別の海の傍に植えかえられたとき、同じように緑色でいるとは限らない。

枯死しているようにみえる樹木の中に、粘って光る黒い樹液が満ち溢れている場合がある。その樹木にとっては、それが生きていることだ。別の土地に移し植えると、本当の枯死が来る場合がある。

童謡。

世界中の海が／一つの海になっちゃえば／どんなに大きな海だろな。

世界中の木が／一つの木になっちゃえば／どんなに大きな木だろな。

世界中の斧が／一つの斧になっちゃえば／どんなに大きな斧だろな。

世界中の人が／一人の人になっちゃえば／どんなに大きな人だろな。

大きな人が／大きな斧で／大きな木を伐り／大きな海へ／ばたんずしんと倒したら／どんなに大きな音だろな。


二十数年経った。その歳月のあいだ、私はずっと都会に住んでいた。ある日の昼、不意に今野の訪問を受けた。彼は画家で、地方の港町に住んでいる。そこの海は、荒々しい、生きている海だ。彼は一人の少年を連れていた。

「この子が、今度、展覧会に入選してね」

と、彼はある有名な展覧会の名を言った。少年は、十六、七の年齢で、毬栗頭(いがぐり)である。

「ずいぶん若いのに、偉いね」

「これまでの最年少ということで、テレビに出ることになった。おれの教え子ということで、一緒に引張り出された。漁師をして、絵具代を稼いでいる」

少年は、光る眼で私を見た。その眼は澄んでいて、白い波頭と輝く太陽を映していた。

「これからテレビ局へ行くわけだが、ちょっと弁当をつかわしてもらう」

風呂敷包を、少年が開いた。

「この子の家で鮨をつくってくれた。君も一つどうだ」

少年は鮨を一つ掴んで差出し、素朴な訛りをひびかせて、私にすすめた。その鮨は、握り飯ほどの大きさで、横腹に魚の赤い切身が貼り付いていた。

今の私は、眼の前に不意に、漁師の娘のまるい褐色の尻があらわれても、手がかりの付かぬ気持にはなりはしない。掌にいっぱいになっている握り鮨を、私はほほえましい気持で受取った。

翌日、展覧会場で、少年の絵の前に今野と私は立っていた。

画面いっぱいに、一隻の漁船の舳(へさき)が描いてあった。舟も海も、赤錆色に塗られてあったが、それは腐蝕の色ではなかった。濃い潮風と太陽とのまじり合った、強い色である。舟も海も、強い直線で描かれ、曲線はほとんど見当らない。具象画だが、強い色と強い線が、抽象的な効果となっていた。その絵に、少年の眼に映っていた海が重なった。

「悪くないだろう」

今野が絵に顔を向けたまま、言う。

「悪くない。しばらくぶりに、君の町の海が見たくなった」

「おれが帰るとき、一緒にきたらどうだ。旨い魚を食わせてやる。……それに、今度はもう大丈夫だろう」

「大丈夫だとおもうが……」

その港町の荒々しい海を、私は気に入っているつもりだった。しかし、その海の傍の土地へ行くと、かならず私の軀は不調を起した。懲りずに、私は幾度も出かけて行ったが、その度に軀に異変が起る。濁って錆びついた海の傍の都会に戻ってくると、異変はすぐにおさまった。煤煙と塵埃の空気の中で、軀が蘇えることは、考えようによっては逞しさにつながる。だが、いろいろの海の傍のいろいろの土地で、平気で生きてゆけるようになりたい、とおもっている。今野は旨い魚を喰わせるというが、私は彼の土地にある海を喰べてしまいたい、とおもった。

しかし、今度もまた、到着した翌日の夜から私の軀は不調を起し、我慢し切れず三日目の朝の汽車に乗った。


さらに、五年の歳月が過ぎた。

その間に幾度か、私は今野のいる港町に行き、軀の不調を感じて戻ってくることを繰返した。廃液と排泄物とで澱んでいる海と私は馴れ合ってゆくことができるが、港町の海を私の軀の中に容れ消化してしまうことには、いつも失敗してしまう。その海の荒々しさよりも、あまりの明るさと輝きとに、私の軀は馴染むことができない。

一年以上、私は今野のいる土地に行かないでいた。

ある日の昼、今野から電話がかかってきた。展覧会の季節で、上京してきた彼は上野界隈に宿を取っている。

「今朝の網でとれた鰯を持ってきてやった。人差指くらいの大きさの一番旨いやつだ。すぐ取りにきたらどうだ」

旅館の薄暗い廊下の壁に、大きな絵がたてかけてあった。

「この絵は、何だ」

今野はあの少年の名を言い、

「今度は、最終の審査で落ちてね。おととい突然この宿にやってきたあいつが、おばさん絵をやるよ、と女将に言って、この絵を置いて行ってしまったのだそうだ」

狭い廊下で背を跼めて、私はその絵を覗きこんだ。油絵具でデコボコになった画面が、眼のすぐ前にあった。錆色の赤い絵だが、薄明かりのなかの絵には、五年前の濃い潮風と太陽とのまじり合った赤錆色とは違う暗鬱さがあるようにみえた。地曳の網を、画面いっぱいに抽象化して描き、その奥に赤錆色の砂浜と幾隻かの漁船が小さく描かれていた。漁船の輪郭に、繊細な曲線が加わっていた。

その変化に、私は興味をもった。

「おもしろいじゃないか」

「そうか。おれも、ちょっと良いとおもうのだが。女将は、絵具代になるくらいの値段で、どこかへ売ってやろうと考えているようだが」

「おれが買おうか」

「そうしてくれれば、具合がいいが」

私たちは絵の前を離れ、今野の部屋に入った。

「あいつは、二年前から東京へ出ていてね。いま、新宿のスポーツランドに勤めている」

「それは、知らなかった」

「事務室に勤めているわけだが、装飾なども受持っている。バーの女の子と一緒に暮していてね、あいつはもう別れたいらしいんだが、別れてもらえない。結構一人前に悩まされているわけだよ」

私は、絵の赤錆色の変化について、考えていた。

「君は、スポーツランドみたいなところは、好きだったな。どうだ、ちょっと行ってみようか」

今野が言い、私は鰯の入った竹籠をもってすぐに立上った。

「なにしろ矢鱈に大きな絵だからな、あとであいつに運ばせてもいい」

「いや、ついでのときに寄って、持ってゆくよ」

スポーツランドは、少年の日からずっと私の愛好する場所である。そこには、都会生活の猥雑と技巧としたたかさと、そして童心がまじり合って溢れている。アメリカ製電気仕掛の射的があり、昔ながらのコルク銃の射的もある。金魚すくいの隣に、複雑な機械の野球ゲームがある。鉄板製の赤鬼の腹に、硬い球を命中させると、片腕に摑んだ鉄棒を唸りながら持ち上げる。開いた顎と眼の中に、赤いランプが点る。

今野が、事務室から少年を連れてきた。毬栗頭が長髪になり、少年は青年になっていた。

「おまえの絵が売れたぞ」

「済みませんでした」

素朴な訛りは消えていたが、都会人風の愛想の好さは無かった。暗い眼の中に、挑むような光があった。私は赤錆色の二つの絵を思い合せ、その眼の中を覗いた。しかしそこに白い波頭と輝く太陽があるかどうかは、曖昧だった。

買った絵は、おもったよりもはるかに大きく、自動車の中に入らないので、私は車の屋根に縛り付けて持ち帰った。障子二枚ほどの大きさで、その絵は部屋の壁の一面をほとんど占領した。

部屋を訪れた友人に、私は絵を指し示して言った。

「ちょっと良いだろう」

「しかし、いささか健康すぎるね。明るすぎるし、逞しすぎる……」

「以前の絵はそういう言い方もできたが、この絵がそうとはおもえないが」

「とくに、その松の木の描き方が、気にくわない」

「松の木？　そんなものが、どこに描いてある」

「どこに、と言って……」

友人は呆れた顔で私を眺め、絵に近寄って画面すれすれに大きく指先を動かした。

「それは、地曳網じゃないか……」

と言い終った瞬間、画面のその部分は松の幹と大きく張り出した枝に変化してしまった。潮風と太陽とが滲み込んだ赤錆色の松の幹が、そこに具象的に描かれてあった。

「網？　網がどこにある」

「いや、松の木だ、松の木だった」

私は笑い出したが、同時にたじろぐ気持もあった。港町の傍の生きた荒々しい海が、突然、私の部屋の中に入りこんできたのだ。

椅子の上で軀を、私は左右に揺すぶってみた。しかし、異変の予感は無かった。抽象化された画面と見えたのは、旅館の廊下の薄暗さと狭さのためで、強い色と強い線のためではなかった。たしかに、友人の言うように、その絵からは潮風が匂ってきた。しかし、私の軀に異変を起させるだけの強さは、無かった。

いろいろの海があるが、それらの海を一つにすることは困難だ。私は、あの青年の暗い眼を思い浮かべた。その眼の中には、まだ輝く海が残っている。不安に捉えられながら、私は絵の中の赤錆色の海と向い合っていた。

香水瓶

廃業した娼婦の話を、書こうとおもったことがある。いわゆる赤線地帯がまだ廃止されていない頃に時代設定をして、その地帯から外の社会へ出た娼婦を主人公とする。しかし、ようやく外へ出ることができた彼女に、元の場所へ引き戻す力が少しずつ働きはじめる。外の社会が彼女の前身を嗅ぎつけて、弾き出し押し戻そうとする……、そういう力も働かないわけではないが、それは決定的な力ではない。

最も大きなものは、彼女自身のなかに潜んでいて、彼女を元の場所へじわじわと追いやる力である。その場所での生活は、外の社会から見れば異常であるが、彼女にとっては日常生活といえるものになっていた。その日常生活のあいだに彼女の細胞に滲みこんでしまったものが、彼女の理性を圧倒する強さで彼女の軀に働きかける。そして、彼女はしだいに元の場所に引き寄せられてゆく……。その根強さ、おそろしさを描いてみたい、とおもった。

そのテーマの具体的な裏付けを採集したい。そのために、私は何をしたか。「蛸の話」という短篇の一部で私はそのことに触れた。その部分を引用してみる。

ある日。私は、あるビルの地下室へ通じる階段を降りていた。

その地下室にある喫茶室に、むかし馴染んだ娼婦が勤めているという噂を耳にしたからだ。

懐しい気持もあった。どのようにして勤めているかという不安もあった。と同時に、材料が拾えまいか、という下心もあった。

彼女は、レジスターのところに坐っていた。思いのほか、気楽そうに勤めていた。

店が終ってから、会おうということになった。

数十分経って、別の喫茶店で私は彼女と向い合って、雑談を取りかわしていた。

彼女の顔にも、懐しそうな表情が浮かんでいた。くつろいだ雰囲気だった。私は雑談の中に、一つの質問を挿んだ。不意に、彼女の顔が引きしまり、椅子の上で居ずまいを正した。そして、彼女は切口上で、こう言ったのである。

「わたしからは、もう何んにもタネは出ませんわよ」

それから数ヵ月経ったある夜、私はまたしても、彼女の喫茶室への階段を歩み降っていた。どうしても、彼女に訊ねたい事柄があった。そのとき書いている小説のために、必要なのである。

私の上衣（うわぎ）の右ポケットには、舶来の香水瓶、左のポケットには女もちのライターが入っていた。階段を降りながら、私はポケットの上から、その品物に触ってみた。これらの品物を渡すことは、彼女を侮辱することになるかもしれない。一層、彼女を立腹させることになるかもしれない。

危ぶみながらも、私はそれらの品物を彼女に手渡すつもりで、ゆっくり階段を歩み降っていった。

その二つの品物を手渡したとき、どういう反応が起ったか。

彼女は、素直に喜んだ。

「わたしの使っている香水、覚えていてくださったのね」

私は戸惑った。タブーという香水である。私は香水についての知識をほとんど持たないし、彼女の常用の香水について考えてみたこともなかった。「タブー」を邦訳すれば、「禁忌」とでもなろうか。香水売場で、その名が私にほとんど無意識のうちに働きかけ、その品物を選び取らせたといえよう。

正直に答えることにした。

「じつは、知らなかった。当てずっぽうに、買ってきた」

彼女の顔に、失望の色が浮かんだわけではない。

「でも丁度よかったわ。香水が失くなりかかって、買わなくては、とおもっていたところなの」

贈物に、香水とライターを選んだことに、とくに意味があったわけではない。嵩ばらぬ小さな品物、ということと、私の収入としてはかなり高価な買物ということで、選んだわけだ。しかし、この会話で、焦点が香水に合った。その「禁忌」という名が、私の気持に強く絡まった。躊らいが起った。私の質問したいことは、彼女にとって禁忌とおもえる。それを質問することによって、せっかくの贈物を、下心のある不潔な品物に変えたくない。

しかし……。赤線地帯が廃止されてから、一年経った頃のことだ。元の場所に押し戻されることは、起らぬことなのだから……。やはり、その質問を口にすることはできず、

「店が終ったら、酒でも飲もうか」

と、私は言い、彼女は頷いた。

喫茶室が閉まるまでの約三十分を、私は街の書店で過すことにした。棚に並んでいる書物の背を眺め、ときおり抜き出して内容を調べてみる。

やがて棚の隅に、「世界童謡集」という背文字を見付けた。

「この本が、新しく出たのか」

呟きながら、その書物を手に取り、頁を繰ってみた。自分の書棚に、私は一冊の同じ書名の

本を持っている。古本屋で見付けたものだ。その書物に収められた童謡に触発されたいくつかの短篇が、私の作品群のなかにある。
懐しい気持で頁を繰り、内容を調べた。私の持っている書物とは、かなり内容が違っていることが分った。そのうち、一つの童謡が私を捉えた。「悪魔」という題である。

「朝お寝床から起きたら
手を洗って目をきれいになさい。
それから
よく気をつけるんですよ。
洗った水を
撒きちらかさないように。
だって捨てた水が
光っているうちは
悪魔がそこにちゃんといますから……」

その童謡の中から、彼女の姿が立現われてきたのだ。外の社会で、彼女は朝起きて、顔を洗う。水道の蛇口の下に洗面台のある現代では、井戸端と洗面器にたたえた水とは比喩として存在するわけだが、ともかく顔を洗った水にも悪魔は身をひそめている。あの地帯での長い間の日常生活の習慣の記憶が、彼女の細胞の中で揺れ動き、刺戟し、彼女の心に呼びかける。

水の入った洗面器を軀の前で支え、遠くまで捨てに行く。捨てた水が眼に映らないように、捨てに行く。あるいは、排水孔の中に零(こぼ)さぬようにゆっくり注ぎ込む……。そのくらいの慎重さが、彼女にとって必要なのだろう。

「やはり、質問するわけにはいかない」

と呟いて、私は書物を閉じ、元の場所に押し込んだ。


一時間後、小料理屋の一室で、私は彼女と向い合って坐っていた。

酒の酔が、彼女の眼のまわりを僅かに桃色に染めている。私も、軀の奥に酔を覚えはじめた。

「黒田さんは元気かな」

と、彼女のパトロンの名を口に出してみた。私のまだ会ったことのないその中年男は、以前から変らず彼女に親切である。彼女を外の社会へ引き出して、現在の場所に置いたのは黒田である。彼女がレジスターの前に坐っているのは、その喫茶室の責任者の位置を与えられているということだ。

「相変らず、元気です」

「きみも、今度は大丈夫だね。もう落着いたろう」

黒田は二度彼女を外の社会に引き出し、二度とも彼女は元の場所に戻ってしまった。今度が、三度目なのである。

彼女は黙って笑顔を示した。つくった笑いで、眼が眩しそうなのは、恥じらいのためだ。

「たとえ大丈夫でなくなっても、もう引返す場所がないからね」

「……」

「しかし、無くなってしまったあの場所のことを考えると、懐しい気持が起ってくるなあ……。男の自分勝手な気持かもしれないが」

不意に、彼女の皮膚を、身近かに感じた。着物に包み込まれた彼女の皮膚が、私の頭の中で剝き出しになり、その暖かさを自分の体温のように感じた。畳の上に置かれた食卓の向う側に、彼女は坐っている。あの地帯の彼女の部屋で、私はたくさんの時間を過した。切れ切れの時間だが、寄せ集めると、かなりの分量になる。その頃の記憶が、私の軀の底から滲み出てきた。

眼が光るのを、私は感じた。間もなく立上って、食卓の向う側にまわり、彼女の両肩を二つの掌で挟みつけることになる……。立上ることを抑制しても、それは無駄だ、と感じ、坐っている膝頭とふくらはぎに力の籠もりかかるのに気付いた瞬間、彼女が立上った。

私の気配に気付いて立上ったことは、瞭かだった。私が立上っていれば、彼女は身を避ける動作に移る筈のものだったが、私はまだ坐ったままだ。彼女の動作が一瞬戸惑い、風に吹かれたように窓ぎわに移動すると、窓の外の風景に眼を放った。

私は立上って歩み寄り、彼女のうしろに佇んだ。彼女は僅かに身を避ける素振りになって、言った。

「ネオンサインが、たくさん見えるわね」

それは、答える必要のない無意味な言葉である。私は、彼女の肩に手を置こうとした。彼女ははげしく身を捩らし、強い声で言った。悲鳴のようにも聞えた。

「やめて」

「どうして」

「………」

念を押すように、私は訊ねた。

「喫茶室に勤めはじめてから、浮気は一度もしたことがないのか」

「無いわ」

「どうして」

「一ぺんで崩れてしまうもの」

「………」

「手助けして」

と彼女が言い、私はそっと肩から掌を離した。捨てた水が光っているうちは、悪魔がちゃんとそこにいますから……、という童謡の文句を思い出していた。

最初用意していた質問を口に出すことを、このとき私は完全にあきらめることにした。


一年経ったある夜、私は香水瓶をポケットに収めて、喫茶室への階段を降りていった。

「よかったわ。残りが少なくなっていたので、そろそろ買わなくては、とおもっていたの」

と、彼女は言った。

私は、彼女の仕事が終るのを待ち、一緒に酒を飲み、当りさわりのない世間話をして、別れた。

また一年経ち、私は香水瓶をポケットに入れて、彼女に会った。

「この香水瓶、丁度私の一年分あるのね。前のが無くなりかかっているから、姿を現わす頃だとおもっていたわ」

と彼女は言い、それから後の時間は、前の年と同じに過ぎた。

さらにまた、一年経った。

「一年に一度、会うわけね」

香水瓶を受取りながら、彼女が言った。

「もう居なくなっているかもしれない、とおもいながら、階段を降りて行くんだ」

「わたしは、いつまでも居ますわ」

「えらいね。きみもえらいが、黒田さんもえらいとおもうな」

「さあ……。結構、打算もあるのよ」

気軽に夫の悪口を言う妻の口調に似ていた。同時に、あの地帯の一流の娼家で、長い間お職を通していた女の誇り高さも、その言葉から感じられた。また、一方的に恩恵を受けているわけではない、社会事業家を褒めるような言い方はしてもらいたくない、と私を咎めている言葉でもある。

また、一年経った。

「こういう茶飲み友達みたいな相手も、いいものでしょう」

と彼女は言い、私の顔を確かめるように眺めると、

「相変らず、悪いことばかりしているの」

「まあ、ね」

「よく倦きないわね」

「きみは、とっくに倦きてしまっているわけか」

「そう……」

彼女の視線が宙に停った。いま彼女が当時の生活を思い浮かべていることは、瞭かだった。すぐに、その記憶を追い払うだろう、と私は様子を窺っていたが、いつまでも彼女の視線は宙にとどまっている。

「倦きてしまったわけか」

もう一度、私は声をかけた。眠りから呼び醒まされたような眼で、彼女は私を眺め、

「え？……まあ、ね」

と言い、不意に思い付いたように訊ねた。

「血液検査をしたことあります？」

「検査？　血液型のか」

「違うわよ」

「梅毒の検査か」

「ええ」

私は、あらためて彼女の顔を眺めた。この五年の間に、その種の話題が出たことはなかった。以前の生活を思い出させるものは、危険な話題としてすべて避けられてきた。何が彼女に起ったのか。

「半年ほど前に、してみた。念のために、ときどきしてみることにしている」

「それで……」

「マイナスだったよ。三種類の方法で検査して、みんなマイナスだった」

「そう、それはよかったわ」

「よかった?」

「わたし、出たの。治ったつもりだったのが、一年ほど前に出たのよ。今度は本格的に治療して、すっかり治してしまったけれど」

むしろ淡々とした口調で、彼女は言う。私は笑いながら、言ってみた。

「いつか、きみの肩に手を置いたら、手助けして、と言って断わったことがあるね。しかし、軀の中に潜りこまれては、断わるわけにはいかないな」

「断わる?」

「つまり、当時のことを否応なしに思い出さされてしまうという意味だ」

「そうなの、すっかり、おさらいをさせられてしまったわ。でも、そんなに生ま生ましく思い出しはしなかった」

「そうか、子供のころ集めた絵葉書を見ているみたいか」

「ほんと。治療が終ったときには、絵葉書みたいに見えたわ。だって、もう長い時間が経っているのですものね」

あの地帯での生活情景が、彼女にとって古い絵葉書のようなものになってしまっているのなら……。

「あの質問をしてみようか」

と私は呟いたが、すでにその質問に興味がもてなくなっている自分を知った。私はポケットから濃い焦茶色の香水瓶を取出し、「禁忌」と邦訳できる名前を確かめながら、

「来年には、香水を変えてみたらどうだろう」

と、言った。

廃墟の眺め

一

戦争が終ってしばらくは、街全体が大きな廃墟だった。やがて、新しいビルや家屋が建ちはじめた。緑色の生垣の傍を歩いているると、ピアノの音が聞えてきたりするようになった。そういう住宅地のあいだの狭い路を歩いて行くと、不意に視野がひらけて、廃墟の一劃(いっかく)に出会ったりした。

そういうときには、私はしばらく立止まって、その風景を眺める。散らばった瓦礫(がれき)のあいだから覗いている土は、特別の色合をしていた。錆びた鉄の粉を撒きちらして、高熱で焼き上げたような色、とでもいおうか。どこか金属的な感触があった。その地面を突き破って生い茂っている雑草は、人間の丈(たけ)くらいある。

廃墟を照らす夕日の色は、ことさら赤いように、私にはおもわれた。廃墟の眺めは、美しかった。立止まって眺めていると、戦争で死んだ友人知人たちのことが思い出されてくる。そして、生き残っている自分を感じるのだが、それは生命の充実感というようなものではなく、稀薄な空気のなかに茫然と佇んでいるような心持である。その感情はとりとめないくせに淡いものではなく、ひりひりするように強く烈しい。

痴呆の男が、ぼんやり地面に立っている。その男の握っている花加留多の札が、掌からこぼれ落ちて、土の上に散らばった……。廃墟を照らす夕方の真赤な光を見ていると、そういう情景が私の心象に拡がる。

二

その頃、都心の駅の近くで、私は偶然花野美枝子を見かけた。私は会社が終って帰宅しようとしていた。

「花野さん」

私はその姓で呼んだ。ある会合で幾回か会ったことがあるが、親しい仲ではない。それに、花野美枝子は美人である。整った顔立ちだが、眼の光が優しいので、冷たい感じはしない。可憐な眼とは違う。優美さと現代的な機智とが混り合っているような光である。

私は、花野美枝子に気後れを感じていた。

「あら」

その顔に笑いが浮ぶと同時に、彼女の声が聞えてきた。

「L――というお店、どこにあるか知っている?」

L――は高級料理店である。そこで、会合がある、と彼女は言う。私には縁のない会合である。

「だいたいの見当は付いているが……、よく聞く名前だな」

「そう、よく聞くのだけど、はっきりした場所が分らないの」

「分るとおもう。その店の入口まで送ってあげるよ」

私たちは、歩き出した。駅の裏手のビル街を探して歩いたが、見付からない。これと見当をつけておいた街角を曲ってみるのだが、L――は見当らなかった。

見付からないほうがいいとおもいながら、私は歩いている。だから、その店の在り場所を訊ねてみることはしない。花野美枝子も、訊ねてみようとはしない。

三十分ほど、歩きまわった。ときどき、首をまわして、傍の彼女の様子をうかがう。そこには美しい横顔がある。一緒に歩いていることだけで、愉しい。それ以上の野心は起らない。この時間がもっと続けばよい、と私はおもったとき、彼女が言った。

「どうしても出なくてはいけない会合というわけじゃないのだけど……」

「それなら、もう探すのは、やめようよ」

「そうね、もうやめたわ」

「それでどうする」

「もう帰るわ」

私の降りる駅から五つほど向うに、彼女の下車駅があることが分った。

「途中まで、一緒に帰ろう」

と、私は言った。

満員の電車に乗った。目の前に、彼女の顔がある。ときどき軀が触れ合う。ようやく、私は誘う言葉を口に出すことができた。

「酒でも飲みに行こうか」

「そうね、それもいいわね」

私は財布の中の金を暗算する。時折でかけるおでん屋の赤提灯を思い浮べる。国電を降り、都電に乗る。都電を降りて十分ほど歩く。

そして、ようやくおでん屋にたどり着く。

かなり長い距離を歩いたわけだ。しかし、歩くことは、苦痛ではない。むしろ、軀の底のほうから衝き上げてくるものに唆(そその)かされて、歩いて行く。しかし、花野美枝子が私と同じに感じているかどうかは、分らない。

「もうすぐです、あと百メートルぐらい」

と、私は言った。

三

酔がまわると、私は大胆になった。

花野美枝子が、一層美しく見えている。もしも私が独身ならば、一緒に暮したいとおもったろう。しかし、二十代の半ばなのに、私はすでに結婚していた。

花野美枝子と一緒に歩きたい、と私はおもった。大胆になっている。店を出たとき、私は言った。

「国電の駅まで、歩いてしまおうか」

「ええ」

また、歩き出す。歩き通しのような気分がする。どこまででも歩いて行きたいが、三十分もすれば駅に着いてしまうだろう。

道の両側には、いたるところに廃墟がある。私たちは、歩いて行く。

歩きながら、私たちはとりとめのない会話を取りかわしていた。つぎつぎと私たちの左右に現れてくる廃墟のあいだの道を歩いているうちに、ふと私は、数日前に聞いた話を思い出した。私はそれを彼女に話した。つぎのような内容の話をしたのである。

焼けた小さなビルの一室を使って営業している料理店があった。外観は、焼けビルのままである。崩れたコンクリートの壁面からは、赤錆びた鉄骨が覗いている。その一室に、床板を張り、壁を塗って、部屋をこしらえたわけだ。メンチボールとコーヒーだけを売っていた。メンチボールの味が評判で、店は繁昌していた。

ある日の深夜、その店の常連の一人が、酔って店の中に忍び込んだ。目的のある行動ではない。悪酒の酔と廃墟は似合う。瓦礫の地面をさまよっているうちに、悪戯ごころで窓ガラスを割り、錠をはずして忍び込んだ。

店の中は、無人である。平素旨いものを食わしてくれる店の中を、懐しいような心持で歩きまわっているうちに、調理場へ出た。

何気なく、窓から外を覗いてみた。狭い裏庭があった。コンクリートの塀と、ビルの壁面に遮られて、その裏庭は外部からは見ることができない。裏庭があることさえ、その男はそれまでは知らなかった。

満月の夜で、月の光はその狭い庭を隈なく照らしている。その地面の上に、堆く積み上げられているものを、彼は見た。

猫の首である。その堆積(たいせき)は、無数の猫の首でできていて、底辺に近いところの首は白骨化がはじまっていた。

「つまり、平和な時代がはじまっているということだな」

話し終って、私がそういうと、花野美枝子は怪訝(けげん)な顔で、

「どういうことかしら」

「焼け跡に猫の首がころがっていたことや、猫の肉を食わせたことが、話題になる時代がきたということですよ。これが何年か前だったら、誰もおどろきはしなかったもの。たとえ、焼け跡に人間が転がっていても……」

「人間が転がって……」

小さな声で、彼女は私の言葉のその部分だけ、なぞった。

私たちの行手に、また廃墟が現れてきた。

コンクリートの塀が崩れて、瓦礫の地面を月の光が照らしている。不意に、衝き上げてくるものがあった。花野美枝子の腕を摑み、塀の裂け目へ向って引張った。

その軀が硬くなった。抵抗するわけではない。硬くなった軀を抱えるようにして、私は廃墟の中に入った。

花野美枝子は、独身である。しかし、立居振舞に余裕があった。向い合っていると、彼女が若い人妻であり、私が年下の男のようにおもえるときがあった。

そういう彼女の軀が硬くなったのは、意外だった。軽くたしなめるか、やわらかく軀を崩してくるか、どちらかだとおもっていた。

唇を合わせてしばらくすると、彼女の軀の硬張り（こわば）がいくぶん弛み、受容れる形になった。長い接吻が終ると、彼女の軀がゆっくり熔（と）けてゆくのが分った。

「抱きたい」

と、その耳もとで、私が言う。

花野美枝子の眼が、廃墟の面を撫でた。不意に、その軀が硬直した。

「ここでは、厭」

「それでは、旅館へ行こう」

私の腕の輪の中で、彼女が迷っているのが分った。長い間、迷っている。ようやく、分別が戻ってきて、私は言った。

「それとも、やめておくか」

「…………」

返事がなくて、迷っている気配がつづく。私は心を固め、彼女を攫（さら）ってゆく行動を起しかけ

たとき、

「やっぱり、やめておくわ」

と、彼女が言った。

道に戻って、歩き出した。二人のあいだにぎごちなさはなかった。こうやって歩いていたかったただけなのだ、と私はおもいながら、駅へ向った。

「今夜は、愉しかったわ」

と花野美枝子が言った。皮肉な口調ではない。

やがて、駅の建物の前に来た。その駅から私の家は遠くはない。

「ぼくは、歩いて帰る」

「とても愉しかったわ」

もう一度そう言うと、花野美枝子は改札口へ向って歩いて行く。私は立止まって、そのうしろ姿を見送っていた。

花野美枝子の軀が、左右に揺れる。ハイヒールの上の足が、重たそうだ。

「酔っているな」

とおもいながら、見送っている。彼女は改札口を通り抜け、そのうしろ姿がいくぶん小さくなったところで、足のほうから少しずつ消えてゆく。階段を降りはじめたのだ。脚が消えたところで、彼女は立止まった。振返るのかとおもったが、違った。彼女は一度も振返らない。やがて腰が消えてゆき、胴が消え、一瞬頭だけになり、その頭もすっと消えた。

四

その夜のことは、良い記憶となって私の中に残った。私は花野美枝子に会うことを、試みなかった。彼女の友人には、仕事の関係で時折会うことがあったが、花野美枝子について訊ねることもしなかった。

一年経ったとき、私は彼女の友人に訊ねてみた。

「花野さんというひとがいたね。きれいな人だったな、もう結婚したかな」

「あの人ねえ……」

彼女は、顔を曇らせて、

「脚を悪くして、ずっと家に籠っているわ」

「脚が……」

「子供の頃、庭の木に登っていて、落ちて、怪我したのですって。そのところが、また悪くなったとか言うのだけど」

一年前の夜、私は花野美枝子と一緒に、ずいぶん長い距離を歩いた。それが、再発の原因になったのだろうか。それにしても、彼女は脚が悪いということを一言も言わなかった。なぜ言わなかったのだろう。別れるとき見送ったうしろ姿は、足が重そうだったが、片足を曳きずってはいなかった。

「見舞に行かなくてはいけないな」

おもわず私が言うと、彼女は、

「お見舞に？」

と、ふしぎそうな顔で、私を見た。見舞に行くほどの関係ではない筈だが、とおもっていることが分った。私が黙っていると、

「それが、美枝子さん、人に会いたがらないの。なんだか人嫌いになってしまったみたいで、近寄れないの」

「脚が悪くなったせいで？」

「そうなのでしょう」

「しかし、脚が悪いくらいで、なぜそんなになるのだろう」

彼女は答えない。隠していることがあるわけではなさそうだった。彼女自身、戸惑っているようだ。

五

それから十五年が経った。

昔の記憶が、不意に浮び上り、それがまったく別の照明の中に置かれることが、時折起る。当時、見落していた解釈の鍵が、突然目の前に置かれる。なぜ、その鍵が見えなかったのか、ふしぎにおもえることが多い。

新しい解釈が浮び、それが真実のようにおもえる。しかし、確かめる方法はない……。

ある夜、私は小さなスタンドバーにいた。一人で酒を飲んでいた。扉が勢よく押し開けられて、三人連れの客が賑かに入ってきた。男二人に女一人である。三人とも若い。

女はしたたか酔っていて、

「わたしはスワンだわ」

と言うと、曲げた両腕を左右に拡げ、羽搏く真似をしてみせた。そして、椅子から擦り落ちると、床の上に座ってしまった。

男たちが左右から腕を把って、女の軀を椅子に戻す。会話がはじまる。聞耳を立ててみたが、省略の多い内輪話なのか、意味が分らない。やがてまた、女が椅子から擦り落ちて床にぺたりと座った。背の高い椅子なのに、転がり落ちはしない。丸い椅子の縁に背中をこすり付けるようにして、ずるずると滑り落ちる。

「脚が痛くなってきたわ」

床に座ったまま女は言い、

「もう帰りたいわ」

二人の男は、左右から女を支えるようにして、店を出て行く。女は片足を曳きずっている。

「痛い、痛い」

女は叫びつづけるが、笑っているような声である。そして、三人の姿が戸外に消えた。

「どういう女かね」

私はバーテンに訊ねた。

「お金持の娘さんらしいです。ときどきおみえです」

「いつもあんな具合なのかな」

「そうですね、にぎやかなかたで」

「しかし、ちょっと変っているね」

隣の客が、私の言葉を受けて、

「すこし頭にきているらしいな」

「かなり酔っていたからね、酒が頭にきたというわけか」

と私が言うと、隣の男は含み笑いをしながら、

「酒ばかりじゃないな。膝の関節にくるというのは、これは物騒でね」

僅かの間を置いて、私はその言葉の意味を理解した。悪疾が脚の関節を痛め、頭を狂わせることがある、と彼は言っているわけだ。

「まさか、あんな若い女が」

と、私は笑い出しかけて、不意に、花野美枝子を思い出したのである。

脚が悪いくらいで……、と十五年前に私はおもったのだが、彼女は本当に庭の木から落ちたのだろうか。

花野美枝子が満州からの引揚者だということも、私は思い出した。その土地でおこなわれたという無数の集団暴行のことも……。

私の頭の中に、一つの光景が拡がりはじめた。

沢山の大男に犯されたあとの花野美枝子は、仰向けに倒れている。頭が深くうしろに落ち、片脚をかるく折り曲げている。水の中から、両腕でかかえ上げた溺死体のようだ。

その背景に、廃墟が重なる。

見渡すかぎりの廃墟の中で、花野美枝子の青白い裸体は、花のようだ。その眺めは、むしろ

美しい。その裸体には、生きている人間のなまなましさは感じられない。花野美枝子に会ってから、十五年が過ぎている。瓦礫の地面は、錆びた鉄の粉を撒きちらして、高熱で焼き上げたような色である。その色が視界一面に塗られ、その上に小さく花野美枝子の青白い裸体がある。それは風景の一部分として、私の眼に映っている。

「焼け跡に人間が転がっていても……」

その言葉を思い出し、私は呟く。

もしも、十五年前にその考えが浮んだとしたら……。その風景の中にある花野美枝子の裸の軀は、私のなかにどういう感情を惹起(じやつき)していただろうか。

私は、十五年の昔を、透(すか)し見るように振り返ってみる。しかし、花野美枝子の裸体は、青白く、小さく、どうしても近寄ってこようとはしない。

解説

七北数人

「人間通の文学というものがある。人間通と虚無とを主体に、エスプリによって構成された文学だ」

坂口安吾のエッセイ「思想と文学」の書き出しだが、吉行淳之介の小説を読むと、いつもこれを思い出す。安吾の文章は、こう続く。

「日本では、伊勢物語、芥川龍之介、太宰治などがそうで、この型の作者は概して短篇作家である」

吉行の代表作というと長篇ばかり挙げられがちだが、彼の書く長篇は、短篇の寄せ集めのような体裁だったり、作品内に作者が登場して横道のエピソードを語ったりすることが多い。つまり本質は、本人も自称するとおり「マイナー・ポエット」であった。この単語の定義も実は難しいのだが、日本では芥川や梶井基次郎など詩的で繊細な短篇を得意とする作家についていわれることが多いようだ。

私は高校の頃、太宰に導かれるようにして文学の世界にのめりこんだ。太宰以上の文学がこの世にあるのかどうか、知り尽くさずにはいられなくて、古今東西の名作をむさぼり読んだ。そんな中、太宰をも超えそうな勢いでのしかかって来たのは、吉行淳之介だった。なぜそれが吉行だったのか、今はよくわかる。

吉行作品を読んでいると、行間、というより、文章がうみだす時空間のあらゆる隙間に、無頼派の根がからみついていると感じる。たとえば、そのニヒリズム。

安吾は二十五歳の時、人生の深い諦念を描いた短篇「Piérre Philosophale」を書いた。若くして人生のすべてが見通せてしまった男の虚無的な一生、それを淡々と叙述するだけの短篇だが、破滅の予感がキラキラと輝いて眩しいほどだった。

太宰もまた、短篇「佐渡」の中で「見てしまった空虚、見なかった焦躁不安、それだけの連続で」無為と知りつつ虚しく彷徨するのが人生だと達観してみせた。

安吾にとっても太宰にとっても、ニヒリズムは単なる時代の意匠ではなかった。たった二十数年の生でも、生きていれば人は無数の傷を心にきざむ。心が壊れてしまいそうな人がいれば、その人の痛みや震えが敏感に感じとれる。感じとれてしまう。安吾はそれを「悲しみ」と呼び、そんな「悲しみの翳に憑かれた人の子」だけを信用すると語った。

「その頃、街の風物は、私にとってすべて石膏色であった」という印象的な一文で始まる吉行の「鳥獣虫魚」などにも、同じ「悲しみ」が充満している。「悲しみ」をかかえた者だけがなまなましく色づいた「人間」として目に映じ、その他の者は「石膏色の見馴れないモノ」でしかない。そんな設定を考えつくこと自体が無頼派らしい。ニヒリズムの底から発せられるひと筋の光、悲しい祈りが、そこにはある。

人がどんな時に、どんなふうに傷つくのか、想像すらできない人のほうが世の中には多い。それがわかれば「人間通」というわけでもないが、わかりすぎる人がニヒリズムを身に纏う（まと）のは自然ななりゆきだろう。

吉行作品の主人公たちは、他人の些細な言動から、そこにひそむ真意を、するどい嗅覚で探り当てる。かと思うと、とんでもない深読みや裏読みをして、復讐心のカタマリになったり、狂ったとしか思えない行動に出たりする。

人間通も度を超すと妄想狂になるということか。


吉行は戦後まもない時期から同人誌に小説の習作を発表していたが、作者自身が「処女作」と称する一九五〇年の「薔薇販売人」は、その後の吉行文学のエッセンスがぎっしり詰まった衝撃的な作品であった。三人の男女が各自の歪んだ欲望にもとづいて、神経戦にも似た性愛ゲームをくりひろげる。小説の中では三人が三人とも、互いの心理を深読みし始めるので、いわば三つ巴の妄想によってストーリーはねじ曲がっていく。うぶなはずの男が手練手管に長けたオスに変じ、欲望は複雑に荒れ狂う。

全体の構図は、吉行が偏愛した梶井基次郎の「ある崖上の感情」に似ている。梶井のは人の性生活を覗き見るのが趣味の男の話で、見る自分と見られる男と、双方の心理が微妙にからまり合って、次第に混然一体となっていくドッペルゲンガーのテーマが持ち込まれていた。同じテーマが吉行の本作にもかいまみえる。

この処女作に続き、一九五一年から五二年にかけて発表された「原色の街」「谷間」「ある脱出」がそれぞれ芥川賞の候補になり、一九五四年の「驟雨」によって念願の芥川賞を受賞する。このうち「原色の街」「ある脱出」「驟雨」の三作が戦後の娼婦の街を舞台にしているため、吉行淳之介は娼婦の世界を描く作家とイメージされるようになった。エロ作家と勘違いされることも多かったようだ。

けれども実は、吉行が娼婦を描いた小説はそれほど多くない。芥川賞候補が三回続いた後、受賞までのあいだの期間に書かれた「祭礼の日」と「治療」には、それぞれ別種のなまなましさがあって、頭やからだのあちこちを刺激される。

「祭礼の日」では、回想と夢と現実とを連想つながりで結び合わせていく、その繊細な手つきが素晴らしい。なんの前触れもなく自殺してしまう女性、その娘の狂的な感覚、グロテスクな因果もの芝居、三つが自分の内部の感覚とぴったり結びつく瞬間、何重もの合わせ鏡が開かれたようで慄然とする。心理小説のはずが幻想ホラーの趣を帯びる。

「治療」は、アレルギーと喘息の関連についての、医者と患者との神経戦的なやりとりが可笑しい。ファルス（笑話）でもあるが、敏感すぎる神経が、異様なもの、不吉なものを招き寄せてしまう、という意味ではこれもホラーの一種かもしれない。


この「治療」から病気の話が四作続く。発表順に並べたら、たまたまこうなってしまったが、それもそのはず、吉行は一九五四年初めに左肺区域切除の手術を受け、芥川賞の発表を清瀬病院のベッド上で聞いたのだ。以後三年ほどは病臥の日々だったという。

「夜の病室」は、まさにその手術後の病室を描いているが、常に死と隣り合わせの結核患者が多いこの病室内は不思議と明るい。患者たちの個性が際立っている。同室の誰かの病状が悪化すると、他の患者たちが一斉に浮かれた気持ちになる、そんな話がブラック・ジョークのように語られるが、自分が生き延びるための精いっぱいの神経戦と捉えれば少し切ない。

「重い軀」でも、毛色の異なる神経戦が描かれる。重病人や死体の話を面白おかしく語る悪趣味な患者と、陽気な常識人としか見えない患者と、この二人の内面の葛藤はたぶん誰にも見通せない。軽いコントの体裁で重い話をしている。

「梅雨の頃」は少し事情が違って、少年時代の入院エピソードが元になっている。十六歳の頃、腸チフスに罹り、隔離病棟に五ヵ月ほど入院、その間に父が狭心症により急死していた。父はダダイストの詩人であり、新興芸術派の作家としても知られた吉行エイスケ。淳之介がエイスケをどう見ていたか、どんな関係だったのか、この作品を読むと体感として伝わってくる。冷淡で辛辣だが、天然で憎めないところもある父との、危険なゲーム。子供がさまざまな疑心暗鬼に取り憑かれていく、その神経の変容が面白い。

本作のほかにも作者の少年時代の思い出が色濃く投影された一連の作品群があり、『子供の領分』というタイトルで三度、単行本にまとめられたが、どれも少しずつ収録作品が異なる。「梅雨の頃」は一九七五年の番町書房版と一九七九年の角川文庫版に収録され、一九九三年の集英社文庫版からは外された。

『吉行淳之介全集』は三回編まれているが、吉行のは基本的に選集であり、その時点で気に入らない作品は全集にも収録されない。一九七一〜七二年の講談社版全集には「梅雨の頃」は入っていたが、「食欲」や「倉庫の付近」「樹々は緑か」「墓地」(墓地のある風景)など多くの短篇が外された。一九八三〜八五年のこれも講談社の全集では「梅雨の頃」などいくつかの作品が新たに消え、「墓地」が復活、「食欲」などは復活しなかった。没後の一九九七〜九八年の新潮社版全集の収録作は、基本的に二度めの講談社版を踏襲している。もっとも、全集で消去したつもりでも、それ以前の単行本を底本にした編集本は続々と出る。「倉庫の付近」などはその後も複数の単行本に収録されたし、「樹々は緑か」は新潮文庫の『砂の上の植物群』に併録されて、ずっと版を重ねている。

「梅雨の頃」や「食欲」などは、吉行にしては私小説の要素が強く出ているため嫌われたのだろうが、そのプロットも幻想描写も独特で、捨てるにはあまりに惜しい佳品である。

人間通も度を超すと妄想狂になると先に書いたが、「人形を焼く」など、まさにその体現といえる。人間の心の底知れなさと、人間関係の怖さとが十二分に引き出されている。女の人形に命を吹き込み、供養でもするように燃やす井村には、ピグマリオンのにおいもある。全体、ミステリー仕立てだが、すべてが妄想に端を発しているので、何が起こっているのか、何も起こっていないのか、誰にもわからない。超自然現象のような偶然の一致も、何者かのしわざなのか、あるいはただ「引き寄せられた」だけなのか、どちらに考えてもザワザワとした不気味さが残る。

処女作「薔薇販売人」から長篇「砂の上の植物群」まで、吉行は代表作の多くで悪党の物語を紡ぎつづけた。冷酷になればなるほど孤独は深まり、虚無の底も深くなった。

悪党の眼は、分析力を最大限に発揮するための、装置としての眼である。その眼は、人の心の奥底まで深く深く降りていく。その人が抑圧しているものは何か、その人にとって最も大切なものは何か、壊れそうな心からこぼれ出てくるものは何か、正確に探り当てる。こぼれ出た必死の思い、大切なものへ向かって、分析家は正邪両様の行動を表に出す。いたわりや抱擁である場合もあり、蹂躙(じゅうりん)である場合もある。どちらにせよ、分析家は行動することによって傍観者ではいられなくなる。自らにとっても、生か死か、選ばねばならぬほどの究極の場面に出くわすこともある。

吉行の代表短篇として有名な「寝台の舟」と「鳥獣虫魚」は、いたわりや抱擁のほうの側面が出た温かみのある名品である。

一九五八年、結婚から十年がたち、吉行は人気歌手M・Mと恋に落ちた。以降、彼女の書棚にあった『世界童謡集』が作品のスパイスとして頻繁に出てくるようになり、文章に「うるおい」がもたらされたと後に回想している。「うるおい」の意味するものは、ひと色ではないだろうが、この二篇に限っていえば、それは「やさしさ」と言い換えてもいいものだった。

　相手の傷を思いやる哀切さ。決して甘くはない。気持ちが濡れて光っているからだろう、文章が粒立っている。そのひと粒ひと粒が「廃墟の眺め」を思わせる。短篇のタイトルにもなったこの言葉が、さまざまな作品から立ち上がってくる。悪党に徹しても、やさしさに傾いても、立ち上がる光景はあまり変わらない。荒涼として暗く、絶望に浸されて、それなのに、なんて懐かしく、切なく、なまめいているのだろう。


「島へ行く」は、少年を連れた男と愛人の女とが示し合わせて、伊豆大島から熱川温泉まで秘密旅行に出る話。「夏の休暇」「風景の中の関係」と同じシチュエーションで、それぞれ少年の視点、男の視点から主に描かれ、本作が女の視点からと、三様に描かれた姉妹作である。他の二作は新潮文庫の短篇集『原色の街・驟雨』および『娼婦の部屋・不意の出来事』などに収録されているので、機会があれば読み比べてみてほしい。

　少年の名前に「梅雨の頃」と同じ「一郎」の名前を使っているが、私小説ではない。現実世界の愛人M・Mと出逢うのは「夏の休暇」発表の数年後なので、父も愛人も一郎もすべて架空である。そのはずだったが、「島へ行く」と「風景の中の関係」の発表時はまさに愛人と妻との間で泥沼の渦中にあり、かつて自ら生み出した妄想の秘密旅行がなまなましく予言じみて映ってきたのかもしれない。

　本作では、意外なほど愛人側の切情を重く受けとめて描いている。日蔭の悲しさ、死にたくなるほどの辛さが風景にからんで寒々しい。

女の心理は、一郎少年にとっても、その父親にとっても不可解なものであるに違いなく、彼らの視点から描くと見過ごされるシーンが非常に多いことがわかる。他の二作では短く過ぎた船の中のシーンが延々と続くのも、事実の裏側、心の裏側のようなものがふんだんに現れるからだ。ひとりきりでいる女の、心理の葛藤はどこまでも長く延びていける。そのこと自体が言いようのない悲しみであることを、作者は身につまされるようにして書いている。

「食欲」は、戦争末期の若者たちの飢えた日常を描いた異色作。友人と二人、旨い飯を空想し合う場面では、見た目や食感、ぷんと立つ香りまで、あまりにリアルで、反作用的に気持ちが滅入っていく、その過程が絶妙の間合いで描かれている。いろいろな感情が湧いては消える、そんな神経の描き方も見事だ。

分析屋だから、いろんなものを比較せずにはいられない。飢餓の時代、比較などすればするほど、自分の惨めさが一層きわだち、要らない見栄を張ってしまう。飢えた友人が豆を噛む音が、耳の奥の「精神の領域にまで、侵蝕してくる」のも、見栄を張る自分をあざわらう自分がいるからだろう。

ラストシーンでは、終戦後のごく平凡な日常の一コマを装って、凄惨な心の裡(うち)が吐き出される。裕福な家庭の食べ物の「薄桃色や白色や」が、芥川の名作「歯車」のように眼前で回りだす。自分の心が荒涼とした廃墟と化してしまったかのようで、気持ちが凍りつく。

「梅雨の頃」の解説で触れたとおり、本作は早い時期から作者に嫌われた。終戦直後の一九四五年十月、まさに飢餓のさなかに書かれた習作「餓鬼」にも、本作と同じエピソードがいくつか埋め込まれていたが、そちらはファルス仕立てで現実感はなく、いつも平気な顔で全集に入っている。いわば作者にとって思い入れの強い題材だが、やはり私小説的なスタイルを嫌悪したということだろう。

吉行は全集でも単行本でも、新しい編集本が出るたびに手を入れた。全集収録作でも、どんなに有名な作品でも、あちこちにカットが入る。概して過剰なものが含まれた箇所を削ぎ落とすわけだが、そういう箇所にこそ、芳醇な香りやユニークな修飾が盛られていることが多い。かつてノーカット版で読んでいたファンにとっては、非常に残念なことである。あるはずの描写が見つからないと途方に暮れてしまう。

作者の遺志には反するが、本書には全集から削られた二作を収録し、他の作品もすべて一九六〇年代の刊本を底本とした。ひとえに選者が寂しいゆえであり他意はない。

カットのほんの一例を挙げれば、「薔薇販売人」で伊留間の過去の自殺未遂に触れた部分、「遺書も書いた。「あんまり暑いのでイヤになった。死ぬ」と書いた。なかなかのダンディであったわけだ。そして友人に貰った青酸カリを飲んだ」（本書29頁）となっていたところ、一九七一年の全集以降は「遺書も書いた。そして友人に貰った青酸カリを飲んだ」と中抜きになっている。気取りを嫌ったのかもしれない。しかし、このカットにより、ニヒリズムすら滑稽と感じる伊留間の自嘲と自棄が、やや深刻な感じになってしまった。

このあと伊留間は何かに激しい意欲が起こりかけると、遺書の紙の白さが目に浮かび、決まって意欲が冷めてしまうようになる。このあたりの乾いた空虚感をひきだすためにも、暑いから死ぬ、という気取りはあったほうがよかったと私は思う。

ちなみに、このエピソードは、やはり吉行が好きだった太宰の一九四七年の短篇「トカトントン」へのオマージュと思われる。「薔薇販売人」の執筆は二年後の一九四九年。太宰の短篇では、戦争で軍隊に入っていた青年が「何か物事に感激し、奮い立とうとすると、どこからとも無く、幽かに、トカトントンと金槌の音が聞えて来て、(略)何ともはかない、ばからしい気持になる」という、滑稽なのに残酷な強迫音が主題になっていた。


「家屋について」では、吉行の妄想癖が全開になる。大部分は幼い頃の回想なのだが、回想にひとつの疑問が生じた瞬間から、それは妄想にすりかわる。妄想は次から次へと連鎖し、過去の気づかなかった真実をあぶりだしていく。厳格だった祖父が、人間的なあたたかみを帯びてくる。同時に、どこと指摘しがたい、不穏な「一種身震いに似た感情」が湧いて出てくる。作者の仕掛けた妄想の迷路に、ただもうすっぽりとはまり込んで読むのがいい。古い家の怖さは、日常の中で黒く冷たく蹲っている。

「出口」も、ある家にまつわる不気味な話で、怪奇小説のアンソロジーにも何度か選定されている名作。出前でしか鰻料理を出さない鰻屋、という設定から謎めいているが、兄と妹しかいないその店の建物は、出口がすべて閉ざされている。そんな話を聞いて、作家は得意の妄想を始める。家の中の凄惨な愛欲地獄が、さまざまな匂いとイメージで肉付けされ、なにげない事柄がみな、出口のない隠微な家の中とイメージを通わせる。妄想は息苦しくぬめりを帯びる。

「細胞は暗い血でふくらみ、漿液は緑青色に燦めく」

　缶詰状態で執筆をつづけねばならない作家の境遇にも「出口」がない。頭の中が「出口」を閉ざした男の思いでいっぱいになる。こじあけたいとも思う。もっと固く閉ざしたいとも思う。作家はたぶん、男を羨ましく思っているのだ。

　妄想の虜になること、そのことの狂気と幸せとを、これほど身近に感じさせてくれる小説は、そう多くない。

　思えば、吉行の小説の最も重要なテーマの一つに、この閉じこもり願望があった。特に長篇において、このテーマがよく現れる。長篇「砂の上の植物群」の中で、作者が登場して「出口」のストーリーが詳しく紹介されたのも、テーマが鮮明に伝わるからだ。

「砂の上の植物群」の主要テーマの変奏といえる長篇「暗室」もまた、タイトルがすでに、「出口」のない暗い閉鎖空間でころげまわりたい、世界との隔絶の欲求と隠微な逸楽の様を暗示していた。しかし、隔絶された世界では時間は止まり、すぐ隣に「死」が待っているだけなのだ。


「技巧的生活(序章)」は、長篇の冒頭に置かれた一篇の詩のような章。男女の名前も輪郭も定かでなく、どんな関係かもわからない。霧に濡れた夜の街、果物屋の赤い林檎が目に映える、なまめかしく水漬い(みずつ)た描写は、梶井の「檸檬」をほうふつとさせる。忍び寄る不安や、胸にともる灯も感じられ、世界の底から「こおーん、こおーん」と音が響く。

　この序章のあと、小説は二年後へと飛ぶ。彼女は酒場「銀の鞍」に勤めている。霧の夜の青年には手ひどく裏切られ、二度と人を愛せなくなっていた。さまざまなタイプの女が出てくるが、皆ちがった形で不幸であり孤独だ。彼女の視点は作者と同程度に人間通で、複雑な人間心理を深く読みこんでいく。男のたくらみも女の駆け引きも、そして自分の潜在心理も、どこまでも深読みできるが、読みが正しいとは限らない。

　愛のない男との肉欲に溺れかけると、彼女の耳の奥で幻聴のように鳴る音がある。「こおーん」と。たちまち、快楽は消える。彼女はそれを「凶兆」だと思うが、たぶん、そうではない。純粋だった心を失いかけるたび、「終りになるときがあるとは予想もできぬ幸福な日々」があったことを、その気遠（けどお）く鳴る音が思い出させてくれる、いわば最後の砦みたいなものではないか。そう思いたくなるほど、序章の夜は美しい。

吉行作品はどれも、石膏色や赤に代表されるような色や、さまざまなにおいが印象的にテーマとかかわっているが、ここでは珍しく「音」がキー・イメージになっている。気持ちがたかぶるとその欲望を打ち消すように幻聴が聞こえる、これもやはり「トカトントン」へのオマージュだろう。同じ「音」を使うことで、テーマがより鮮明に浮かび上がっている。

「錆びた海」では、地方の港町の生気に満ちた荒々しい海と、都会のどぶ泥のような青黒い海との対比が、そのまま二種類の人間の対比に重ねられている。ぎらぎらと輝く海に接すると体調が悪くなるが、都会のどぶくさい海のそばなら体調が戻るという「私」の神経が面白い。吉行ならではの生理だが、その奥には、畏怖すべき輝く海への憧れもあるのだろう。輝く海の象徴として現れる少年画家の、挑むような目が印象的だ。少年も時とともに変わってゆかざるをえないが、変わってほしくない「私」の願望が作中にあふれている。

本作冒頭に出てくるモーターボートの未亡人のエピソードは、終戦直後の一九四六年に習作として書かれた詩「挽歌」がもとになっている。全集のほか、各社から版を重ねて刊行されている『私の文学放浪』『詩とダダと私と』などに収録されている詩だが、つい最近、これを改稿した原稿が発見された。『毎日新聞』二〇一六年六月九日夕刊の記事によると、作家中井英夫の遺品から見つかったという。中井は一九四七年創刊の同人誌第十四次『新思潮』の編集長格で、吉行作品を最も早い時期に推輓した一人である。発表されずに終わった吉行の原稿は「ポンポン蒸気船」というタイトルで、こんな詩だった。

支那人街の児どもたちは　運河沿いに舟を追いかけ
　　　　　　　　　　　　(狂喚また狂喚)
とめどもなくわらいわらいバナナを投げる未亡人の
象牙の腕輪が　カチッカチッ　鳴りひびくと……
あたりいちめん　溝泥の臭いだった

ゆうがた　海ははたして大時化で
日はひがしにうららかに蒸気の音もかろやかな……おもかげなく
(ぼくは未亡人の膝に載るほどちいさくなり　彼女は
そのままであるほど母親めいておらなかった)　おもかげもなく
舵を握った退役伍長の　ぷらんぷらん　片袖だけが
疾風のなかで　さも頼もしげにはねていた

はるかな沖合の沈没船は　もうもう赤錆びた鉄板だった

原形の詩「挽歌」と内容は同一で、表現の異同もあまりない。いちばん大きな変化は「バナナを投げあたえる未亡人の／腕の脂肪が　舟の上できらめくと」とあった二行が、「バナナを投げる未亡人の／

象牙の腕輪が　カチッカチッ　鳴りひびくと……」と変わっている点である。

一九五六年の「原色の街」改稿版（芥川賞候補になった「原色の街」「ある脱出」の二作をくっつけて大幅に加筆した長篇ヴァージョン）にも同じ回想シーンがあった。そこでも「錆びた海」同様、「象牙の腕輪の触れ合う音」を登場させているので、吉行は改稿した部分を長く頭にとどめていたか、あるいは改稿メモを持っていたのかもしれない。

「香水瓶」は、「原色の街」から続く娼婦ものの終着点。関連するエッセイなどから察すると、ヒロインの元娼婦は「驟雨」や「娼婦の部屋」のモデルにもなった女性で、この当時は喫茶室で働いている。「私」は、「彼女の細胞に滲みこんでしまったもの」が、しだいに彼女を元の場所へ引き戻そうとし始めるのではないか、というテーマで小説を書こうとして、喫茶室を訪れる。

まさにその「引き戻す力」をテーマにして書かれた短篇が「娼婦の部屋」だったが、そこでの男は冷徹で、娼婦への思いやりも心の交流も薄かった。社会的地位に応じて蕩児心理が変遷していくところに力点があったので、読み終わって虚しさだけが残った。

「香水瓶」の「私」はまるで違う。一年に一度、彼女に香水を届けに行くという行為にもやはり微妙な心理ゲームがあるが、基本は彼女が好きで、本当に大事にしたいと思っている、そんな気持ちが伝わってくる。ラストも優しく切ない。「娼婦の部屋」を吉行短篇のベストに推す人も多いが、私は本作のほうが吉行の本領だという気がする。

「廃墟の眺め」もまた、「寝台の舟」や「鳥獣虫魚」と同系列の、吉行の一方の頂点といえる傑作。「家屋について」と同じように、回想に一抹の疑念が生じた瞬間から、現実がくるりと裏返って見えてくる。回想がどんどん妄想にすりかわっていく、その寸前で思いがけない真実が露わになる。戦後の廃墟と重なった、心の廃墟。心に深い傷を負った者どうし、互いの傷をなめあうように共に廃墟を歩いた彼女に、戦争中なにが起こったのか。思い合いながらも別れるほかない運命なのか。彼女が駅の地下へ沈むように消えていく後ろ姿が、哀切な映画のラストシーンのように鮮やかだ。見渡すかぎりの廃墟に横たわる彼女の「青白い裸体」のイメージも、実際に見た光景であるかのように網膜に焼きついて離れない。吉行の妄想には強い感染力がある。

初出一覧

薔薇販売人	『真実』一九五〇年一月
祭礼の日	『文學界』一九五三年二月
治療	『群像』一九五四年一月
夜の病室	『新潮』一九五五年二月
重い軀	『別冊文藝春秋』一九五五年八月
梅雨の頃	『文學界』一九五六年七月
人形を焼く	『美術手帖』一九五八年四月
寝台の舟	『文學界』一九五八年十二月
鳥獣虫魚	『群像』一九五九年三月
島へ行く	『文學界』一九六〇年一月
食欲	『小説新潮』一九六〇年三月
家屋について	『新潮』一九六一年七月
出口	『群像』一九六二年十月

初出・底本

技巧的生活（序章）　『文藝』一九六四年一月
錆びた海　『群像』一九六四年四月
香水瓶　学習研究社『痴・香水瓶』書き下ろし、一九六四年五月
廃墟の眺め　『文藝』一九六七年二月

「技巧的生活（序章）」は『技巧的生活』（新潮文庫、一九六七年）を、「廃墟の眺め」は『赤い歳月』（講談社、一九六七年）を、その他の作品は『吉行淳之介短編全集』（新潮社、一九六五年）を底本とし、各種刊本を参照した。

本書の編集にあたり、原則として漢字は新字体に、仮名は新仮名遣いに統一した。また、明らかな誤記・誤植と思われるものは訂正した。ただし、当時の慣用表現もしくは著者独特の用字と思われるもの（「塊（かた）める」「皙（しろ）い」「曝（あば）く」など）はそのままとした。

底本にあるルビは適宜採用し、難読語句については新たにルビを付した。

本書中には、現在の人権感覚からすれば不適切と思われる表現があるが、原文の時代性を考慮してそのままとした。

吉行 淳之介（よしゆき じゅんのすけ）

1924年、岡山市生まれ。新興芸術派の作家吉行エイスケと美容家あぐりの長男。妹に女優の和子と詩人で芥川賞作家の理恵がいる。2歳の時、東京に転居。1944年、岡山連隊に入営するが気管支喘息のため4日で帰郷。1947年、東京大学英文科中退後、大衆誌『モダン日本』の記者となる。大学在学中より『葦』『世代』『新思潮』などに短篇を発表、1952年から3回芥川賞候補になり、1954年に「驟雨」で芥川賞を受賞。安岡章太郎、遠藤周作、庄野潤三、小島信夫、阿川弘之らと共に「第三の新人」と呼ばれた。1994年、肝臓癌のため死去。

主な著書に『原色の街』『砂の上の植物群』『星と月は天の穴』（芸術選奨文部大臣賞）『暗室』（谷崎潤一郎賞）『鞄の中身』（読売文学賞）『夕暮まで』（野間文芸賞）などがある。

廃墟（はいきょ）の眺（なが）め
――シリーズ 日本語の醍醐味⑧

二〇一八年一月二十三日 初版第一刷発行
定 価＝本体二六〇〇円＋税

著 者 吉行淳之介
編 者 七北数人・烏有書林
発行者 上田 宙
発行所 株式会社 烏有書林
〒一〇一―〇〇二一
東京都千代田区外神田二―一―二 東進ビル本館一〇五
電 話 〇三―六二〇六―九二三五
FAX 〇三―六二〇六―九二三六
info@uyushorin.com http://uyushorin.com
印 刷 株式会社 理想社
製 本 株式会社 松岳社

ISBN978-4-904596-10-4